AtV

SOMA MORGENSTERN wurde 1890 in einem ostgalizischen Dorf bei Tarnopol geboren und wuchs in orthodox-jüdischer Tradition auf. Nach dem Besuch des Gymnasiums studierte er mit Unterbrechungen durch den Kriegsdienst an der Ostfront von 1912 bis 1921 Jura in Wien. 1927 wurde er Kulturkorrespondent bei der »Frankfurter Zeitung«. Seiner jüdischen Herkunft wegen verlor er 1934 diese Stellung. Am Tage des »Anschlusses« Österreichs an Deutschland flüchtete er nach Frankreich. Nach mehreren Internierungen gelang es ihm 1941, über Marseille, Casablanca und Lissabon nach New York zu entkommen. 1946 erhielt er die amerikanische Staatsbürgerschaft. Von der Öffentlichkeit kaum beachtet, starb er 1976 in New York.

Soma Morgenstern schrieb zeitlebens in deutscher Sprache: Erinnerungen, Dramen, Feuilletons und vor allem Romane. Von der Romantrilogie »Funken im Abgrund« erschien der erste Band »Der Sohn des verlorenen Sohnes« noch Ende 1935 im Berliner Verlag Erich Reiss, mit Band 2 (»Idyll im Exil«) und Band 3 (»Das Vermächtnis des verlorenen Sohnes«) kam die Trilogie erstmals, in amerikanischer Übersetzung, von 1946 bis 1950 in den USA heraus. Ebenfalls in amerikanischer Übersetzung erschien 1955 »Die Blutsäule. Zeichen und Wunder am Sereth« (deutsch 1964 in Berlin, hebräische Übersetzung 1976). Sie erschienen, wie auch das übrige Werk, innerhalb der Edition »Soma Morgenstern: Werke in Einzelbänden« im zu Klampen Verlag, Lüneburg.

Im Aufbau Taschenbuch Verlag liegen vor: »Joseph Roths Flucht und Ende«, »Alban Berg und seine Idole«, »In einer anderen Zeit. Jugendjahre in Ostgalizien", die Romantrilogie »Funken im Abgrund«, »Die Blutsäule. Zeichen und Wunder am Sereth« sowie der Romanbericht »Flucht in Frankreich«.

In New York arbeitet der alternde Schriftsteller Aladar Csanda, ein ungarischer Emigrant, an einem Buch über den Tod. Er ist getrieben von der Obsession, seine Sünden niederzuschreiben, doch die einzige Sünde, auf die er stößt, ist sein verpaßtes Leben selbst. In seinem letzten Roman beschäftigt sich Soma Morgenstern noch einmal mit dem Generalthema seines Lebens, dem Untergang der europäischen Judenheit, und blickt mit unversöhnlichem Zorn auf den Zerstörungswahn eines ganzen Jahrhunderts, das im Inferno des Holocaust Millionen Menschen mit Tod und Verderben überzog. Morgensterns eigene literarische Auseinandersetzung mit dem Tod endete abrupt: Er starb 1976, bevor er den Roman abschließen konnte.

»Auch mit diesem, seinem letzten Buch stellt sich Morgenstern der Welt bewußt nur mit seiner Religion: handelt es doch ›von unseren Toten. Von den Schriftstellern, die sich selbst den Tod gegeben hatten, weil sie den Verlust der Freiheit an einen Tyrannen unserer Zeit nicht ertragen konnten‹.«

Freitag

Soma Morgenstern

Der Tod ist ein Flop

Roman

Herausgegeben
und mit einem Nachwort
von Ingolf Schulte

Aufbau Taschenbuch Verlag

ISBN 3-7466-1789-8

1. Auflage 2001
Aufbau Taschenbuch Verlag GmbH, Berlin

Umschlaggestaltung Torsten Lemme
unter Verwendung eines Fotos von
Drahomir Josef Ruzicka »Manhattan«, 1928
Druck Elsnerdruck GmbH, Berlin
Printed in Germany

www.aufbau-taschenbuch.de

Inhalt

Der Tod ist ein Flop

Erstes Kapitel

Die offene Tür

Aladar Csanda, der Schriftsteller, saß vor seinem Schreibtisch und blickte zum Fenster hinaus. Von der Höhe des zwanzigsten Stocks sah er den Tumult auf der schnurgeraden Avenue: das ungeschlachte Schwanken und Schweben der überladenen Lastwagen, das hurtige Gleiten der so farbenfrohen New Yorker Taxis, den spasmatisch bald einsetzenden, bald aussetzenden Doppelstrom der Fußgänger. Er sah das ganze Getriebe der geschäftigen Avenue ungeheuer nah mit den Augen; mit den Ohren aber hörte er es bloß als ein fernes eintöniges Brausen, kaum deutlicher denn das Rauschen des Nachtwinds, nicht stark genug, den Schlaf zu scheuchen, nicht sanft und monoton genug, die Gedanken einzulullen. Auf den Dächern der kaum mehr als achtstöckigen Häuser unten in den Seitenstraßen lag noch graublau der Dunst des frühen Morgens und täuschte dem Beobachter hoch oben vor dem Schreibtisch eine Stille und Einsamkeit vor, wie man sie nur auf dem Gipfel eines hohen Bergs genießen oder auf der Höhe eines Wolkenkratzers in New York sich einbilden kann, wenn man namentlich tagaus tagein in dem Zwang fortlebt, inmitten des Getriebes dieser rastlosen Stadt auf der taubstummen Erhabenheit eines Hochhauses sich denkfrisch und schreibfähig zu erhalten. Das war ihm seit Jahren gelungen, ging es ihm durch den Sinn, und er lächelte zufrieden, als wäre es nur ihm persönlich geglückt, das gewaltige Monster zu überlisten.

Der Morgen, luftrein und noch mild, stand als eine Überraschung vorm Fenster, denn der Abend gestern war schwer gewesen, dicht von dem faulen, lauen Nebel, die halbe Nacht bis an den Rand gefüllt von den heiseren Warnrufen der Nebelhörner vom nahen Hafen her. Der geübte Schreiber hatte an dem behaglichen Morgen das in vielen fleißigen Jahren strikt zugemessene Tagespensum eine Viertelstunde früher aufs Papier gebracht, als es seine Gewohnheit war. Eine leicht und kaum an die Schwelle des Bewußtseins rührende Ungeduld hatte ihn zu noch flotterem Schreibtempo angetrieben, als es seinem resoluten Naturell entsprach, denn er erwartete heute gegen Mittag den Besuch seines noch berühmteren Landsmannes, der seit einem Jahrzehnt schon an der Westküste der Staaten residierte, den sogar von mehreren Radiostationen bereits angekündigten Besuch, dem Csanda mit großen Erwartungen entgegensah. Eine Radiostation hatte den Besuch des berühmten Lustspielautors beim vielleicht nicht minder berühmten, aber jüngeren Publizisten, Essayisten und Romanschreiber bereits mehrmals angekündigt, aber noch keine Tageszeitung. Die Zeitungen sollten mit bestellter Verspätung die Nachricht bringen, an diesem Morgen eben, da der Besuch stattfinden oder, um es mit Csandas eigenem Wort zu sagen: sich ereignen sollte. Er selber war an dieser bestellten Verspätung vermutlich nicht völlig unbeteiligt gewesen, obwohl er mit dergleichen Arrangements persönlich nichts zu tun haben mochte. Ein gewesener Zeitungsmann, konnte er sich nun fast wörtlich die erwartete Notiz vorsagen, aber die wichtige Frage, auf welcher Seite die New Yorker Blätter seinem und des Gastes ruhmreichen Namen diesmal Platz machen würden, vermochte selbst er doch nicht zu erraten. Eine prickelnde Neugier plagte ihn schon früh am Morgen, noch ehe er zum Schreibtisch an sein Tagespensum gegangen war. Seine Neugier zu befriedigen, hätte er bloß die Tür seiner Wohnung aufzuklinken gehabt. Der Türsteher des Hauses wußte bereits gestern abend, daß er für Mr. Csanda sämtliche Morgenblätter zu besorgen und nach dem landesüblichen großzügigen Brauch vor die Wohnungstüre einfach hinzuwerfen haben würde. Aber Aladar Csanda, wie er genaue Rechnung machte mit seiner schriftstellerischen Arbeit, so zwang er sich auch zu nutznießerischem Haushalt mit seinen Emotionen. Just weil ihn die Neugier gar so prickelte, beschloß er, erst sein Tagespensum am Schreibtisch hinter sich zu bringen und hernach, gleichsam als eine Belohnung für das getane Werk des Morgens, seine Neugier zu befriedigen. Als er nun auch noch innewurde, wie die aufgeschobene Befriedigung seiner Neugier die eigentliche Triebkraft für sein heute gar so flottes Schreibtempo gewesen sein mochte, hüpfte er nahezu jungenhaft im Sitz hoch, ging schnell zur Wohnungstür, klinkte sie auf, bückte sich zu dem nicht einmal ordentlich geschichteten Papierhaufen auf dem Flurteppich, und einen Pack Zeitungen in der linken Armbeuge, sein bevorzugtes Journal in der rechten Hand, kehrte er langsam zu seinem Sitz vorm Schreibtisch zurück.

Mit beiläufigen Fingern, wie ein Zauberkünstler bei seinem Kartentrick, durchblätterte er die strotzende Opulenz der New Yorker *Times*, und nun einmal die Finger stillhaltend, las er die zwar mit Sicherheit erwartete, aber nun dennoch beglückende Notiz. Die zwei Namen von Glanz – oft, nur zu oft hatte er sie in irgendeiner ungarischen Reihe gelesen, diesmal aber, dies erste Mal eben, waren sie endlich zu zweit in einem strahlenden Satz beisammen: Géza Corvin und Aladar Csanda. Endlich hat er es soweit gebracht. Kein Feind, ja kein Freund wird am heutigen Tage auch nur den leichtesten Schatten auf den Glanz dieser Namenspaarung werfen wollen. Er wird es noch weiter bringen. Schon gingen mit seinen geheimen Wünschen auch seine Gedanken voraus, in die nicht allzu ferne Zukunft, und getreu seinem hurtigen Naturell ging mit dem Glauben auch schon die prägnante Formulierung mit. Kommen, ja, kommen wird der Tag, da es auch in diesen Blättern hier nicht mehr heißen wird: Géza Corvin und Aladar Csanda, sondern Aladar Csanda und Géza Corvin. Schon weiß er, mit welchem Aperçu er diesen Tag in der Zukunft feiern wird: ohne Feierlichkeit, leicht und elegant, mit einem Witz, mit einem Zitat, mit einer Anekdote, wie es die Amerikaner so gern haben. So wird er es machen. Er wird ein berühmtes Bonmot eines großen Franzosen paraphrasieren. Wie hat er bloß geheißen, der Franzose? Ein Musiker. Ein Komponist. Da ihm der Name nicht einfallen wollte, Csanda aber mit Recht sich seines flotten Gedächtnisses rühmte, ging er sogleich daran, mit der Mnemotechnik eines versierten Kreuzworträtsellösers den gesuchten Namen aus dem Halbdunkel seines Gedächtnisses in das Licht des berühmten Bonmots zu heben, das er in Gedanken bereits fertig paraphrasiert hatte. Ein französischer Komponist mit A? Adam. Mit B? Bizet. Berlioz. Nein. Von Berlioz gibt es viele Bonmots, aber das ist nicht von ihm. Mit C? Charpentier. Von dem gibt es nur eine Oper, aber sehr viele Hurengeschichten. Das Bonmot ist sicherlich nicht von ihm. Charpentier lebt übrigens noch immer. Er muß schon über neunzig sein. Und noch immer eine einzige Oper. Mit D? Ducas. Der Zauberlehrling. Kein Bonmot von ihm bekannt. Lebte sein Leben lang in Bordeaux. Da macht man keine Bonmots. Mit E? Keiner. Jedenfalls kein berühmter. Mit F? Ein französischer Komponist mit F? Franck. César Franck. Kein Bonmot von ihm bekannt. Mit G? Ein französischer Komponist mit G?

»Gounod!« hörte er plötzlich eine Stimme. Sie redete klar und laut. So laut, wie nur die ungarische Sprache in der Nähe reden kann. Überrascht öffnete Csanda seine zur mnemotechnischen Sammlung geschlossenen Augen und er sprang gleich vom Sitz auf. Vor ihm stand der Gast. »Doktor Corvin!« rief er in freudiger Bewegung. »Wie sind Sie da hereingekommen?« Der Gast, ein dürrer, hochgewachsener und nahezu verwachsener Mann, streckte einen langen Arm mit dem Zeigefinger scharf gegen die Tür und zeigte: »Durch diese Tür. Sie war halb offen. Natürlich.« – »Wieso natürlich?« fragte Csanda, und er wunderte sich gleich mehr über seine Verwunderung als über das Wort des Gastes. »Weil du ja immer die Türen hinter dir offenläßt, mindestens halb offen. Daran hab' ich deine Tür erkannt und dich so leicht gefunden.« Warum sagt der ›du‹, fragte sich Csanda. Er fühlte sich betroffen, ja, fast beleidigt über diese intime Anrede. Es klang nicht wie das ›du‹ von Freund zu Freund. »Ich habe Sie erst für zwölf Uhr fünfzehn erwartet, es ist kaum Mittag.« – »Was liegt daran?« meinte der Gast. »Du bist doch nicht der amerikanische General, der seine Audienzen und Verabredungen für $3^1/_2$ Minuten vor oder $7^1/_2$ Minuten nach den Stunden und Halbstunden anzusetzen liebte. Wie hat er nur geheißen? Ein amerikanischer General mit M…« – »General McArthur«, sagte Csanda in serener Stimmung. »Jetzt sind wir quitt, Dr. Corvin.« – »Wie schnell bist du mit deiner Revanche«, erwiderte der Gast in gleichem Ton. »Ausgezeichnet. Ich dir Gounod, du mir McArthur. Du, das ist ausgezeichnet.«

»Haben Sie gefrühstückt?« erkundigte sich Csanda. Er beschloß, sich vorläufig in das mißverständliche ›du‹ zu schicken, wie eben ein Diener die Launen von seinem Herrn hinnehmen wird. »Ich habe bereits!« zischte der Gast eine gerade noch hörbare Antwort zwischen den Zähnen hervor, aber mit dem Ausdruck namenlosen Ekels in den Augen und um den Mund.

Er war schon immer zu dürr, zu hoch, zu gebeugt, dachte Csanda, nun ist er völlig ein Kadaver geworden. Vom Essen spricht er mit kränklichem Ekel, wie ein Vegetarier, dem man einen fetten Entenbraten angeboten hat. So war er doch nie gewesen. Er muß eine schwere Krankheit mit sich schleppen. Der Gast stand noch immer zwischen Schreibtisch und Fenster, als sei er eben an der blaugrauen Luftsäule draußen hochgeklettert und durchs Fenster ins Zimmer eingestiegen. Er hat wahrscheinlich einen Krebs, sagte sich Csanda mit aufrichtigem Bedauern. Er ist zweiundsechzig! Géza Corvin ist auch schon im Abberufungsalter. Er fühlte sich von aufrichtigem Mitgefühl ergriffen, und er wollte es dem Gaste auch zeigen. Er blickte ihm offen in die Augen. Ihre Blicke kreuzten einander nur kurz. Lange vermochte Csanda den Blick des Gastes nicht zu ertragen. Der hagere Mann hatte winzige, rückwärts in sich blickende Augen, die Punktaugen eines alten Pinselaffen mit dem Ausdruck verschämter Trauer. Er riecht auch schon wie ein Krebskranker.

»Du wirst dich an meinen Geruch gewöhnen«, sagte Doktor Corvin. »Meinen Blick wirst du, kleiner Csanda, nie ertragen lernen.« Csanda war ein Mann von etwa fünfundfünfzig, und er dachte nur selten an die Jahre des Ersten Weltkriegs zurück, den er als blutjunger Offizier der königlich-ungarischen Armee bis zu dem katastrophalen Ende tapfer mitgemacht hatte. Aber »kleiner Csanda« sich sagen zu lassen, von einem alten, berüchtigten Pazifisten obendrein, das war mehr, als man selbst unter Schriftstellern und Réfugiés hinnehmen sollte, und so antwortete er, noch mit Höflichkeit, dem Gast: »Ihrem wohlwollenden Pazifistenblick, Doktor Corvin, werde ich jederzeit mit Vergnügen begegnen.« Mit der schnell erhitzten Angriffslust aller Kleinwüchsigen erhob Csanda seine stahlgrauen Augen, um seinen kriegerischen Blick mit dem Pazifistenblick des Gastes zu messen. Aber er war erst halb soweit, als er vom Sitz sanft abglitt und langsam seitwärts auf den Teppichboden herunterfiel.

Fortsetzung des ersten Kapitels

Zu sich gekommen, saß Aladar Csanda wieder bequem vor seinem Schreibtisch. Er wußte nicht im geringsten, wie ihm geschehen war. Auch der Gast saß. Wenn man das sitzen heißen kann. Seine zwei spindeldürren Beine wie zwei verlängerte Holzstelzen seitwärts gespreizt, lehnte er mit dem Ende seines Rückens an dem Schreibtisch, just mit seinem spitzen Gesäß das Manuskript deckend, an dem Csanda den ganzen Vormittag so fleißig geschrieben hatte.

»Dein Buch, dein jüngstes, das hast du schon in englischer Sprache verfaßt?« – »Welches Buch?« sagte Csanda, ausweichend – solang es angehen mochte – der heiklen Frage, wie er nun auch dem

Pazifistenblick des Gastes auswich, ohne zu wissen, warum er so tun mußte. »Dein Totenbuch meine ich«, sagte der Gast, »das wird doch dein erstes in englisch sein?« – »Totenbuch? Ich habe kein Buch geschrieben, das so heißt«, sagte Csanda. »Das Buch, auf dem ich sitze«, sagte der Gast, »ist das nicht dein angekündigtes Totenbuch?« – »Das Buch, das Manuskript, auf dem Sie offenbar sehr bequem sitzen, wird den Titel haben: ›Opfergang‹.« – »Auf englisch?« – »Warum nicht auf englisch, Doktor Corvin?« sagte Csanda in gereiztem Ton. »Werden wir in dieser Neuen Welt ewig unsere alten Sprachen mit uns schleppen, wie ein chronisches Leiden?« – »Wer ›wir‹?« – »Wir Réfugiés.« – »Das sagst du? Hast du nicht vor zwanzig Jahren, da wir zum ersten Mal in die Verbannung gehen mußten, bereits einmal die Sprache gewechselt? Damals auf Deutsch, nun wechselst du wieder auf Englisch? Du hast dir alles fein ausgerechnet, kleiner Aladar. Ein wenig Ungarisch für ein wenig Deutsch, ein wenig Deutsch für noch weniger Englisch.« – »Sie können sich denken, was Ihnen beliebt, Doktor Corvin, aber sagen Sie nicht immer wieder ›kleiner Aladar‹«, sagte Csanda mit wehleidiger Stimme. »Ich sage Ihnen ja auch nicht immer ›großer Géza‹.« – »Du gedenkst, noch einmal kleiner Géza sagen zu dürfen, kleiner Aladar. Du hast dir alles fein ausgerechnet. Heute steht dein Name bereits neben meinem, Name bei Name, freilich noch an zweiter Stelle. Wie sagst du es so schön auf englisch? Aladar Csanda second only to Géza Corvin.« – »Sie wissen so gut wie ich, Doktor Corvin, wir sind zwei inkommensurable Größen, in zwei verschiedenen Konstellationen zwei verschiedene Sterne verschiedenen Lichtes – – « – »Verschiedener Größe, kleiner Aladar. Da muß ein guter Trick helfen. Du schreibst nun in der Sprache der Neuen Welt, auf einmal bist du ein Eigener in der Neuen Welt, kein Réfugié mehr. Paart man nun das so ungleiche Namenpaar, wird es über Nacht schon heißen: Csanda und Corvin. Géza Corvin second only to Aladar Csanda.«

»Man hat Ihnen dumme Lügen erzählt, Doktor Corvin. Man hat mich vor Ihnen, in leicht begreiflicher Absicht, verleumdet. Wo haben Sie dergleichen gehört?« – »Hier, hier habe ich es gehört, von dir selbst, kleiner Aladar.« – »Ich habe Ihnen wahrheitsgemäß den Titel meines Totenbuches erzählt –« – »Siehst du, siehst du, kleiner Aladar? Du nennst es ja doch selber so: das Totenbuch.« – »Ich habe es eine Zeitlang so genannt. Vorläufig nur, ehe mir der schönere

Titel, Opfergang, eingefallen war –« – »Ehe du dir den Titel ausgeliehen hast, kleiner Aladar.« – »Sprechen wir lieber nicht von ausgeliehenen Titeln, Doktor Corvin. Wir sind beide Schriftsteller. Wir wissen: alle Titel aller Bücher, die schon geschrieben worden sind, alle Titel aller Bücher, die in aller Zukunft noch geschrieben werden sollen, sie stehen alle in den Wörterbüchern.« – »Freilich, freilich, kleiner Aladar, wie das schon ein berühmter Hochstapler, der sich einen schönen Kavaliersnamen beigelegt und, gefragt, mit welchem Recht, geistreicher als du geantwortet hat: mit dem Recht auf das Alphabet.« – »Jener Hochstapler war ein größerer Schriftsteller als Sie, Doktor Corvin, nebenbei, aber genau gesagt.« – »Und ein größerer Kartenspieler als du, kleiner Aladar«, sagte der Gast mit Wohlwollen. »Was ich nur sagen wollte: der alte Titel deines neuen Buches, ›Das Totenbuch‹, gefällt mir besser. Bei weitem besser als der sentimentale ›Opfergang‹.«

»Wenn Sie mein Buch gelesen haben werden«, begann nun Csanda mit innigem Autorenstolz, »wenn Sie, Doktor Corvin, mein Buch kennen werden – –« – »Ich kenne das Buch«, sagte der Gast mit einer Stimme, die große Müdigkeit verriet. »Erlauben Sie mir, Doktor Corvin, wie könnten Sie irgendwas von meinem Buch wissen? Es ist ja noch ein nicht einmal völlig abgeschlossenes Manuskript –« – »Ich kenne alle Bücher, die sich mit dem Tod einlassen«, sagte der Gast. »In allen Büchern kommt er vor, aber in deinem letzten Buch, in dem Manuskript, wie du es nennst, läßt du dich mit dem Tod schon gar sehr ein, kleiner Aladar.« Er sprach nur noch mit sehr müder Stimme, und in auffälliger Weise wischte er mit seinem Gesäß über das Manuskript hin und her, als setzte er sich nun erst bequem auf dem Buch zurecht.

Aladar Csanda sah zu seinem Gaste so hoch auf als er sich getrauen konnte, und in dem spielerischen, falschfröhlichen Ernst, wie ein Arzt zu einem Irrsinnigen spricht, sagte er zu ihm: »Wenn Sie mein Buch so gut kennen, Doktor Corvin, sagen Sie mir, bitte, das erste Wort des ersten Satzes im ersten Kapitel.« – »Wozu die Schülerspäßchen«, sagte der Gast. Seine Stimme war nun so tief und schleppend wie die eines alten Mannes, der aus langem und tiefem Schlaf erwacht. »Siehst du denn noch immer nicht, wie ich in deinen Gedanken lese –« – »Sie können Gedanken lesen, Doktor Corvin? Wenn Sie mir erlauben, das in der Öffentlichkeit bekanntzumachen, kommen wir beide auf die erste Seite, diesmal mein Name nach Ihrem so winzig klein wie der eines Kampfansagers neben dem Namen eines Champions.« – »Laß die Schülerspäße, Aladar Csanda, und nimm dich endlich zusammen. Hab' ich denn nicht in deinen Gedanken gelesen, gleich beim Eintreten in dieses Zimmer?« – »Ich muß wohl laut gedacht haben, wie es ja – –« – »Mit dir, kleiner Aladar, muß man es wohl wie mit einem Schuljungen machen. Meinethalben. Für dich hab' ich heute Zeit genug. Also: wozu hast du den Namen eines Musikers mit G gesucht?« – »Ich mache, sooft es sich nur ergibt, mnemotechnische Übungen. In unserm Alter ist das sehr ratsam, Doktor Corvin.« – »In deinem Alter ist es noch mehr ratsam, die Wahrheit zu sagen. Darin aber hast du, Csanda, gar keine Übung. Sag mir also wenigstens die halbe Wahrheit, die zweite Hälfte werde ich deiner Hälfte gleich zufügen. Also?« – »Ich wollte ein Bonmot von ihm verwenden, Doktor Corvin.« – »Sehr schön. Sag es nur, das Bonmot. Ich werde das Weitere besorgen.« – »Der berühmte Mann – –« – »Der Name ist Gounod.« – »Gounod hat einmal gesagt: ›Wie ich zwanzig Jahre alt war, sagte ich: Gounod. Wie ich dreißig war, sagte ich: Gounod und Mozart. Wie ich vierzig war, sagte ich: Mozart und Gounod. Jetzt bin ich fünfzig, jetzt sag' ich: Mozart.‹« – »Siehst du, wie schön du dich an alles erinnern kannst, was andere gesagt haben. Nur ihre Namen merkst du dir nicht so gut.« – »Das ist nicht richtig. Ich entsinne mich aller meiner Gedanken. Auch ihres Zusammenhangs.« – »Wenn du ein so treues Gedächtnis hättest, wie du glaubst, du könntest keine Zeile schreiben, kleiner Csanda. Aber diesmal hast du recht. Ich kann nämlich Gedanken nicht bloß lesen, ich kann sie auch vorauslesen. Glaubst du mir das?« – »Doktor Corvin!« rief Csanda in aller Unbefangenheit aus, und er sprang in aller Heiterkeit von seinem Stuhl auf. »Doktor Corvin, ich habe kleinere, viel kleinere Zauberkünstler gesehen, die viel größere Kunststückchen in Gedankenlesen zuwege brachten.« – »Es freut mich beinahe, dich bei so guter Laune zu sehen. Die Leutchen, die ich anrede, fallen meistens auf den Mund, eh' ich das erste Wort zur Sache ausgesprochen habe. Erzähle nur, kleiner Aladar, erzähle nur weiter von deinen Gedankenlesern.« – »Sie haben vermutlich unsern großen Doktor Bollinger noch nicht gesehen, wenn Sie mich hier mit so kleinen Kunststückchen verblüffen wollen, Doktor Corvin. Ich weiß, Sie haben nichts für Television übrig, Sie haben sich oft genug verächtlich darüber geäußert. Aber wie man sieht, kann auch der große Corvin wichtige Errungenschaften der Technik auf die Dauer nicht ungestraft mißachten. Als Gedankenleser, Doktor Corvin, sind Sie, verglichen mit dem, was uns durch Television ins Haus gebracht wird, sind Sie nicht einmal second to Doktor Bollinger. Lächerlich. – Wollen wir was trinken?«

Wie vorher beim Erwähnen des Frühstücks verzog der Gast seinen Mund und schloß seine Punktäuglein. Sein ganzes dunkles, völlig bartloses Gesicht verzerrte sich zu einer drastischen Grimasse qualvollen Ekels. »Habe ich dich nicht schon einmal davor gewarnt, von Essen und Trinken mit mir zu reden?!« schrie der Gast. »Nimm dich in acht!« – »Entschuldigen Sie, Doktor Corvin, soweit ich mich erinnern kann, haben Sie bloß gegen das Essen was eingewendet.« – »Du merkst ja auch alles«, sagte der Gast diesmal nur noch mit klagender Stimme. »Merk dir also: du darfst vor mir weder vom Essen noch vom Trinken noch vom Schlafen reden. Das alles ist mir aufs entschiedenste zuwider. Alles, was dem Leben und dem Gedeihen dient, ist mir verhaßt. Mich interessiert nur das, was dem Tod und dem Verderben dient.« – »Vom Schlafen auch nicht«, wunderte sich Csanda. »Ist denn nicht der Schlaf mit dem Tod nah verwandt? Heißt es nicht: Der Schlaf, der Bruder des Todes?« – »Hast das wo bei einem Dichter gelesen? Die wissen ja alles, deine Dichter! Der Schlaf ein Bruder des Todes! Pfui Teufel! Der treueste Förderer des Lebens, der einzige wirksame Trost in diesem Jammertal – ein Bruder des Todes! Die Dichter sagen es, und die Priester plappern es nach. Solche Weisheiten, die von der Wahrheit ablenken, beherzigen die Priester nur zu gern. Diese Sprüchlein lenken von der Wahrheit ab. Sonst könnte der Mensch gewahr werden, wie die wahren Brüder des Todes heißen, die Brüder und die Schwestern: Arbeit, Gewissen, und des Todes bester Freund: der *Wettbewerb*, der Neid, das beste Todesmittel, das die Heiden erfunden und die Christen geheiligt haben. Der Schlaf ein Bruder des Todes! Aber lassen wir das. Ich bin nicht hier, um dich über die Ersten und Letzten Dinge aufzuklären. Du redest und schreibst schon ohnehin in Bildern und Symbolen. Das Buch, das ich eben lese, dein Totenbuch –« – »Sie lesen mein Buch?« – »Ja. Das ist meine Art, solche Bücher zu lesen, die sich mit mir einlassen –« – »Mit Ihnen einlassen, Doktor Corvin? Mein Buch erzählt von unsern Toten. Von den Schriftstellern, die sich selbst den

Tod gegeben haben, weil sie den Verlust der Freiheit an die Tyrannen unserer Zeit nicht ertragen konnten – wie soll da von Ihnen die Rede sein?« In ehrlicher Entrüstung setzte Csanda noch hinzu: »Sie, Doktor Corvin, Sie sind uns und dem Vaterland ja Gott sei Dank erhalten geblieben.« – »Höre du, kleiner Aladar Csanda, wenn du nicht so liebevoll und ausschließlich auf dich allein bedacht wärest, du würdest trotz all deiner Kurzsichtigkeit bereits bei meinem Erscheinen in diesem Raum bemerkt haben, daß ich nicht durchaus wie Doktor Corvin aussehe und nicht völlig als Doktor Corvin gekommen bin. Nun ist das Vorspiel des Lebens zu Ende und der Ernst des Todes beginnt. Nun öffne du die Ohren und höre, kleiner Aladar. Höre gut zu. Du hast mich, übermütig genug, nach einem Satz aus deinem Totenbuch gefragt – der Satz lautet: Ich hab' mein Auge ans Blut gewöhnt. Wie alle guten Sätze in deinen Büchern ist auch dieser nicht eigentlich von dir. Aber das soll deine und meine geringste Sorge sein. Nun, kleiner Aladar, hast du das Gefühl, als ob du noch kleiner werden müßtest, als du ohnehin bist, und du gleitest auch schon wieder von deinem bequem gepolsterten Stühlchen auf den weichen Fußteppich, ein stiller Schläfer. Ich werde also wieder eine kleine Weile auf dich warten. Du wirst nur zu bald erwachen.«

Schluß des ersten Kapitels

»Sie sind nicht Doktor Corvin?« fragte Csanda mit hauchdünner Stimme, als er wieder auf seinem Sitz vorm Schreibtisch saß. »Es steht in dieser Welt des Scheins nichts auf Ja oder Nein, wie es eben in der Welt der Wahrheit auch nicht so steht. Du hörst und siehst alles beiläufig. Hab' ich nicht gesagt: Öffne deine Ohren und hör gut zu? Hab' ich dir gesagt, ich sei nicht Doktor Corvin? Ich habe gesagt: *nicht völlig*. Öffne du die Augen und die Ohren. Du hast noch die Zeit, dich selber im wahren Lichte erkennen zu lernen. Das wird dir nicht leichtfallen. Du fällst zu leicht um. Ja, ja, die erfolgreichen Kleinen, leicht steigen sie, noch leichter fallen sie. Oder kränkt es dich noch immer, wenn ich dir ›mein Kleiner‹ sage?« – »Nein, o nein«, sagte Csanda emphatisch. »Es kränkt mich nicht. Im Gegenteil! Ich möchte jetzt so klein, so winzigklein sein, daß man nicht zu unterscheiden wüßte, ob ich noch da oben bin oder schon in der Erde begraben liege.« – »Bilde dir nur gar nichts auf diese deine Demut ein. In meiner Gegenwart hat noch jedermann ein Verlangen nach dem Grab beseelt.« – »Hat denn schon wirklich meine letzte Stunde geschlagen?« wollte Csanda wissen, und er hörte Tränen in seiner Stimme, aber er schämte sich nicht. »Du kannst dich wohl von der billigen Sprache deiner billigen Erzeugnisse nicht trennen. ›Von der Zeit gebeizt‹ heißt es irgendwo in diesem deinem Totenbuch.« Der Gast wischte dabei wieder mit dem Ende seines Rückens über das Manuskript. »Die Zeit beizt nicht, kleiner Csanda. Und die letzte Stunde schlägt nicht. Nein, mein Kleiner, du bist noch nicht soweit. Ich bin bloß hergekommen, um dir zu sagen: Aladar Csanda, Sohn des Janos und der Mariska, bestelle du dein Haus, denn du wirst sterben. Nicht gleich jetzt. Aber doch bald. Genau gesagt – aber fall nicht wieder hin –, genau gesagt: du hast noch eine Woche Zeit. Das ist doch nicht so schrecklich –« – »Nein«, hauchte Csanda, »nicht so schrecklich –« – »Siehst du, du kannst tapfer sein. Wenn du dir ein wenig Zwang antust, kannst du sogar vernünftig sein. Wie oft ist das schon vorgekommen, daß ein imbeziler Arzt seinem Patienten mitteilt, wie lange er noch zu leben hätte. Wäre Doktor Corvin bei seinem ursprünglichen Gewerbe geblieben, wer weiß, wie oft er solche freundlichen Mitteilungen gemacht haben würde.«

»Haben Sie sich aus diesem Grunde als Doktor Corvin eingeführt?« wollte Csanda wissen. »Nein, da sind andere Zusammenhänge. Aber auf den hast du es scharf, auf den Corvin, was? Neid bis in den Tod?« – »Warum sind die ungarischen Schriftsteller aufeinander so neidisch?« wollte Csanda wissen. »Das ist nicht richtig, kleiner Aladar. Die Prager Schriftsteller, die waren in dieser Hinsicht noch schlimmer als die Budapester. Der wahre Grund war hier und dort, in Budapest wie in Prag, derselbe: diese zwei Hauptstädte waren und sind Provinzstädte. In solchen Städten sind die Schriftsteller wie auch die Huren aufeinander sehr neidisch. Die großstädtischen Huren sind klüger. Sie wissen, wenn eine von ihnen es sehr hoch bringt, ist das ein Erfolg für den ganzen Stand der Huren.« – »Sie sagten, in Prag waren sie noch schlimmer als in Budapest? Wie sind sie jetzt? Besser?« – »Jetzt leben sie nicht lange genug, um so einen rechtschaffenen Neid auszubilden. Willst du noch was wissen? Ich antworte dir gern. Weißt du, warum? Weil deine Neugier, deine Seh-Sucht das beste an dir war. Du bist ein geborener Reporter. Wärest du dabei geblieben, es stünde um dich vielleicht etwas, nicht viel, aber doch eine Kleinigkeit besser, als es jetzt steht.« – »Steht es jetzt unwiderruflich schlimm?« fragte Csanda. »Unwiderruflich? Vielleicht. Aber nicht so schlimm, wie es den Anschein hat. Es hängt von dir ab. Du wirst in dieser einen Woche viel zu leben und viel, viel nachzudenken haben. Aus diesem Grunde habe ich soviel Geduld mit dir, kleiner Aladar.«

»Ist Ihr Besuch hier eine Gnade? Oder eine Strafe?« – »Die Frist ist: eine Woche. Allein, der Ausgang hängt an einer Bedingung.« – »Ist noch Hoffnung für mich?« – »Wenn wir prüfen, dann ist noch Hoffnung. Wir sind kein Arzt. Wir sind Richter. Aber ich sehe, dich überkommt schon wieder deine Leichtigkeit – – – damit kommst du hier nicht durch. Die Bedingung, an der deine Hoffnung hängt, ist keine zu leichte, kleiner Aladar.« – »Sagen Sie mir die Bedingung. Ich werde sie nicht leichtnehmen. Ich schwöre es.« – »Die Bedingung ist: Im Laufe einer Woche mußt du die erste Sünde deines Lebens klar erkennen und sie mir mit einem Namen oder zwei Worten nennen.« – »Wie ich ein Kind war, wußte ich genau, was eine Sünde ist. Es stand im Katechismus, und ich hab' es auswendig gelernt. Aber je älter ich wurde, je weniger wußte ich, was eine Sünde sei. Jetzt, am Ende meines Lebens, weiß ich nicht, was das Wort bedeutet. An dieser Bedingung hängt, fürchte ich, keine Hoffnung für mich.« – »Du hast heute eine begangen.« – »Wie ich den Satz schrieb ›Ich habe meine Augen ans Blut gewöhnt‹? Hab' ich damit eine Sünde begangen?« – »Ich spreche nicht von deinem Gekritzel. Es ist von dem die Rede, was du heute getan oder zu tun unterlassen hast.« – »Ich hab' heute nichts getan als geschrieben.« – »Das ist es eben. Dir war heute bestimmt, etwas zu tun. Du hast es unterlassen. Darum ist es mir möglich geworden, hier einzudringen.« – »Was«, fragte Csanda händeringend, »was hätte ich heute tun sollen? Ich bin Schriftsteller, also schreibe ich.« – »Man hat es dir möglich gemacht, eine gute Tat zu tun. Aber du hast nicht hören wollen. Du hast deine Schreibarbeit früher getan als sonst.« – »Ja, das hab' ich«, sagte Csanda wie ein braver Schüler. »Woher wissen Sie das?« – »Das hat man so eingerichtet. Du hast eine gute Weile zum Fenster hinausgesehen. Du hast das ungeheure Getriebe auf der Avenue gesehen, den Dunst über den Dächern. Du hast dir Gedanken gemacht. Aber all deine Gedanken bezogen sich auf dein eigenes Wohlergehen. Wieder einmal war es dir ein Wohlgefallen zu sehen, wie du diese ruhlose Stadt überlistet hast und dir Ruhe geschaffen, um dich stets schreibfertig zu erhalten. Das alles war kein Zufall. Alles war angeordnet. Daß du heute eine Zeit den Verkehr, den Tumult dort unten auf der Avenue betrachtetest, auch das war so angeordnet. Man wollte dir Gelegenheit geben, einen Schrei zu hören. – Einen Todesschrei, der bis zu dir vorzudringen hatte –« – »Ich hab' den Schrei gehört«, warf Csanda jubelnd ein. »Ich hab' ihn ja doch gehört!« – »Gehört hast du den Schrei, armer Aladar. Aber du hast über ihn hinweggehört und ihn nicht erhört. Obwohl im Autolenken sehr erfahren, bist du ohne weiteres zu deinen eitlen Gedanken zurückgekehrt, indes dort unten ein Mensch in Todesnot schrie.« – »Das hab' ich nicht wissen können. Das kann ich mit gutem Gewissen beschwören. Das hab' ich nicht gewußt. Ich hab' es bloß befürchtet.« – »Wenn du schwörst, du hättest es befürchtet, so ist das schon Meineid. Befürchtet hast du es eben nicht einmal. Du hast es bloß angenommen. Siehst du, armer Aladar, auch dein Ohr, nicht bloß dein Auge, hat sich ans Blut gewöhnt.« – »Täglich werden Menschen überfahren, soll ich hinter allen Ambulanzen herlaufen«, klagte Csanda. Seine Augen füllten sich mit Tränen. »Der Überfahrene heute ging dich persönlich an. Du mißverstehst so manches, kleiner Aladar, weil du zu eilig bist, alles eilig zu verstehen. Du willst wissen, was Sünde ist. Sünde ist eine Verletzung. Wie eine Verletzung an deinem Körper, unbeträchtlich und harmlos an sich, zum Einbruchstor für viele Krankheiten werden kann, so ist die Sünde ebendas, weil sie dem Übel eine Tür öffnet. Zeit deines Lebens hast du, Aladar Csanda, am meisten in diesem Sinne gesündigt. Darum bin ich hier heute durch deine Tür eingetreten, die du offengelassen hattest. Habe ich es dir nicht gleich gesagt? Du verstehst nicht die Wichtigkeit von Gleichnissen. Doktor Corvin würde mich besser verstanden haben.«

»Wer sind Sie eigentlich?« fragte Csanda mit erstickender Stimme. »In diesem Augenblick ist es dir völlig klargeworden, wer ich bin. Mach dir nichts vor. So wirst du die Prüfung nicht bestehen. Mit Schlauheit kommst du nicht durch.« – »Ich werde Doktor Corvin bald hier empfangen. Vielleicht wird er besser wissen, wer Sie sind, wenn Sie ihm ja doch ähnlich sind.« – »Du wirst Doktor Corvin im Leben nicht mehr sehen. Doktor Corvin ist heute, schon auf dem Weg zu dir, von einem Lastwagen auf dieser Avenue überfahren worden. Sein Todesschrei war sein letztes Lebenszeichen. Man hat ihn noch lebend in ein Krankenhaus gebracht. Da man über achthundertfünfzig Dollar in seiner Brieftasche entdeckt hat, hat man ihn noch schnell operiert. Vielleicht hättest du ihm helfen können. Wenn du den Schrei nicht überhört hättest – –« – »Darf ich einen Einwand erheben?« fragte Csanda. »Du darfst. Du bist ein sehr freier Mann. So frei, wie du diese Woche sein wirst, warst du dein Lebtag nicht.« – »Sie sagten vorher: Die Sünde ist eine solche nicht an sich, sondern eine Sünde ist sie, weil sie dem Übel eine Tür öffnet. Nun, Sie sind hier im Gleichnis und in der Tat durch eine offene Tür eingedrungen: sind Sie denn vom Übel?«

Der Gast erhob sich langsam, seine dürre Gestalt hochstreckend, vom Tisch, erfaßte mit zwei sehr langen und schön geformten Fingern das Manuskript, auf dem er die ganze Zeit gesessen war, und warf es höchst undramatisch zum Fenster hinaus, etwa so, wie einer in Gedanken ein Stückchen Papier mit einer toten Mücke zum Fenster hinausfallen läßt. »Nach allem menschlichen Ermessen und namentlich nach dem Gefasel in deinem Totenbuch bin ich nicht nur von Übel, sondern das Übel schlechthin.« – »Warum haben Sie mein Buch hinausgeworfen?« fragte Csanda mit aufsteigendem Schluchzen in der Stimme. – »Hab' ich das? Überschätze das, bitte, ja nicht. Es war durchaus kein Werturteil. Zuweilen bin auch ich etwas zerstreut.« – »Darf ich es mir wieder heraufholen?« – »Was?« – »Mein Buch.« – »Das halte, wie es dir beliebt. Ich bin nicht dein Tanzmeister, obwohl mich deinesgleichen schon oft künstlerisch im Tanze dargestellt hat … Wenn ich jetzt auf dem Rücken des Gleichnisses zur halboffenen Tür hinausgetanzt bin, sind alle meine Geschäfte hier zum besten erledigt. Verlier du jetzt nur nicht wieder zuviel von deinem armen Bewußtsein. Du wirst es bald nötig haben.«

Zweites Kapitel

Das Vergessen

Als er die Augen wieder öffnete, fand er sich, wie er vor dem Eintreten des Gastes in seinem gepolsterten Lehnstuhl gesessen, eine Zeitung lesend vor seinem Schreibtisch. Draußen war die blaue Luftsäule wie weggeblasen. Der Himmel überzog sich dunkelgrau, ein stößiger Wind tummelte sich auf den Dächern. Es bereitete sich eines jener blitzschnellen Gewitter vor, die es der Stadt New York gestatten, mehrmals am Tage Sommer und Winter zu machen, und Frühling und Herbst dazu – das alles, ohne auch nur im geringsten auf Übergänge oder warnende Modulationen zu achten. Kaum am Himmel angedeutet, schon war es im Gange, das Donnerwetter.

Csanda sprang vom Sitz hoch und zum Fenster hin, um es schnell zu verschließen. Indes er mit einem Druck seines rechten Ellbogens das Fensterviereck niederschob, fiel sein Blick auf den Schreibtisch, wo auf der blankpolierten Platte nichts, rein gar nichts zu sehen war. Das Manuskript, das Totenbuch – es war weg! Csanda, des seltsamen Besuches sich kaum noch entsinnend, schob das Fensterviertel wieder hoch und blickte von der Höhe des zwanzigsten Stockes zu dem Abgrund des Häuserschachtes hinunter: schrecklich tief unten und dennoch deutlich im durchsichtigen Dunkel lag es, noch zwischen den hellblauen Deckeln ordentlich geborgen: das Manuskript. Sein Totenbuch. Nun, es ist in New York schon vorgekommen, daß ein plötzlich einbrechender Windstoß einem Schreiber etliche Manuskriptblätter vom Schreibtisch zum Fenster hinausgewischt hat. Zum Beispiel jenem kleinen Budapester Songdichter: dem hat einmal ein Gewitter vom Schreibtisch weg unter seinen Händen ein Notenblatt mit Text und Musik zum Fenster eines Hochhauses auf der 77. Straße hinaus und über Schluchten und Dächer durch ein offenes Fenster in eine Wohnung auf der 76. Straße hineingetragen.

Das wäre freilich kein Grund, warum Csanda just diese Begebenheit jetzt in den Sinn kommen mußte, hätte die Sache damit sein Bewenden gehabt. Aber jener kleine und wie alle Knirpse sehr rührige

Songdichter lief sofort in die Welt hinaus und dem verblasenen Manuskript nach bis in die Wohnung auf der 76. Straße, wo er sowohl das Notenblatt als eine reizende Emigrantin fand, die er bald darauf auch geheiratet hat. Die jenen Songdichter gut kennen, seine Budapester Freunde, behaupten zwar, er hätte die ganze Geschichte als einen Liebessong glatt erfunden. Allein, Csanda, der nicht bloß den Songdichter, sondern auch die reizende junge Frau gut kannte, war von der Wahrheit der Geschichte überzeugt, und ein eingefleischter Geschichtenträger, hatte er sie oft in Emigrantenkreisen erzählt und ihr in jedem Falle auch einen eigenen, kommentierenden Schluß beigefügt. Die reizende Emigrantin, so pflegte er die Geschichte zu schließen, würde den rührigen Knirps unter gewöhnlichen Umständen im Leben nicht genommen haben. Aber sie bildete sich ein, das in ihr Zimmer vom Wind ins Fenster hereingebrachte Blatt als die Botschaft eines unabwendbaren Emigrantenschicksals hinnehmen zu müssen. Wir verdanken es übrigens auch Csandas eigener Erzählung, wenn wir hier berichten können, daß er in jenem Augenblick, da er sein eigenes Manuskript in der Tiefe der Häuserschlucht auf dem Grunde liegen sah, sich noch keinesfalls seines seltsamen Besuches entsann, sondern eben der heiteren Ehegeschichte des kleinen Songdichters und seiner lieblichen Nachbarin. Er, Csanda, war seinem Manuskript nicht nachgelaufen. Er ging jetzt vielmehr, noch durchaus ruhigen Gemüts, an das Haustelephon, ließ sich den Türhüter kommen, schilderte ihm genau die Stelle, wo ein Schriftstück mit den blauen Deckeln zu suchen und zu finden wäre, und ging ein paar Minuten darauf zum offenen Fenster zurück, um den Vorgang des Suchens und Findens mit eigenen Augen zu überwachen. Indessen hatte der Gewitterregen bereits eingesetzt. Die Luftsäule in der Häuserschlucht verdunkelte sich zusehends tiefer, und dem Ausspäher oben war das Schriftstück mit den blauen Deckeln nur noch als ein grauer Fleck auf schwarzem Grunde sichtbar, auch das wohl bloß, weil das Auge des Spähers das winzige Viereck unten bei besserem Licht bereits gesichtet hatte. Die Ungeduld Csandas erwachte aber mit dem hörbaren Crescendo des Gewitterregens und sie steigerte sich zu einem nahezu physischen Schmerz, ehe er den operettenhaft ausgestatteten Admiralsmantel des Türstehers durch die Regengüsse auszunehmen vermochte. Mit wollüstiger Erleichterung sah er zu, wie der Türadmiral unter seinem zeltartigen roten Regenschirm sich bückte, wie er es vom Grunde aufhob, das kostbare Schriftstück, wie er obendrein ein übriges tat, der brave Admiral Jerry, indem er dem Ausspäher oben, den er mehr vermuten als mit nacktem Auge sehen konnte, ein beruhigendes Zeichen mit dem gefundenen Paket unter dem roten Zelt heraufwinkte.

Da er aber nun das Manuskript in Sicherheit sah, überfiel ihn eine körperliche Ermattung, wie er sie nur in jüngeren Jahren auf seinen Sommerwanderungen im Hochgebirge erfahren und sogar gewissermaßen zu genießen pflegte, wenn er, von einem fachkundigen Bergführer geleitet sowohl als auch herausgefordert, einen angestrengten Marsch über ein gefahrvolles Gletschergebiet mit einem noch gerade geglückten Sprung über die letzte Gletscherspalte hinter sich hatte und nunmehr in triumphaler Erschöpfung sich rücklings, der Schwere des Rucksackes nachgebend, in den grünen Frieden der nächsten Wiesen ermattet fallen ließ. Seine Gedanken waren völlig aus den Gleisen des Gedächtnisses geraten. Er wußte nur noch, daß er einer großen Gefahr nah gewesen sei. In der Süßigkeit der tiefen Ermattung war er bloß des Glücks inne: Das Manuskript vom Totenbuch, es ist geborgen. Bald wird der Türhüter an die Tür klopfen, mit feierlicher Wichtigtuerei den Fund überreichen, das »Thank you, admiral« und den dazugehörigen Dollar mit einem Ernst in Empfang nehmen, als sei ihm der Titel nicht im Scherz, der Dollarschein nicht im Ernst gegeben, und alles endlich zum besten geordnet sein. Schon auf seiner Ruhecouch ausgestreckt, langte er mit der Linken in die Tasche, wo er lose Dollarscheine vermutete, besann sich dabei des noch rauschenden Gewitterregens, legte sich demzufolge nicht einen sondern zwei Dollarscheine für Admiral Jerry zurecht, und bald darauf war er in Gedanken damit beschäftigt, das letzte, noch ausstehende Kapitel seines Totenbuchs zu entwerfen …

Fortsetzung des zweiten Kapitels

Er ging, geleitet von zwei Männern, über einen rein betonierten Fußweg zu einem leberfarbenen Fabrikgebäude. Die zwei Männer trugen schwarze Mäntel aus dem glanzigen Wachstuch, das die Deutschen erfunden haben, um sich bei dem großen Blutvergießen trokken zu halten. Sie waren als Offiziere adjustiert und nicht schrecklich anzusehen. Er wußte nicht, ob er zwischen den zwei Männern als ein eben Verhafteter zu einem Verhör ging oder als Eingeladener zur Besichtigung der leberfarbenen Fabrikanlagen. Es waren da mehrere langgestreckte barackenartige Gebäude, ohne Fenster, mit runden Luken in den Seitenwänden. Die Offiziere redeten nicht zu ihm, sie sprachen auch nicht miteinander. Die Gehrichtung ergab sich wie von selbst dadurch, daß die zwei Männer so dicht an seinen Seiten gingen, daß ihm bald der eine, bald der andere mit einem stoßartigen, doch nicht zu lästigen Ruck seine Schritte einmal rechtshin, einmal linkshin in die offenbar vorgeschriebene Richtung drängte. Als sie vom hellbesonnten Betonweg in das Dunkel der ersten Baracke traten, flüsterte einer der Offiziere an seinem linken Ohr: »Hören oder sehen!«, der andere Offizier mit leiser Stimme an dem andern Ohr: »Beides zugleich verboten.« In dem Dunkel konnte er nun große Pein hören. Keine Schreie, kein artikulierter Laut. Nur ein ungeheures Summen der Qualen war zu hören, wie das Gesumm von Insekten über einer Sommerlandschaft in der Zeit der Ernte. »Hier ist große Ernte«, flüsterte wieder einer von den Offizieren rechts an seinem Ohr, und der andere linkerseits wieder mit gleicher Stimme: »Hier wird auf der Stelle gedroschen.« Die ungeheure Monotonie des Summens fing auch an, in seine Ohren einzudringen; es war wie ein scharfer heißer Schnee, der ihm die Ohren so erhitzte, daß er bald nur noch das Rauschen und Klingen des eigenen Blutes zu hören vermochte, indes das müde Summen der großen Pein sich von ihm entfernte und bald vollends verstummte. »Mir kocht es heiß in den Ohren. Ich kann nichts mehr hören«, wollte er bei den Begleitern sich beklagen. »Dir ist das Hören vergangen«, belehrte ihn einer der Offiziere. »Bald wirst du sehen«, flüsterte der andere hinzu.

Sogleich waren sie aus dem Dunkel heraus, und sie gingen wieder zu dritt auf dem besonnten Betonweg. Als sie in die zweite Baracke eingetreten waren, belehrte ihn wieder einer von den Begleitern: »Hier wird operiert.« Der zweite aber fragte diesmal: »Willst du hören oder sehen?« – »Wenn ich hier zu Besuch bin?« wollte er seinerseits fragen. »Er glaubt, er wäre hier ein Gast«, flüsterte der eine Offizier zu dem anderen, und er erkannte an ihrem Atem, daß sie lachten. Dann flüsterte ihm einer: »Hier ist man nicht«, der andere setzte gleich hinzu: »Hier wird man.« – »Wenn ich die Wahl habe, so will ich hier nicht sehen und nicht hören«, bat er, und er hörte die

Tränen in seiner eigenen Stimme. »Nicht hören, nicht sehen!« sagte ein Offizier, diesmal mit lauter Stimme. »Nur schreiben?! Greuelmärchen schreiben?!« zischte der zweite mit verbissenen Zähnen. Sogleich fing er auch zu sehen an: Viele Messer blitzten im hellbeleuchteten langen Raum auf und nieder, auf und nieder, Messer von verschiedener Größe, in allen Mustern: einschneidige und zweischneidige, gerade und gebogene Messer, lange und kurze, schmale und breite, heiß blitzende und kalt hackende. An jedem Messer war zu sehen: eine triefende Hand, ein haariger Armmuskel, vor einer triefenden Metzgerschürze, das alles hin und wieder aufscheinend und verschwimmend in einem rötlichen Dampf, der den langen, niederen Raum erfüllte und erhitzte. Überall war emsiges Schneiden, Hacken, Stechen, aber woran die Messer schnitten, stachen, hackten, war nirgendwo zu sehen. Er fragte sich, ob es eine Strafe oder eine Gnade war, daß er hier bloß zu sehen und nichts zu hören hatte.

Kaum hatte er das gedacht, da waren sie schon wieder zu dritt auf dem Betonweg, in heller Luft. »Er hat sich nicht schlecht gehalten«, hörte er den einen zu dem anderen Begleiter sagen. »Das wird man erst vor der Austernwand entscheiden«, erwiderte der andere. Sie sprachen nunmehr laut, mit scharfen Stimmen, als sprächen sie miteinander im Zorn. »Zu Befehl«, sagte der offenbar Zurechtgewiesene, und sie marschierten nun wortlos zu der dritten leberfarbenen Baracke. Sie traten dort, diesmal deutsch-militärischen Schritts, die Beine aus den Hüften werfend, ein. In dem genau im Quadrat gehaltenen Raum waren drei Wände halb verdämmert, die dritte aber leuchtete kraß auf. Diese Wand leuchtete gewissermaßen von eigenem Licht. Es kam von den ungezählten Blicken ungezählter Augenpaare. Ein menschlich-unmenschliches Licht. Denn diese Augen waren nicht etwa an die Wand gemalt. Es waren menschliche Augenpaare, ausgeschnitten aus lebendigen menschlichen Gesichtern und eingesetzt in diese Wand. Paar bei Paar, Paar über Paar, Paar unter Paar in ein ordentliches Tapetenmuster gebracht; eine ganze Wand voll Menschenaugen. Die Augen lebten. Die Augen schauten umher. Die Augen blickten mit den Farben, mit dem Ausdruck, mit dem Glanz von menschlicher Beseelung. »Was siehst du?« fragte ihn einer von den Offizieren. Noch ehe er antworten konnte, packte ihn jeder von ihnen mit festem Handgriff je an einem Ellbogen. »Augen ... seh ... ich«, sagte er mit schier erwürgter Stimme. »Was für Augen?«

fragten beide unisono. »Menschenaugen«, antwortete er, schon schluchzend, aber noch gerade verständlich.

Darauf ließen beide Offiziere von ihm ab, und einer sagte: »Ein notorischer Schreiber, einer von Ihren Kollegen, der der Wirklichkeit nicht in die Augen sehen kann, meinte hier, es wären Austern. Daher der Name Austernwand.« Darauf taten sie wieder ihre Stimmen zusammen, diesmal hinter seinen Schulterblättern, und auch diesmal konnte er nur an ihren Atemstößen erkennen, daß sie lachten. Nun stieg ihm der Ekel so hoch, daß er wünschte, er könnte auf der Stelle und vor den Offizieren sich erbrechen. Aber eine Ahnung, eine warnende Mahnung hielt den ersten Krampf zurück. Er tat sich peinliche Gewalt an und er beherrschte sich. Mit offenem Munde und furchtbar klopfenden Herzens starrte er gegen die Augenwand. Auf einmal wich der Ekel von ihm und er sah. Ein Augenpaar hoch an der Wand schaute mit sprechender Lebendigkeit zu ihm herunter. Diese Augen kannte er, und er erkannte sie an ihrem herzensguten, braunen Blick: es waren die leuchtenden Augen jener Dichterin, die sich geweigert hatte, ihre Schwestern und ihre Glaubensbrüder zu verlassen, obgleich die Obermörder befohlen hatten, ihr zur Flucht in die Freiheit zu verhelfen. Es war das eine der Hauptgestalten seines Totenbuches. Er wollte nun noch näher an die Augenwand gehen, noch andere Augenpaare herauszufinden, zu erkennen und sich zu merken, für immer, für immerdar – – Aber die zwei Offiziere ließen das nicht zu. Kaum hatten sie seine Absicht verstanden, als sie ihn griffen, fest in die Mitte nahmen, ihre Schultern hart gegen seine stemmten und ihn schnell aus dem Raume entführten. Draußen auf besonntem Betonweg standen zwei freundliche Soldaten in wattierten, durchgesteppten Winterjacken. Als sie ihn zwischen den zwei Offizieren kommen sahen, salutierten sie, und einer zwinkerte ihm sogar zu und sagte eine augenscheinlich freundlich gemeinte Ermunterung, die er aber nicht verstand. Die große Neugier, vor der Augenwand erwacht, entbrannte in ihm wieder. Er wollte unbedingt den fremden Soldaten nach dem Sinn seiner Worte befragen, aber auch diesmal wollten seine Begleiter es nicht dulden, und sie ließen es nicht zu. »Was hat mir der fremde Soldat zugerufen?« wollte er wissen, indes die zwei ihn weiterdrängten. »Was weiß ich, was die in ihrer Sprache reden«, sagte einer, und der zweite setzte hinzu: »… die Kalmücken.« Jetzt auf einmal, da er sie laut vor sich reden hörte, war ihm zumute, als hätten sie einen Teil ihrer Macht über ihn verloren. Er konnte denken. Der lähmende Schreck war von ihm gewichen. Während sie wieder auf dem besonnten Fußweg zu dem leberfarbenen Bau der vierten Baracke gingen, erinnerte er sich der Augenpaare, die er nun mit Gewißheit zu identifizieren vermochte. In der obersten Reihe der Austernwand waren es alle Augenpaare: sie waren alle Augen von den Menschen aus seinem Totenbuch. Wenn er sich das, was ihm noch in der vierten Baracke zu sehen bevorstand, gut einprägt und hernach auch beschreiben kann, so wird das ein würdiger Schluß sein für sein letztes Buch. Vor dem Eintritt in die vierte Baracke belehrten sie ihn wieder in ihrer Flüstersprache wie zum Beginn des Prüfungsganges. Es war ihm ja schon klar, daß er einer Prüfung, ja einer Versuchung, ja vielleicht sogar einer Provokation ausgesetzt war. »Wir kommen jetzt zu dem ›Zeichensaal‹«, sagte einer von den Offizieren, und der zweite: »Du kannst dir ein Medium aussuchen«, und beide, wieder in der Flüstersprache: »Wenn er sich hier gut hält.« Sie waren eingetreten.

Wenn ich nur erraten könnte, was bei diesen Führern gute Haltung heißt, dachte er, entschlossen, die Prüfung zu bestehen. Um des Lebens willen. Um des Buches willen. Um seines Totenbuches willen. Und seine Sucht, zu sehen und zu berichten, spannte sich über ihm aus wie ein Netz. In langen Reihen standen in diesem Saale schmale weiße Betten, die aber mehr wie Operationstische anzusehen waren, denn sie standen hoch und sie rührten sich auf leichten Rädern. Auf jedem dieser Tische lag eine nackte Frau, die mit Händen und Füßen an das Bett gekettet war. Männer in weißen Kitteln arbeiteten an den nackten Körpern mit spitzen Instrumenten und Tinkturen, assistiert von älteren Weibern mit Schwämmen und Kübeln. »Er hat es noch nicht erfaßt«, hörte er einen von den Begleitern. »Er ist zu neugierig«, erklärte der zweite. »Ich hab' es erfaßt«, hörte er sich selber sagen, gleichzeitig dessen wohl inne, daß er sich das bloß dachte, »sie brennen den Frauen Zeichen ein.« – »Sie zeichnen«, sagte einer. »Sie kennzeichnen«, sagte der zweite.

Ich muß dahinterkommen, was diese Zeichner da hineinbrennen, dachte er. Zögernd, in Befürchtung, die Begleiter würden ihn hindern, hielt er im Gehen inne, und da sie ihn nicht zwangen, hielt er vor einem der schmalen Operationsbetten an und sah: die Frau, an der zwei Zeichner arbeiteten, war von edler Gestalt, mit überlangen

Beinen, die vom Operationstisch herabhingen, zuckend, zuckend, zuckend. Auf den jungfrischen Körper der ans Bett Gefesselten stemmten zwei Assistentinnen ihre alten, dickadrigen, verknorpelten Hände, indes die beiden Zeichner mit ihren Ärmeln und Armen den Oberkörper der Gepeinigten verstellten. Wie die Beine war der angespannte edle Hals der jungen Frau überlang, dergestalt, daß ihr schmaler schwarzgescheitelter Kopf vom Bett der Pein herunterhing, im regulären Takt mit den herabhängenden Beinen zuckend, zukkend. Wenn es hier um das Heil meiner Seele und meiner Glieder geht, ich rühre mich hier vom Ort nicht, ehe ich dahintergekommen bin, was die dieser armen Haut da einbrennen, die zwei Zeichner. Die Begleiter ließen ihn stille stehen und zusehen. Nach einer Weile der Pein ließen beide Zeichner von der Gepeinigten ab, traten ein, zwei Schritte zurück und warteten. Die zwei alten Aufräumerinnen wuschen nun mit ihren triefenden Schwämmen zwischen dem Halsansatz und den Brüsten der Schweratmenden. Nach getaner Waschung traten die Aufräumerinnen wie die zwei Blutzeichner ein, zwei Schritte zurück. Alle konnten nun das Ergebnis sehen. Auf der jungen Haut des – nunmehr sah man ihr feines, von der Pein blau angelaufenes Gesicht – kaum mehr als zwanzigjährigen Mädchens stand in sauber gestochener Blockschrift zu lesen: FELDHURE No. 15637. Indes die zwei mit ihrer Handschrift zufriedenen Künstler ihre Zigaretten entzündeten, trat eine von den Aufräumerinnen mit einem Spiegel in der Hand an das Folterbett, und – wie ein Friseur den Haarschnitt seiner Kundschaft zeigte sie dem Opfer der Pein das gelungene Werk im Spiegelbilde. An den entsetzt aufgerissenen Augen wie an dem Mund konnte man ausnehmen, wie sie aufschrie, ehe sie vollends die Besinnung verlor.

»Hier hat er seinen Mann nicht gestellt«, hörte er einen sagen. »Er muß auf die Fluchtprobe gestellt werden«, entschied der zweite, der offenbar den höheren Rang hatte. Schon zwängten sie ihn mit ihren starken Schultern von beiden Seiten eng, atemraubend ein und stießen ihn, mehr als sie ihn führten, zu einem bogenartigen Ausgangstor, auf einem rötlich ausgestreuten Pfade an einem blumenbebauten Gärtchen vorbei zu einem offenen, schön weiß ausgepflasterten Platz. Ohne zu wissen, warum er so empfand, fühlte er eine absurde Freude, als er nun einsehen durfte, daß die ganze leberfarbene Folteranlage mittendrin, gleichsam im Herzen eines hübschen süddeutschen Städtchens gelegen war, das mit seinen Musikfestspielen eine ganze Kulturwelt entzückte ... »Weil du in dem lustigen Zeichensaal nicht deinen Mann gestellt hast –«, sagte der mit dem höheren Rang. »Obwohl dir ja auch hier die Gnade des Nichthörens gewährt worden war ...«, fügte der mit dem niederen Rang ein. »... Wirst du die Fluchtprobe zu bestehen haben.« – »Heißt das: einen Fluchtversuch machen?« Die Offiziere nickten ihm bestätigend zu, aber mit hochgezogenen Brauen, als erwarteten sie eine weitere Frage. »Einen Fluchtversuch, auf dem man manchmal von hinten erschossen wird?« fragte er noch. Die Offiziere nickten ihm wieder fast freundlich zu, aber mit noch höher gezogenen Brauen und staunender Trauer in den Augen. »Ich werde keinen Fluchtversuch machen«, sagte er mit fester Stimme, fühlte aber, wie auch er die Brauen unwillkürlich hochzog, in Erwartung der üblen Folgen seiner Widerspenstigkeit. »Auch wenn du keinen Fluchtversuch machst, hast du die Fluchtprobe zu bestehen. Das ist Gesetz«, sagte der Ranghöhere, indem er seinen Revolver entsicherte, der auf einmal in seiner rechten Hand aufblitzte.

»Die Probe ist sehr einfach«, sagte der Untergeordnete. »Siehst du den Stadtplatz da?« fragte er und deutete mit seinem auch bereits schußfertigen Revolver auf den gar schön umpflanzten Platz. Er war rund und vollkommen leer. Die weißen Steinplatten, auf denen jetzt das heiße Licht der Sommersonne lag, glänzten so grell, daß er sogleich beide Hände übers Gesicht warf, um die Augen zu schützen. Die Patrizierhäuser erschienen alle leer. Alle waren drei Stock hoch, ihre länglichen Fenster waren mit schwarzer Verhüllung alle blindgemacht. Nur ein Fenster, hoch im Giebelzimmer des höchsten Hauses, stand weit offen. Beide Fensterflügel wiegten sich langsam in den Riegeln, bald öffnend, bald schließend. Sooft die Flügel in öffnender Bewegung waren, sah man noch die Hand einer Frau am mageren Unterarm zum Fenster heraushängen, ihr goldener Ehering erglänzte in der Sonne. Die Hand winkte schwächlich, ein totes Blatt im Windhauch. »Du siehst also den Platz?« fragte der Untergeordnete mit Flüsterstimme. »Ich seh' den Platz. Er ist leer«, sagte er. »Nicht so voreilig«, sagte der erste Offizier. »Nicht so voreilig. Sieh genau hin. Ist er völlig leer?« – »Ja«, antwortete er wie im Trotz. »Leer. Nur ein dürrer Zweig liegt gerade in der Mitte des Platzes.« – »Er sieht schon den Zweig«, meldete der zweite dem ersten Offizier militärisch servil. »Wenn ich jetzt das erste Schußzeichen gebe, wirst du sofort zu gehen haben, langsamen, immer langsamen Schritts, in der Richtung zu dem Zweig. Verstanden?« Der Vorgesetzte sprach zu ihm nun wie in steigender Besorgnis: »Antworte immer kurz: ja, nein. Du darfst jetzt nicht mehr Fehler machen. Keinen einzigen mehr. Auch nicht in deiner Rede. Einen hast du bereits gemacht. Verstanden?« – »... Ja«, sagte er, um es kurz zu machen, obwohl er sich keines Fehlers bewußt war. »Du hast den Zweig dort ›dürr‹ genannt. Ist er aber dürr? Erinnere dich. Hier ist man nicht. Hier wird man. Schau zu, wie du hier auf den grünen Zweig kommst, den du ›dürr‹ genannt hast. Los! Mar-schieee-ren marsch!«

Das »Los!« hörte er noch, das letzte Wort des Offiziers fiel schon mit dem Revolverschuß zusammen. Er verstand, daß er über den leeren Platz um sein Leben ging. Dennoch fühlte er in diesem Augenblick keine Beängstigung. Gemessenen Schritts, damit gar keine Mißdeutung seiner Gangart aufkomme, ging er von einem weiß gleißenden Pflasterstein zum andern, behutsam einen Schuhfuß nach dem andern hebend absetzend, hebend absetzend, als ginge er auf einem frisch aufgeackerten Feld, unter dem gestrengen Blick seines Vaters, mit breiten Gebärden Weizen aussäend, in der solennen Würde eines erfahrenen Ackermannes. Er sah den Vater nicht, er fühlte aber seinen Blick über seinen ganzen Körper ausgeschüttet als ein Schutzgewand. Er ging nicht mehr allein über den nun ungeheuer hellen Platz. Es dauerte schrecklich lange, bis er so nah war dem dürren Zweig, daß er die Pflastersteine abzählen konnte, die zwischen ihm und dem Zweig noch waren. Indes er sich zum Zählen der gleißenden Steinplatten anschickte, vernahm er nahes Getrappel von Pferdehufen. Schon sah er es an dem hohen Haus mit dem offenen Giebelfenster vorbeigaloppieren, ein leberfarbener Hengst mit weißem Stern an der Pferdestirne, ein leberfarbener Reiter mit schwarzem Krummstern an seiner Menschenstirn. Schon kamen Roß und Reiter, wie mit einer Schnur herangezogen, geradewegs dem Schreitenden entgegen, in gerader Richtung auch zu dem dürren Zweig. Wie der Schreitende selber, genau sieben Pflastersteine vor dem Zweig, winkte der Reiter dem Schreitenden gebieterisch zu. Er verstand den Wink. Es war eine Herausforderung zum Wettlauf. Der Schreitende hielt nicht inne. Er ging aber jetzt in großer Furcht.

Erloschen war der Vaterblick. Angesichts dieses Reiters war er allein. Frost, schneidenden Frost im Herzen, ein heißes, ein glühendes Hufeisen am Hinterkopf – da trifft die Kugel den Fluchtverdächtigen – kalten Schweiß auf der Stirn, schritt er langsam von Pflasterplatte zu Pflasterplatte, das leberfarbene Pferd im Auge. Die Beine zitterten unter ihm, er hielt sie mit den Händen an den Oberschenkeln krampfhaft an, daß sie ihn nicht in seinen letzten Lauf schleuderten. So nah dem Ziel, daß er den Dampf des schweißbedeckten Pferdes atmete, geschah etwas so Unbegreifliches, daß er, gefahrvergessen, auf der Stelle stillstand. Das Pferd, zwei Pflasterplatten nah dem Zweig, spitzte die Ohren, schnaubte weißen Schaum gegen den Zweig, bäumte sich: Es sank aber plötzlich in die Knie seiner Vorderbeine und schlug mit seinem schweißschäumenden Maul auf das Pflaster. Zu gleicher Zeit tat der Zweig, was dem Pferd mißlungen war. Der Zweig bäumte sich hoch und stand gerade als ein Bäumchen vor dem Kopf des gestürzten Pferdes.

»Sie haben mir die ganze Milz verbrannt«, sagte der leberfarbene Hengst, öffnete noch einmal seine violettsamtenen Pferdeaugen, und den Reiter unter sich begrabend streckte es sich in seinen schnaubenden Tod. Nun neigte sich das Bäumchen über den gestreckten Pferdehals, und mit allen seinen dürren Ästchen anklammernd, saugte es beide Kadaver, Roß und Reiter, fürchterlich schnell in sich ein. Bald lag es, nicht mehr dürr, sondern frisch berindet, grün beblättert, auf der Stelle, wo die zwei Kadaver verschwunden waren. Und wie ein Schmetterling über einer Blüte seine Flügel in der Sommersonne faltet und entfaltet, so tat der Zweig mit seinen Blättern, die, sich faltend und entfaltend, bald dunkel-, bald hellgrün in äußerster Verzückung erglänzten. Bestürzt von diesem Spiel im Licht, setzte er mit einem hohen Sprung über den Zweig und fiel, gleichzeitig mit dem letzten Revolverschuß, auf das Pflaster. Er hörte den Knall. Er war gerettet.

Nun schlief er, ruhig auf- und niederatmend, tief. Und träumte nichts weiter.

Schluß des zweiten Kapitels

Obwohl er sich wiederholt ermahnt hatte, alles genau zu beachten, um es für seine abschließende Arbeit an seinem Totenbuch zu verwerten, war alles Traumgeschehen zunächst spurlos aus seinem Gedächtnis ausgelöscht, kaum daß er von seiner Ruhecouch sich erhoben hatte und mit halbwachen Gedanken sogleich zu seiner Angst um das Buch zurückkehrte. Sein Blick fiel auf den Teppich, wo die zwei Dollarscheine zerknittert lagen. Er wurde nun gleich gewahr, daß der Torhüter das Manuskript noch nicht heraufgebracht hatte. Zwar fühlte er bis zu den Zehenspitzen, wie gut er ausgeruht war, aber war er denn wirklich müde gewesen? Wann war er je müde um die Mittagszeit? Er ging an das Fenster und blickte herunter. Bei wieder geklärtem Wetter war Licht in dem Schacht und kein Dunkel im tiefen Grunde. Der Betonboden war rein und leer. Das Buch war also in Sicherheit, obgleich noch nicht auf seinem Platz auf dem Schreibtisch. Allein, an dem Haustelephon meldete sich nicht mehr Admiral Jerry, sondern der andere Torhüter, Sam mit Namen, ein statuarischer Russe, der Csanda an die majestätischen Lakaien im Hause seines Großvaters erinnerte. Admiral Jerry? Der war eben schon fort. Vier Uhr, das war doch die Zeit für ihn, Sam, den Dienst zu übernehmen. In aller Höflichkeit mußte sich der majestätische Sam über Herrn Csanda wundern. Sechzehn Jahre wohnt er im Haus und weiß nicht, wer von den zwei Torhütern um vier Uhr auf seinem Posten zu sein habe! Ein Schriftstück? Ein Paket? Nein, Admiral Jerry hat nichts hinterlassen für Mr. Csanda. Wo Jerry jetzt war? Vermutlich in Larry's Bar, jetzt um viertel nach vier. Der majestätische Sam war ein gewissenhafter Türhüter, in jeder Hinsicht das Gegenteil von Admiral Jerry. Ein Irrtum in der Zeit war auszuschließen. Die Vorstellung aber, wie Jerry, ein Alkoholiker, jetzt unter den anderen Alkoholikern in Larry's Bar mit dem Manuskript seines Totenbuches saß und sich betrank, machte Csanda Kopfschmerzen. Mehr um sich zu zerstreuen, drehte er den Radioapparat auf. Wenn Sams Zeitangabe genau war, so war das Programm der ungarischen Stunde bereits im Gange. Modern gereinigt und dennoch feurig durchaus in ihrem echten Geblüt, schlugen ihm die Töne der Háry János-Suite von

Kodály an Ohr und Herz. Was war es bloß, das ungarische Musik so unverkennbar von aller anderen unterscheidet? Er ist kein Musiker, aber wenn er es in Worte fassen sollte, er würde eine Gebärde beschreiben: eine Hand, abwehrend vorgehalten an dem Ohr, weil das Herz allein sein will mit seinem so eigenen Weh und seiner eigenen Lust. Er wird sich diese Formulierung merken. Sie ist es wert, aufgezeichnet und in guter Stunde ausgeschliffen zu werden. Auf einmal brach die Musik ab, abrupt, wie eine menschliche Stimme, gewaltsam unterbrochen. Und eine wohllautende Männerstimme, wie mechanisch eingesetzt, verlautete auf ungarisch: »Meine Damen und Herren, wir unterbrechen unsere Sendung, um eine tragische Nachricht zu bringen. Unser großer nationaler Dichter, Géza Corvin, ist Opfer eines Verkehrsunfalls geworden. Heute gegen 12 Uhr mittags ist er Ecke Colombus Avenue und 65. Straße von einem Lastauto erfaßt und auf der Stelle getötet worden. Doktor Corvin war auf dem Wege zu seinem Freund Aladar Csanda. Meine Damen und Herren – – –« Und Aladar Csanda fiel auf sein Gesicht, wie ein Mann fällt, der tot ist.

Drittes Kapitel

Die Tröster. Später kommen die Erben

Ihn zu trösten kamen seine Freunde. Das waren vier Ungarn. Einer, der Schreiber, hieß Aradi. Der zweite hieß Varadi. Dieser war ein Zeichner. Der dritte hieß Nagyvaradi. Man nannte ihn Postminister, obwohl er nur drei Tage lang Postminister gewesen war. Der vierte hieß Dr. Kocska. Dieser war ein Mann Gottes, und er sprach das erste Trostwort. Er sagte: »Die erste Sünde ist die Erbsünde. Jeder Mensch begeht diese Sünde mit der Geburt. Mit der Taufe wird er reingewaschen im Namen Jesu. Die Frage ist nur, ob du richtig getauft worden bist. Wenn du katholisch – –« – »Ich bin nicht katholisch. Aber ich bin im Namen Jesu getauft«, erwiderte ihm Csanda mit müder Stimme. »Das gibt es nicht«, sagte Dr. Kocska, »wenn du nicht katholisch – –« – »Hör du auf mit deinem ›katholisch und nicht katholisch‹, sonst gehst du hinaus ...« – »In meiner Gegenwart wird niemand beleidigt, nicht einmal ein Mann Gottes«, sagte der Postminister in ruhigem Wohlwollen und fügte in gleichem Ton hinzu: »Aber Unsinn bleibt Unsinn. Wenn dieses dein ›katholisch und nicht katholisch getauft‹ einen Sinn hätte, ist das gewiß gutgemeint, macht aber dein Trostwort zum Unsinn.« – »Warum?« wollte der Zeichner wissen. »Ich glaube nicht an die Erbsünde«, redete der Postminister weiter zu dem Mann Gottes, ohne den Zeichner zu beachten, »aber selbst wenn ich an die Erbsünde glaubte, scheint es mir unsinnig, in diesem Fall davon zu reden. Wenn wir alle mit dieser Sünde geboren werden, warum sollte der Himmel ausgerechnet unsern lieben Aladar Csanda damit belästigen? Warum nicht dich? Du bist sogar ein Priester. Doch läßt man dich mit deiner Erbsünde frei herumlaufen. Und unser armer Aladar soll sterben, wenn er nicht zu sagen weiß, was seine erste Sünde war.« – »Jenö, du vergißt, daß ich katholisch getauft bin«, erwiderte der Mann Gottes. »Ich bin überhaupt nicht getauft, weder richtig noch unrichtig, und ich verrichte jeden Tag, ganz besonders jede Nacht, so viele Sünden wie du Gebete. Trotzdem fragt kein Mensch und kein Engel und nicht einmal ein

Teufel, warum und wo und wie ich meine erste Sünde verrichtet habe!« Das sagte laut und vernehmlich, so laut, wie die ungarische Sprache es verlangt, Aradi, der Schreiber. »Warum sagst du immer: verrichtet? Eine Sünde verrichtet man nicht. Eine Sünde begeht man. Ein Gebet verrichtet man.« – »Das ist Geschmacksache«, meinte Aradi, »ich verrichte meine Sünden mit einer solchen Inbrunst wie du deine Gebete. Und ich bin gewöhnt, genau zu reden.« – »Warum?« fragte wieder der Zeichner, und zum Beweis, daß er keine Antwort gewärtigte, fing er an, den im Bett liegenden Csanda zu zeichnen. »Ein Heiliger sprach einmal zu seinen Schülern, und er sagte: ›Vielleicht werden wir uns noch einmal zu verantworten haben dafür, daß wir als Säuglinge die Brüste unserer Mütter mit den Füßen getreten haben.‹« Das sagte der Postminister. »Vielleicht ist das seine erste Sünde.« – »Das ist nicht so gemeint wie gesagt«, warf Dr. Kocska schnell ein, »erstens: wie könnte ein Säugling sündigen, und zweitens – –« Ihn unterbrach wieder der Schreiber Aradi: »Wenn du glaubst, daß ein kaum Geborenes, das noch nicht einmal von der Mutterbrust gekostet hat, für eine Sünde verantwortlich gemacht wird, wie kannst du behaupten, daß ein Säugling nicht sündigen kann, weil er die Brüste seiner Mutter getreten hat?« – »Zweitens«, setzte der Mann Gottes fort, als wäre er gar nicht unterbrochen worden, »ist die erste eine Erbsünde, mit der jedermann zur Welt kommt – –« – »Drittens«, unterbrach ihn wieder der Schreiber Aradi, »hab' ich nicht gern, wenn man seine Argumente numeriert. Deine Argumente verdienen keine Köchelnummer. Aber wenn du numerierst, numerier' ich auch. Drittens sage ich also, daß jener Heilige, der so ein zartes Gewissen hatte, daß ihm die Brüste der Mütter wehtun, die von Säuglingen getreten werden, bei weitem humaner gefühlt und gedacht hat als alle Theologen, die uns immer mit der Erbsünde drohen, die ganze Welt austaufen wollen und demzufolge sogar dafür das Gebot der Gewalt aufgestellt haben: Coge intrare! sagen sie. Zwinge einzutreten! Noch in unserer Zeit ist es geschehen, daß man nicht richtig Getaufte, wenn es nicht anders ging, mit Hilfe von Maschinengewehren richtig getauft hat.«

Hier stöhnte der im Bett liegende Csanda auf, und er sprach: »Ich habe euch, meine guten Freunde, hergebeten in der Erwartung, daß ihr mir helfen werdet, meine erste Sünde aufzufinden. Meine persönliche Sünde. Denn deine Erbsünde, Vater Kocska, in allen Ehren, aber sie interessiert mich nicht, weil sie mir nicht hilft. Und ich brauche schnelle Hilfe. Dein Heiliger mit den getretenen Mütterbrüsten hilft mir auch nicht. Ich bin hier der einzige, der die Brüste seiner Mutter nicht getreten hat. Ich war das siebente Kind in meiner Familie. Meine Mutter hat keine Milch mehr gehabt. Mich nährte eine Amme. Ilona hat sie geheißen.« – »Da hast du Glück gehabt. Du wärest sicherlich fähig gewesen, die Brüste deiner Mutter zu treten. Dichter kommen gewiß nicht nur mit ihrem Talent, sondern auch mit ihren sadistischen Neigungen zur Welt.« – »Warum?« redete der Zeichner vor sich hin und legte die Zeichnung dem sichtlich geschmeichelten Csanda auf die Bettdecke. Der kranke Dichter prüfte die Skizze aufmerksam und nickte dem Zeichner lebhafte Billigung zu. Das Blatt machte die Runde von Hand zu Hand. Alle lobten den Zeichner. Nur der Priester äußerte einen Einwand: »Es fragt sich, ob es recht ist, von einem Leidenden, der im Bett liegt, eine Karikatur zu machen, und wäre sie noch so treffend.« – »Warum nicht?« fragte der Schreiber, der ein Mann von enzyklopädischer Bildung war und dem Drang nachgab, jede Frage von mehreren Richtungen zu betrachten, als es in der Geographie, in der Ästhetik, in der Ethik und sogar in der Logik gibt. Er hatte kein einziges Buch veröffentlicht. Aber in jedem Lande, wo ihn die welthistorischen Katastrophen unserer Zeit hintrieben, schrieb er in der Sprache des jeweiligen Landes unanfechtbare Doktorthesen, die er an titelsüchtige, aber unartikulierte Gelehrte verkaufte, für gutes Geld, aber auch für gute Worte. Er schrieb die Thesen gern, pünktlich und schnell. »Warum sollte man von gesund sitzenden, gehenden, laufenden, reitenden, ja sogar tanzenden Sterblichen Karikaturen machen dürfen, aber von leidend Liegenden nicht? Obwohl diese doch meistens noch viel komischer zu sein pflegen als jene.« – »Weil man einen Kranken mit Mitleid behandeln soll, nicht mit Humor.« Und Dr. Kocska schickte sich bereits an, eine gefühlvolle Predigt zu entwerfen. Aber der durchaus säkulare Postminister hielt ihn zurück, indem er ihm gütig zustimmte: »Das stimmt. Das stimmt, Hochwürden. Aber sollte man nicht von Fall zu Fall dem bemitleidenswerten Kranken die Entscheidung überlassen? In unserem Fall scheint die Karikatur dem Leidenden sichtlich zu gefallen.« – »Warum?« warf der Zeichner wieder gedankenlos ein, nahm sogleich ein neues Blatt und machte sich wieder an die Arbeit. »Ich höre immer ›krank‹ und ›leidend‹

und wieder ›krank‹ und ›leidend‹. Wie steht es mit dir, Bandi? Du liegst im Bett. Gut. – Aber bist du krank? Was fehlt dir, Aladar? Du suchst Antwort auf eine peinigende Frage. Gut. – Du mußt die Antwort zu einem gewissen Termin finden. Gut. – Aber mußt du dabei im Bett liegen?« wollte der Postminister wissen. »Es gibt in jeder Sprache den Ausdruck: auf den Tod krank sein. Ich werde nach einer Woche sterben, wenn ich die Antwort nicht finde. Ich muß immerzu daran denken. Immerzu denk' ich dran. Kann man mit einem solchen Gedanken spazierengehn? In ein Kino vielleicht? Oder mit dir in ein Nachtlokal?« – »Im Bett liegt man, wenn man sich nicht gut fühlt und ein Arzt einem Bettruhe anordnet. Hast du hier einen Arzt gehabt? Hat er dir Bettruhe angeordnet?« – »Ich leide die Qualen Hiobs«, klagte Csanda weinerlich, »und man fragt mich, ob ich telephoniert habe!«

»Hiob hat Gott in seiner Gnade auch mit ein paar physischen Plagen beschenkt. Zum Beispiel mit Aussatz. Den Armen hat es so gejuckt, daß er sich mit Tonscherben kratzen mußte, weil es damals noch keine Dermatologie gegeben hat. Du, mein lieber Bandi, leidest nicht die Qualen Hiobs. Steh auf! Kleide dich elegant an und geh mit uns ins ›Little Hungary‹ zum Nachtmahl.« – »Ich leide nicht an den physischen Plagen Hiobs. Mich juckt es nicht. Aber ich leide mehr als Hiob. Ihm ist nicht gesagt worden: Du wirst nach einer Woche sterben.« – »Weil der tote Corvin dir das gesagt hat, muß es nicht wahr sein«, sagte der Schreiber Aradi. »Ich kannte Corvin besser als du. Er war ein großer Dichter. Aber auch kein kleiner Lügner. Und dir hat er schon immer nichts Gutes gewünscht.« – »Wer sagt, daß es wirklich Corvin war, der mir den Tod prophezeit hat?« wunderte sich Csanda. »Du hast ihn doch genau beschrieben, deinen Todesboten. Du sagtest doch, er hat so ausgesehen wie Corvin.« – »Daß er so ausgesehen hat, das stimmt. Aber das heißt doch nicht, daß er es war. Nein! Vor einem Géza Corvin wäre ich nicht in Ohnmacht gefallen.« – »Ich teile ungern eine Meinung mit einem Freund«, sagte darauf der Schreiber Aradi, »aber Jenö hat recht. Du, Aladar, bist kein Hiob. Wir sehen, wie du leidest, und wir fühlen mit dir. Die einzige Ähnlichkeit mit Hiob ist der Zufall, daß du, wie Hiob, vier Freunde hast, die gekommen sind, dich zu trösten, und genau wie die Freunde Hiobs Unsinn reden. Aber es hat keinen Sinn, im Bett zu bleiben. Zieh dich an. Im Bett ist es viel gefährlicher als im ›Little

Hungary‹. Dort ist noch kein Mensch auf der Stelle gestorben. Im Bett aber sind schon ganze Völker ausgestorben. Gestorben und verdorben.« – »Was soll dieses gottlose Gerede!« schrie Vater Kocska die drei Freunde an, »ein Mensch, ein Freund, liegt hier in Todesängsten, und ihr wollt ihn in Vergnügungslokale schleppen?! Hör nicht auf ihr frivoles Gerede, Aladar, du arme Seele. Bleib du hier in Ruhe. Geh in dich. Da wirst du mit Jesu und meiner Hilfe die wunde Stelle in deiner Seele finden, wo deine erste Sünde sich vor dem Licht der Reue versteckt. Jag sie hinaus, diese gottlosen Freunde, die dich verhöhnen und verführen.« Er hatte sich in der ganzen Höhe seiner athletischen Gestalt erhoben, sein fanatisch-schönes Gesicht in Flammen des heiligen Zornes.

»Höre mal, du Mann Gottes. Setz dich schön ruhig nieder und reg dich nicht so heilig auf. Wir sind zwar hier zu viert, um einen Leidenden als Freunde zu beraten. Aber unser Freund ist kein Hiob. Du sprichst hier immer von Sünde und Sünde und wieder Sünde. Aber der alte Hiob war kein Sündiger, und Gott hat ihm persönlich geantwortet, obwohl unter seinen Freunden kein Priester war. Und sollte der Herr aller Welten uns die Gnade erweisen und einer Antwort würdig finden, wäre hier der ungläubige Aradi der einzige, der die Sprache verstehen würde.«

»Ihr faßt alles materiell auf. Wenn in der Heiligen Schrift steht: ›Der Herr sprach‹, heißt das nicht, daß er in einer Sprache der Menschen sprach –« Darauf Aradi, den Priester, sanft wie immer, unterbrechend: »Ich bin nicht hergekommen, um hier zu lernen, wie man die Heilige Schrift verstehen soll. Aber es ist nicht ganz fehl am Ort, wo ein Leidender sich befindet, über das allergrößte Buch, nämlich das Buch Hiob, etwas zu sagen. In diesem Buch geht es nicht nur um die Frage, warum ein Unschuldiger leidet, obwohl das schon eine gar wichtige Frage ist. Es geht um mehr. Es geht um die allerwichtigste Frage. Und diese Frage ist: ob es in aller Welt, im ganzen Universum, eine moralische, eine gerechte Ordnung gibt. Hiob verneint das im Dialog. Aber da ihm der Schöpfer aller Welten, ihm, nicht seinen Freunden, die Antwort gibt, ist das allein ein entscheidender Beweis, daß es eine solche Ordnung gibt. Wohl dem, der diesem nicht nur bedeutendsten, auch schönsten aller Heiligen Bücher glaubt und auf die ganze deutsche Bibelforschung pfeift. Du, Freund Kocska, hast das Recht, so gläubig zu reden wie du redest. Aber wenn einer anders denkt als du, mußt du nicht gleich damit kommen, daß er alles ›materiell‹ auffaßt. – Ich muß jetzt gehen, Aladar. Wenn du es wünschst, komm' ich morgen nachmittag wieder. Vielleicht wirst du deine Halluzinationen und die bösen Träume verscheucht haben. Auf Wiedersehen.« Er nahm seinen Hut und ging. Ihm, als hätten sie sich verabredet, folgte auf dem Fuß der Postminister und sagte zum Abschied: »Servus, Hiob!«

Ihnen blickte der Zeichner Varadi mißbilligend nach und nahm ein frisches Blatt vor. Vater Kocska fühlte sich nun mit dem Kranken allein, denn der Zeichner schien sich mit einem leisen »Warum?« sogleich vereinsamt zu haben.

»Mein lieber Bandi«, fing Vater Kocska an, »jetzt sind wir endlich in der Lage, würdig und ernst zu reden.« – »Haben wir nicht schon die ganze Zeit würdig und ernst miteinander geredet?« fragte Csanda mit schwacher Stimme. »Ernst? Vielleicht. Sofern man mit unsern gottlosen Freunden noch ernst reden kann. Aber würdig? Hast du nicht gehört, wie der Zeitungsmann sich von dir verabschiedet hat?« – »Ach, der Postminister! Der liebe Jenö. Er ist ein Humorist und ein feiner Denker. Laß ihn nur.« – »Das Denken dieser Freunde wird dir in dieser Lage nicht viel helfen. Du mußt dich jetzt mit deiner ganzen Seele Gott anvertrauen.« – »Das heißt: dir.« – »Vorläufig wenigstens mir. Ja, vorläufig.« – »Also was willst du hören?« – »Glaubst du noch an Gott?« – »Ja, ich glaube wieder an Gott.« – »Glaubst du an unsern Heiland?« – »Offen gestanden, nein.« – »Du glaubst nicht an unseren Heiland?! Du bist also kein Christ!« – »Ich bin getauft worden, also bin ich ein Christ.« – »Ich hab' dir ja gesagt: du bist nicht katholisch. Also nicht genügend getauft. Da sieht man's.« – »Jetzt laß du mich was fragen. Nehmen wir an, einer der katholisch, also genügend getauft ist, sagt dir, wie ich dir eben gesagt habe: Ich glaube an Gott, aber ich glaube nicht an den Heiland. Was sagst du ihm? Sagst du ihm auch, wie mir: Du bist kein Christ?« – »Ich sage ihm: Du bist ein Sünder. Beichte! Tu Buße. Sonst verlierst du das Heil deiner Seele.« – »Sag mir noch etwas: war Jesus ein Christ?« – »Waaas? Das wagst du zu fragen?« – »Wer hat ihn getauft?« – »Johannes der Täufer, weißt du nicht?« – »Wie hat er ihn getauft? Genügend getauft? Katholisch?« – »Was heißt das?« – »Die Formel der Taufe ist: Baptizo te in nomine patris et filii et spiritus sancti. Hat Johannes der Täufer Jesus im Namen Jesu getauft? Wie ist das? Belehre mich.« – »Du, Aladar, du bist ein großer Sünder. Beichte. Du Lästerer du, rette deine Seele, solange es noch Zeit ist. Du hast nicht viel Zeit. Wie schnell vergeht eine Woche. Vergiß das nicht!« – »Freilich, freilich. Wie könnte ich das vergessen. Ich wollte, ich hätte die Kraft, es zu vergessen. Du, mein Tröster, hilfst mir, es nicht zu vergessen. Nichts geht über geistliche Hilfe, namentlich wenn letzte Hilfe von einem Priester geleistet wird, der ein Jugendfreund ist.« – »Aladar Csanda! Ich flehe dich an: Lästere nicht! Ich frage dich zum zweiten Mal: Glaubst du an den Heiland?« – »Zum zweiten Mal: nein.« – »Glaubst du an den Heiligen Geist?« – »Doch, ja. Wie könnt' ich sonst ein Dichter sein?« – »Du glaubst also an Gott und glaubst an den Heiligen Geist. Wie die Juden! Bist du ein Jude geworden?« – »Ich weiß nicht, was die Juden glauben. Ich bin kein Theologe.« – »Die Juden glauben an Gott, sie glauben an den Heiligen Geist. So wie du. Du bist wie ein Jud' geworden.« – »Hör du mal, Peter. Wir sind Jugendfreunde. Wir sind acht Jahre lang in einer Klasse in einem Gymnasium in derselben Bank gesessen. Ich hab' dich gern. Du bist ein guter Freund. Aber spiel dich hier nicht auf. Ich hab' dir eben gesagt, du bist ein Theologe. Ich hab' dir das gesagt, obwohl ich weiß, daß du so ein Theologe bist wie ich ein Philosoph.« – »Du bist mehr ein Philosoph, als ich ein Theologe. Ich weiß das. Aber ich spiel' mich nicht auf. Ich bin dein Freund. Und ich bin ein Priester. Ich will deine Seele retten, solange noch Zeit ist. Man kann in einem bösen Augenblick die Seele verlieren. Aber man kann sie in einer noch kürzeren Zeit retten.« – »Ich weiß nicht, was mich in diesem Moment weniger interessiert als meine Seele. Ich will mein Leben retten. Kannst du mir dabei helfen – gut. Wenn nicht, laß mich in Ruh' und geh jetzt zu den andern Freunden zum ›Little Hungary‹.« – »Ich will dir helfen, Bandi. Ich werde dir helfen mit Hilfe der Gnade unseres Heilands.« – »Geh, Peter, du wiederholst dich zu oft. Wie die Heiligen Schriften und wie die klassische Musik. Du langweilst mich.« – »Kranke dürfen das nicht sagen. Du bist in deiner Seele krank, Aladar. Beichte. Rette deine Seele!« – »Und den Leib! Ich schrei' wie Mutter Åse in ›Peer Gynt‹: Und den Leib!« schrie Csanda auf.

Er warf seine Bettdecke von sich und machte eine Bewegung, als wollte er aus dem Bett springen. Aber der fleißige Zeichner tippte ihn mit einem Finger an die Brust und stieß ihn sanft auf die Polster zurück. »Warum schreit der Priester so fromm?« fragte er, ohne von seinem Blatt aufzublicken. »Ich bitte euch um Vergebung. Seid mir, Freunde, nicht böse«, bat Dr. Kocska. »Dem Herrn gefiel es, mich mit einem cholerischen Temperament zu beladen. Ich bin ein kirchentreuer, aber kein guter Priester geworden. Dennoch werde ich hier, mein Freund, nach dem Maß der Gnade des Erlösers dir zu helfen suchen.« – »Such, Peterchen, such. Aber schnell, bitte. Denn ich bin hungrig.« – »Als Beichtvater habe ich die Erfahrung gemacht, daß der Mensch in den meisten Fällen – es gibt auch Ausnahmen – seine Sünden wiederholt. Es sind nicht immer genau dieselben Sünden. Aber sie sind naturgemäß irgendwie miteinander verwandt. Vielleicht ist das der Grund, warum es dir nicht gelingt, dich an deine erste Sünde zu erinnern. Vielleicht hast du sie im Laufe der Jahre einfach verdrängt.« – »›Verdrängt‹ sagst du, ein katholischer Priester?! Die psychoanalytische Terminologie ist schon in die Kirche eingedrungen? Sanktioniert?« – »Sanktioniert? Nein. Das nicht. Aber wir tolerieren so manches. Wir sind anpassungsfähig. Darum überdauern wir alle unsere Feinde.« – »Verdrängt? Das ist der Beginn vom Ende der Kirche.« – »Mach dir keine Sorgen um die Kirche. Die Kirche paßt sich mitunter der Zeit an, um eine Zeit, die ihr nicht paßt, zu überwinden. Ich hab' gesagt, du hättest deine erste Sünde verdrängt. Wir wollen nun mit deiner letzten anfangen. Die letzte hast du doch gewiß noch in guter Erinnerung. Du hast so ein gutes Gedächtnis.« – »Das stimmt. Meine letzte Sünde, wenn man das so nennen will, habe ich nicht vergessen. Aber was wird mir das nützen? Ich muß ja doch die erste finden. Die erste, nicht die letzte.« – »Gewiß, gewiß. Aber wir wollen mit der letzten anfangen, ihrer Spur rückwärts folgen, bis wir die ganze Kette deiner Sünden überprüfen und schließlich zu deiner ersten Sünde vorstoßen. Am Ende wird die erste mit deiner letzten Sünde verwandt sein und in klarer Sicht zu deuten. Hast du je in deinem Leben einmal gebeichtet?« – »Nie. Fangst schon wieder an?« – »Ich meine, nicht richtig gebeichtet, wie man einem Priester beichtet. Aber soweit ich mich erinnern kann, hast du dich ja einmal auf eine psychoanalytische Behandlung eingelassen ...« – »Eingelassen ist das treffende Wort. Ich habe mich darauf eingelassen, weil ich als Schriftsteller erfahren, persönlich an mir ausprobieren wollte, wie die Kerle das machen. Was für ein Hokuspokus da inszeniert wird! Was da dem Patienten zugemutet wird. Was es den Patienten seelisch, und hauptsächlich, was es ihn materiell kosten muß.« – »Ich weiß, ich weiß. Ich erinnere mich. Aber ist diese Prozedur nicht eine Art Beichte?« – »Das behaupten nur die Anhänger der Psychoanalyse, die nichts vom Charakter der Beichte, und die Katholiken, die nichts von der Psychoanalyse verstehn.« – »Wieso? Wieso?« sagte der Priester. »Du kommst zum Beichtvater und beichtest deine Sünden. Der Patient kommt zum Psychoanalytiker, legt sich auf den Diwan und beichtet.« – »Oberflächlich betrachtet, haben die Prozeduren eine obszöne Ähnlichkeit ...« – »Obszön? Das verbitte ich mir!« – »Laß mich ausreden, Hochwürden. Obszön, sage ich, weil beides eine Entblößung ist. Aber das nebenbei. Was ich sagen will, ist: die Ähnlichkeit ist nur eine äußerliche. Im wesentlichen sind es zwei verschiedene Prozeduren. Der Sünder, Hochwürden, kommt zu dir und sagt: Ich habe gestohlen, ich habe gelogen, ich habe gehurt, ich habe getötet. Dann machst du deinen Hokuspokus ... Jetzt sag schnell dein ›Das verbitte ich mir‹. Dann werd' ich weiterreden.« – »Red nur weiter. Auf eine Lästerung mehr oder weniger kommt es hier nicht an.« – »Der sogenannte Neurotiker kommt zum Analytiker. Der placiert ihn auf eine Couch, läßt ihn eine Stunde reden, und nachdem der Patient nach einigen Wochen oder Monaten ein paar Dutzend oder hundert Stunden gequatscht hat – das hängt von dem Bankkonto des Patienten ab –, sagt der Freud-Rabbi dem Neurotiker, worin er gesündigt hat. Also was er verdrängt, was er sich vortäuscht, was er für Komplexe hat und so weiter. Ein passendes Urteil aus dem Munde des Wundertäters auf die passende Stelle in der Psyche des Patienten und – geheilt entlassen. Ist der Patient bloß ein Neurotiker gewesen, insofern es das gibt, kann es ihm nützen – oder auch nicht. Das war einmal so. Jetzt, da sich die Psychoanalyse auch mit Geisteskranken einläßt, kann es vorkommen, daß der geheilt Entlassene nach Hause geht, seine Mutter mit einem Messer, seinen Vater mit einer Hacke ermordet. Es kommt nicht so selten vor, daß der Patient zum Beichtort zurückgeht und den Freud-Rabbi erschießt. A propos: Kommt es auch vor, daß ein Beichtvater erschossen wird, wenn es einem geisteskranken Sünder einfällt, seine Beichte zu bereuen?« – »Ich glaub' nicht. Aber frag die Psychoanalytiker. Die wissen alles.« – »Damit hast du recht. Die haben auf alle Fragen die einzig richtige Antwort. So wie die Kommunisten für alle politischen Probleme die richtige

Lösung parat haben. Sie sind den Katholiken ebenbürtig, wenn auch feindselig.« – »Wieso? Ich hab' doch eben auf deine Frage geantwortet: Ich weiß nicht.« – »Das hat mich auch sehr gefreut. Und obwohl es eine ausweichende Antwort war, werde ich dich belohnen. Ich werde beichten!« – »So wie du es mit dem Psychoanalytiker gemacht hast? Du hast mich über den Unterschied belehrt.« – »Nein. Ich werde dir beichten, Hochwürden, wie einem Beichtvater. Ich werde dir die Sünde beichten, von der ich glaube, daß sie meine letzte gewesen ist.« – »Tu das, mein Sohn, tu das«, sprach Dr. Kocska mit der Würde, die ihm zusteht. »Vorerst, Vater, eine wichtige Frage: kannst du dich erinnern, mich je im Leben bei einer Lüge ertappt zu haben?« – »Nein. Niemals. Das kann ich mit Gewißheit behaupten. Ich habe auch keinen Freund je dir eine Lüge nachsagen gehört.« – »Gut. Was sagst du, ein erfahrener Beichtvater, was sagst du dazu: die letzte Sünde, die ich begangen habe und die ich dir jetzt beichten werde, ist eine große, eine schändliche, eine unverzeihliche Lüge.« – »Ob es eine unverzeihliche –« – »Darauf kommt es mir nicht an. Ich wollte dir, Hochwürden, zeigen, daß meine letzte Sünde keine Spur hinterlassen hat, die uns zu meiner ersten führen könnte. Ich bin kein geborener, auch kein erzogener Lügner. Ich hatte nicht die geringste Neigung zum Lügen. Ja, ich könnte behaupten, in meinen jungen Jahren so was Unsympathisches und Lästiges wie ein Wahrheitsfanatiker gewesen zu sein. Dennoch habe ich an einem wichtigen Wendepunkt meines Lebens eine große Lüge nicht nur einmal gesagt, sondern viele Jahre lang wiederholt und, standhaft wie ein Wahrheitsfanatiker bei der Wahrheit, an dieser Lüge festgehalten. Bis auf den heutigen Tag. Bis zu dieser Beichte.« – »Erzähl nur genau, wann und unter welchen Umständen du gelogen hast. Wie schwer die Sünde ist, werde ich dir sagen.« – »Ich hab' dir bereits erklärt, daß ich eine Lüge gesagt habe, und mit dieser Lüge habe ich unbekümmert fortgelebt. Wie du sie katechetisch klassifizieren willst, interessiert mich nicht. Was ich von dir erwarte, ist, daß du mir dein geübtes Beichtvaterohr leihst und eine Weile zuhörst. Also: Ich habe einmal, es war noch in Europa, einem Journalisten, der mich in einem Interview danach gefragt hat, die Auskunft gegeben, daß ich nie in einem Konzentrationslager gewesen bin. Das ist die Lüge. Meine Lüge. Heute morgen habe ich beschlossen, meinen besten Freunden das mitzuteilen. So, jetzt ist's heraus. Du kannst das den andern erzählen. Schade, daß sie nicht hier sind. Ich hoffe, ihr alle werdet dafür sorgen, daß diese meine Lüge, so wie diese Beichte, bekanntwird. In diesem Falle bist du auch nicht verpflichtet, das Beichtgeheimnis zu wahren. Ich habe, Freund Peter Kocska, nur dein Ohr benützt. Nur das Ohr. Nicht deinen geistlichen Beistand.« – »Du hast die Laune, es Beichte zu nennen. Es ist ein Gespräch unter Freunden. Außerdem haben wir einen Zeugen. Man beichtet nicht vor Zeugen. Soll ich dir gleich sagen, was ich denke?« – »Das mußt du, Peter. Unbedingt! Heraus damit!« – »Ich glaube, daß du mir eben jetzt etwas vorgelogen hast. Du hast das erfunden. Du machst irgendein Experiment, was weiß ich, vielleicht für dein nächstes Buch.« – »Du willst mir nicht glauben, daß ich in einem Konzentrationslager gewesen bin?« – »Nein, ich glaub' dir das nicht.« – »Siehst du, wie gut ich gelogen habe? Es lohnt, als Wahrheitsfanatiker zu gelten. Da kann man mit Erfolg alles erzählen.« – »Ich kann dir das nicht glauben. Wir alle sind in den Nachkriegsjahren vielen Individuen begegnet, die sich gerühmt haben, in Dachau oder in Auschwitz gewesen und nur mit mächtiger Hilfe von außen, durch eine ganze Kette von wahren Wundern, gerettet worden zu sein. Du bist der erste, der sich mutwillig der Ehre entledigen will, der verdienten erlittenen Ehre, von den Mordbuben in einem Konzentrationslager der Freiheit beraubt und mißhandelt worden zu sein. Warum sollte ein vernünftiger Mann ein solches Verdienst verleugnen?« – »Aus Eitelkeit, lieber Freund«, gestand Csanda, »aus purer Eitelkeit.« – »Aus Eitelkeit?! Das ist zu plump erfunden. Keinem vernünftigen Menschen wird so was einfallen.« – »Einem vernünftigen Menschen nicht. Einem Ungarn ja. Ich bin der eitle Ungar.« – »Das, Bandi, mußt du glaubhaft machen. Ich kann das nicht schlucken.« – »Ich werde versuchen, dir das Schlucken zu erleichtern. Hast du schon von einem erstrangigen Schriftsteller gehört, den man in ein Konzentrationslager geschleppt hat? Ich meine, von einem, der wenigstens in seinem eigenen Lande zu dem Rang Ia gezählt wurde, wie es in der Sprache der Diplomaten heißt.« – »Von einem Schriftsteller oder einem Künstler, der wenigstens in seinem eigenen Lande als einer von den Ia gilt?« wiederholte der Priester, denn es fiel ihm nicht leicht, auf der Stelle einen solchen Namen zu finden, »zum Beispiel: einem Thomas Mann, einem Franz Molnár, einem Stefan Zweig, einem Jules Romains?« – »Jules Romains?! Der war Präsident des französischen PEN-Clubs. Als die französische Regierung ihn gefragt hat, ob man die nach Frankreich geflüchteten deutschen und österreichischen Schriftsteller ins Konzentrationslager bringen sollte, sagte er: ja. Auch Mitglieder des PEN-Clubs? fragte ihn der Innenminister. Ja, war die Antwort des Präsidenten des PEN-Clubs, des Herrn Jules Romains. Erst als der amerikanische PEN-Club interveniert hat und ihm die Leviten gelesen, entließ man ein halbes Dutzend Schriftsteller aus dem Lager. Daß unser Molnár nicht in einem Lager war, hat mich nur gefreut. Aber daß ein Corvin nicht in einem Lager war und ich, Csanda, in ein Lager geschleppt wurde, das hat mich schwer getroffen.« – »Deine *bête noire* Corvin. Jetzt beginne ich zu verstehn. Aber ich fange erst an.« – »Ich werde dir noch ein wenig helfen. Ich habe niemals die Empfindung gehabt, daß es eine gar so große Ehre war, im Schmutz eines französischen Konzentrationslagers auf einer Strohstreu zu liegen, auf einer Strohstreu zu schlafen, auf einer Strohstreu zu sitzen und auf einer Strohstreu zu essen.« – »Warum?« fragte der Zeichner, und diesmal wollte er eine Antwort haben. Er unterbrach seine Arbeit, legte das Blatt auf die Decke und nahm seinen forschenden Blick von dem kranken Gesicht Csandas nicht weg. »Warum? Ich werde dir was sagen. Ich bin nicht einmal sicher, daß ich es je als eine Ehre empfand und auch jetzt noch nicht als eine Ehre empfinde, in einer Liste von KZ-Insassen zu figurieren. In meinem Totenbuch habe ich einige Seiten aufgeschrieben – –« Indem sprang der Zeichner hoch, raffte mit schnellen Handgriffen alle seine Blätter zusammen, zerriß langsam Blatt um Blatt in kleine Fetzen, ging energischen Schritts zur Tür, drehte sich und ließ eine klare und sachliche Feststellung fallen:

»Faschist!«

»Warum?« rief ihm Csanda mehr erheitert als überrascht nach, warf die Bettdecke von sich, und auf die Ellbogen gestützt, riß er sich hoch, verließ sein Lager, ging in sein Badezimmer und tat dort, wie ein Mensch, der eine gesunde Verdauung hat, mit Geduld zu tun pflegt. Als er mit leicht verbrauchtem Ausdruck eines Erwachsenen, der also getan, zurückkam, trat ihm der Priester Kocska entgegen und sagte: »Jetzt, lieber Aladar, sind wir allein. Jetzt bleib hier sitzen und beichte ordentlich als ein Christenmensch.« – »Hochwürden, meine Seele klebt noch fest am Staube, und mein Staub verspürt jetzt einen mächtigen Hunger. Ich habe fast zwanzig Stunden keinen Bissen im Mund gehabt. Du kannst ausnahmsweise auch für meine irdische Hülle was tun. Du könntest, wenn du jetzt zum Lunch gehst, einen Umweg machen und mir in einem Restaurant in der 72. Straße ein Essen bestellen: eine Consommée, einen farcierten Paprikasch und ein gemischtes Kompott. Zwei Schnitten Weizenbrot und meine Lieblingsmehlspeise. Sag meinen Namen. Man kennt dort meinen Namen. Man wird mir alles heiß herbringen. – Ich könnte das telephonisch bestellen. Aber wenn du hinkommst, wirst du überrascht sein, angenehm überrascht natürlich, unsere Freunde dort zu finden. Alle drei. Auch den empörten Zeichner.« – »Das ist doch nicht möglich. Die wollten doch zum ›Little Hungary‹.« – »Zum ›Little Hungary‹ gehen meine Freunde nur mit mir. Wenn ich einlade.« – »Alle?« wollte der Priester wissen. »Fast alle. Mir liegt es daran, daß du dich zu ihnen setzt und ihnen gleich alles mitteilst, was ich dir hier gebeichtet habe.« – »Deine Lüge?« – »Gewiß, gewiß. Ich möchte es mir ersparen, das alles zu wiederholen. Mag ich auch, wie du gesehen hast, nicht ein Kranker sein – ein Leidender bin ich ja doch immerhin. Ich leide sehr, und ich bin müde. Und ihr macht mich noch mehr müde. Ja, ihr alle. Ihr alle. Sehr müde.« – »Das tut mir in der Seele weh, Bandi. Das kannst du mir glauben. Ich komme morgen wieder. Wenn es dir recht ist, so gegen elf?« – »Komm nur, komm. Kommt alle wieder. Vormittags. Alle Tage. Alle wenigen, die mir noch übriggeblieben sind. Servus.«

Fortsetzung des dritten Kapitels

Nachdem er das bestellte, im leichten, aber dicht versicherten Gefäß frisch und heiß wie vom Herd eingelieferte Mittagmahl mit Appetit verspeist hatte, ging er gleich wieder zu Bett und schlief wieder ein. Sein Schlaf war tief und diesmal von heiteren Träumen begleitet. Er wanderte, er hüpfte, er lief, er flog über die Wiesen und Felder, über blühende Gärten und rauschende Bäche der Landschaft seiner Kindheit. Alles war da beisammen. Er ging an der Hand seines Großvaters, im Flug hörte er die ängstlich-zärtlichen Rufe der Mutter, er hüpfte und jubelte um die Wette mit seinem schönen Kinderfräulein Rozsika, die ein leichtfüßiges, schnelles Mädchen war. Plötzlich war es dunkel um ihn herum, Rozsika rief ihn, aber er konnte sie nicht sehn, und er hatte keine Stimme, ihr zu antworten. Von allen verlassen, sank er in eine noch tiefere Schlafschlucht, traumlos.

Es war schon recht spät am Abend, als er erwachte, sanft aufgeschreckt von dem Telephon an seinem Bett. Es war die Stimme von dem Doorman Sam, dem Nachfolger des spurlos verschwundenen Admiral Jerry. »Zwei junge Damen sind da, sie lassen sich nicht abweisen.« – »Zwei junge Mädchen?« wunderte sich Csanda, seine Brust noch voll Sanftmut vom tiefen Schlaf. »Ja, Mr. Csanda, zwei. Eine hat schulterlange braune Haare. Die andere hat schulterlanges rotes Haar. Sie sagen, sie sind die Erben.« – »Erben, sagen sie?!« – »Yes, Sir, Ihre Erben, sagen sie.« – »Wie heißen sie, meine Erben?« – »Eine heißt – – wie? – – ja, eine heißt Géza. Die andere heißt – – wie? – – Ilonka, ja Ilonka. Zwei Erben, yes, Sir.« – »Géza ist kein Mädchenname, Sam«, belehrte der nunmehr Erwachte den neuen Doorman Sam. »Sie sehen aber genau aus wie zwei Schwestern. Langes Haar, lange Hosen, dunkle Brillen – –« – »Sie sind meine Kinder, Sam. Lassen Sie sie heraufkommen.« Dieser Sam! Wenn ein Jude schon so einen Beruf wählt, muß er schon so sein, wie man in Brooklyn einen mittelmäßigen Mann bezeichnet: ›kein großer Weiser, kein kleiner Dummkopf‹.

Die Erben traten behutsam ein, wie man in ein Krankenzimmer eintritt, und grüßten ihren Vater auf gut amerikanisch: »Hi, Daddy.« Sam hatte so unrecht nicht, dachte Csanda. Beide Erben hatten Arbeitshosen von steifem, offensichtlich unzerreißbarem blauem Zeug an. Ilonka, das Mädchen, hatte hinten an den blauen Hosen zwei blaßgelbe, rechteckige Flecken eingesetzt, wie zwei Fensterscheiben, offenbar um die bescheidene Funktion des recht üppigen Gesäßes anzudeuten. Beide trugen ihr Haar in ungepflegten, schulterlangen Strähnen. Beide hatten Sporthemden von knallroter Farbe. Der um zwei Jahre jüngere Bruder ließ sein rötliches Schläfenhaar in zwei flaumigen Streifen das fette, dicklippige Gesicht rahmen. Das machte den Eindruck eines blutjungen Schauspielers, dem man die Rolle eines behäbigen Seminaristen aufgezwungen hatte. Der Vater überhörte den forschen Gruß seiner Kinder und fragte: »Was bringt euch so spät in der Nacht und unangesagt her?« Der Junge sah seine Schwester an. Da sie schwieg, antwortete er für beide: »Sie hat im Radio gehört, daß du plötzlich erkrankt bist. Darauf rief sie mich an und meinte, wir sollten schnell herreisen.« – »Wie schnell? Und wozu?« – »Sie hat einen Sportwagen. Sie hat mich abgeholt. Wir haben nur zehn Stunden gebraucht.« – »In den letzten Jahren war ich im Winter oft krank, und ihr habt nicht einmal angerufen. Was hat euch diesmal so schnell in Bewegung gesetzt, beide?« – »Diesmal habe ich von deiner Erkrankung im Radio gehört. Ich habe angenommen, es sei eine ernste Erkrankung«, sagte jetzt die Tochter. »Wir wollten dabeisein.« – »Wobei?« wollte der Vater genau wissen. Da sie nicht antwortete, blickte der Vater seinen Sohn an. »Wir sagen immer: einem Mann über dreißig trauen wir nicht.« – »Wer: wir? Ihr zwei beide?« – »Nein, wir, die Jugend«, sagte die blonde Ilonka mit großem Ernst und sanfter Stimme, wie man zu Kindern spricht. »Und du, Géza, was meinst du? Übrigens, damit ich's nicht vergesse: Warum hast du keinen Wagen, und deine Schwester hat einen, sogar einen Sportwagen?« – »Ich kann nicht chauffieren. Ich fahre nicht gern Auto. Ich sammle Musik.« – »Musik sammelst du? So, so. Wie sammelt man Musik?« – »Ich hab' eine große Sammlung von Platten, Musikplatten.« – »Sehr interessant«, sagte Aladar Csanda, »wie groß ist deine Sammlung schon?« – »Ich habe bereits neun-, vielleicht neuneinhalbtausend.« – »Schön. Und was ist mit dir, Ilonka. Traust du auch keinem Mann über dreißig?« – »Ich, ich studiere Geologie. In der Geologie spielen ein paar Jahre keine große Rolle. Ich mach' mir nichts aus diesen Revoluzzern. Neue Jugend, alte Jugend – was ist das schon!« – »Gut«, stimmte ihr der Vater zu, »jede Jugend hat das Recht, auf ihre Art dumm zu sein.« – »Wie der Sohn, so der Vater. Zwei Weise«, sagte Ilonka. »Und du? Was studierst du? Ich hab' das vergessen. Du hast so oft gewechselt.« – »Nur zweimal. Ich habe Soziologie studiert, jetzt studiere ich Philologie. Schon seit zwei Jahren.« – »So, zweimal gewechselt. Zwei Wissenschaften von Nichtwissenswertem, wie mein Freund Ludwig Hatvany schon vor einer Generation geschrieben hat. Wann wirst du mit deinem Studium fertig sein?« – »In zwei Jahren. Dann – –« – »Gut«, sagte der Vater, »wie alt bist du jetzt?« – »Dreiundzwanzig.« – »Und traust keinem über dreißig?« – »Nein. Die sind alle Hypokriten.« – »Und wie steht es mit den Bankschecks von den Hypokriten über dreißig? Traust du ihren Schecks auch nicht?« – »Ach was, Schecks-Drecks.« – »Wie wäre es, wenn ein bald sechzigjähriger Hypokrit aufhörte, einem gewissen dreiundzwanzigjährigen Philologen die monatlichen

Schecks-Drecks zu schicken?« – »Er würde ihn verklagen. Es täte ihm leid, aber er würde es tun.« – »Ich weiß, ich weiß. Es würde ihm das junge, zarte Herzchen abdrücken. Aber er müßte es tun. Natürlich. Nicht wahr?« – »Ganz natürlich, Daddy.« – »Also machen wir es jetzt so: ich schicke noch vier Semester, zwei Jahre, die Drecks. Hernach kannst du, ein diplomierter Philologe, entweder dich selbst versorgen oder auch eine reiche Nicht-Hypokritische unter dreißig heiraten und mit ihr glücklich ein Eheleben führen und Kinder haben. Bis ihr beiden über dreißigjährigen Hypokriten, einander überdrüssig geworden, einander nicht mehr trauen könnt.« – »Eine glaubwürdige, wahrscheinliche Prognose machst du uns, Daddy«, meinte Géza gutmütig. »Habt ihr unterwegs irgendwo gegessen?« – »Sure«, antwortete die Tochter, »wenn man mit deinem Sohn reist, läßt man keine Mahlzeit aus.« – »Schön. Ich telephoniere jetzt, daß man euch die kleine Wohnung hier nebenan für eine Nacht reserviert. Morgen könnt ihr beide unbekümmert abfahren. Was eure Erbschaft betrifft, macht euch beide keinen großen Beutel. Ich werde eine Stiftung hinterlassen. Nicht für meine Erben. Eine Stiftung für ehrenwerte, nicht zu berühmte Schriftsteller, die etwas geleistet haben, das mehr wert ist als alle Werke der übergerühmten Großschriftsteller von Weltruhm. Mit einem Wort: für unterschätzte Dichter über fünfzig, denen eure halbgebildeten Collegeprofessoren und die demzufolge viertelgebildeten Studenten unter dreißig nicht vertrauen und sie also auch kaum kennen. Das ist nicht natürlich. Ich weiß das wohl. Natürlich hinterläßt man eine Stiftung für zurückgebliebene Nachkommen. Aber ich liebe es nicht, natürlich zu handeln. Gute Nacht, ihr Jugend. Farewell!« – »Good night, Daddy«, verabschiedeten sich die enterbten Kinder in wohlgemuter Laune.

Erbaut von seiner improvisierten Predigt, streckte Aladar seine langen Beine unter der Bettdecke, richtete seine Atmung chronometrisch langsam zurecht und schlief bald wieder ein.

Es verging keine gute Stunde, als ihn ein plötzlicher Musikstoß aus dem tiefen Schlaf hochriß. Die schrillen Töne brachen aus dem nächsten Zimmer, das er seinem Sohn zugedacht hatte. Er knipste die Leselampe an, bereit, den Ruhestörer telephonisch zurechtzuweisen. Er bedachte sich aber, es könnte ein nachtspätes Radioprogramm sein, das sein Sohn vor dem Schlafengehen auszuschalten versäumt hatte. Er wartete geduldig, bis die stößige Musik auch den Jungen geweckt haben würde. Als aber nichts dergleichen zu bald geschah, stieg er aus dem Bett, ging an die anstoßende Tür, horchte an ihr eine geduldige Minute. Dann klinkte er leise die Tür auf. In dem halbdunkel erleuchteten Raum bot sich dem Vater ein schrecklicher Anblick: auf der niedrigen, breiten Couch balgten sich seine zwei Erben. Es ist bloß ein Spiel, wollte er sich vertrösten. Aber er sah nochmals hin. Sie waren beide splitternackt. Sie spielten das Tier mit zwei Rücken, wie der artikulierteste aller Franzosen es so treffend nennt. Unmißverständlich. Der Philologe oben, die Geologie unten. Bestürzt und sprachlos schloß er seine Augen und die Tür, hinter der das Spiel in dem von Musik noch immer berstenden Raum ungestört weiterging. Auf erschlafften Beinen wankte er seinem Lager zu. Schon im Begriff, auf das Bett wie auf das Gesicht zu fallen, wie ein Mensch fällt, der tot ist, erleuchtete den schwergeprüften Vater ein plötzlicher Gedanke: Geschieht nicht ein solcher Greuel schon in dem Buch der Bücher? In der Bibel? Im Hause des ersten gesalbten Königs, des ersten geheiligten Königs von Gottes Gnaden? Im Hause des Königs David? Dieser Gedanke richtete Aladar Csanda ein wenig auf. Aber eben nur ein wenig. Er hatte ein verläßliches Gedächtnis. Amnon und Tamar waren nur Halbgeschwister. Diese seine zwei Erben aber … Er wartete, bis der Musiklärm aufgchört hatte und überall Nachtstille eintrat. Mit einem Sprung, wie man ihn einem so niedergeschlagenen Vater kaum zutrauen würde, war er wieder in dem Zimmer bei den Erben. Jetzt war der Sohn allein. »Wie heißt deine Mutter?« donnerte er den Sohn an. »Eva«, antwortete der Sohn mit bebenden Lippen. Im nächsten Zimmer lag die Tochter, jetzt mit einem Buch, im Bett. »Wie heißt deine Mutter?« fragte er mit einer so sanften Stimme, daß sie ihm selbst fromm vorkam. Mit der Stimme der reinsten Unschuld und Ruhe informierte ihn die Tochter: »Meine Mutter heißt Sandra.« Und mit einem Ton leichten Vorwurfs: »Das weißt du nicht mehr?« – »Wie die Mutter, so die Tochter. Kommunistische Huren beide.« – »Ich bin nicht mehr Kommunistin«, informierte sie ihren Vater. Das hörte er aber nicht mehr. Seine Kinder waren sie. Aber sie waren nur Halbgeschwister. Er fühlte sich halb getröstet, wie der König David.

Daß er die Namen seiner Weiber vergessen konnte, war durchaus nicht der Fall. Er wußte die Namen der Weiber und die Namen der

Kinder. Er war nur nicht sicher, welches Kind mit dem richtigen Mutternamen zu verbinden.

Er hatte dreimal geheiratet und sechs Kinder gezeugt. Vier Töchter und zwei Söhne. Zwei Gattinnen und vier Kinder waren ihm abhanden gekommen. Seine erste Gattin weigerte sich, mit den Kindern ihm in die Emigration zu folgen. Ihre Liebe und Treue gehörte der Partei durchaus. Sie war eine Ungarin. Die zweite, eine Slowakin, überließ ihm die Tochter und behielt den Sohn. Die dritte, eine Wienerin, ließ sich auch von ihm scheiden. Diese ließ ihm den Sohn und behielt die Tochter und heiratete einen Engländer in Paris. In seiner Obhut verblieben ihm nur die zwei Kinder: Géza von der Wienerin Eva, und Ilonka, die Tochter der slowakischen Ungarin Sandra. Im Lauf der Jahre und im Wechsel der neuen Vaterländer vermischten und verwischten sich die Namen der Mütter und der Kinder. Nur die zwei, die auf seinen monatlichen Bankscheck angewiesen blieben, behielt er frisch in seinem väterlichen Gedächtnis.

Viertes Kapitel

Wiedersehen mit dem Jugendglück.
Beichte eines Scheckschreibers

Morgens erwachte Aladar Csanda viel früher, als es seine Gewohnheit war. Er hatte ruhig geschlafen, trotz der unliebsamen Unterbrechung durch den überraschenden Besuch der Erben. Seinen Kindern gehörten noch die ersten Gedanken des Erwachten. Aber nur eben die ersten. Er erhob sich gleich vom Bett, ging hin und horchte an der Tür. Alles war still. Er öffnete dennoch behutsam die Tür – und fand beide Zimmer leer und erstaunlicherweise ordentlich aufgeräumt. Dieser Entdeckung folgte eine so gesunde Regung, daß er sogleich ein heftiges Verlangen nach seinem Morgenkaffee verspürte. Im Lauf seiner Emigration und im Wechsel der Zufluchtsländer hatte er gelernt, sein Frühstück in aller Unabhängigkeit zu genießen. Namentlich die Tätigkeit des Kaffeebrühens, der erweckende, ja geradezu belebende Geruch vom Kaffee war für ihn, was für einen andern Schriftsteller die erste Zigarette oder für einen Trinker der erste Morgenschluck aus der Flasche.

Während er das Wasser im schnell erhitzten kleinen Kessel kochen und schon zischen hörte und die je zwei gestrichenen Teelöffel von den zwei bevorzugten Kaffeesorten mischte, überkam ihn die Erinnerung an seinen Traum der vergangenen Nacht. Wieso kam ihm ein heilsamer Traum mit der so wohlriechenden Frische der ländlichen Landschaft seiner Kinderjahre? Er mußte nicht erst seine Erfahrung mit seiner psychoanalytischen Behandlung nützen, um sich zu sagen, daß das Bekenntnis seiner jahrelangen Lüge, also die Beichte vor Kocska eine große Erleichterung und Reinigung des Gewissens bewirkt haben mußte, obwohl er seine Lüge als eine fromme Lüge empfand, auf die er durchaus stolz gewesen war. Dieser Stolz hatte die Beichte offenbar nicht im geringsten beeinträchtigt. Trotzdem war sie eine Entlastung des Gewissens seinen Freunden gegenüber, und dieser Entlastung verdankte er offenbar den heiteren Traum einer Nacht, der ein heiterer Morgen folgte zu Beginn eines Tages, der schon der – ja, der dritte seiner so kurzen Prüfungswoche war. Das Geschirr mit der duftenden Kaffeemischung entfiel seiner Hand, und er wankte auf schlotternden Beinen dem Schlafraum zu und verkroch sich unter seiner Bettdecke, als erwarte ihn da ein sicheres Versteck vor dem Boten des Todes. Mit der Furcht der Kreatur vor dem nahenden Ende überkam ihn eine finstere Einsamkeit in der großen fremden Welt.

Ein behutsames Klopfen an seiner Tür und eine menschliche Stimme, die in einem beglückend schüchternen Ungarisch redete, war ihm eine Rettung, obwohl die Stimme bloß frage: »Schläfst du noch, Bandi?« Es war Varadi. Es war der Zeichner. Sein Freund, der ihn gestern so arg beschimpft, der ihn einen Faschisten genannt hatte. Ob er ihn noch einmal empfangen möchte? bat die Stimme. Nur einmal noch. »Aber ja, mein lieber Freund. Natürlich. Mit Vergnügen!« Wie denn anders? Zwei so gute Freunde. Eine so alte, bewährte Freundschaft. Csanda war gerührt. Er war dem Weinen nahe. Aber nur etliche Minuten, bis der Zeichner eingetreten war und Csanda das finstere Gesicht des alten Freundes sah. Vor dem Bett, in gehörigem Abstand, sagte Varadi: »Ich hab' dich gestern Faschist geschimpft und bin schnell weg, damit du mich nicht hinauswerfen kannst. Jetzt bin ich gekommen, damit du mich hinauswirfst. Aber ehe du mich hinauswirfst, will ich noch von dir hören, warum du dich schämst, zu den Kämpfern gegen den Faschismus zu gehören, unter welchen Umständen du beschlossen hast zu lügen, so viele Jahre mit der Lüge zu leben, und selbst uns, deinen besten Freunden, die Wahrheit, die ehrliche und ehrenhafte Wahrheit, zu verheimlichen?« Ihm antwortete mit der Milde eines liebenden Vaters der Kranke: »Du, Laci, du bist eine *anima candida,* und du hast das gute Recht, dumme Fragen zu stellen. Ich werde dir auf deine Frage eine zureichende Antwort geben. Dir und meinen übrigen Freunden. Euch allen auf einmal. Sie werden bald hier versammelt sein.« – »Bist du sicher, daß sie bald wieder hier sein werden? Haben sie dich schon angerufen?« – »Sie haben noch nicht angerufen. Sie werden vermutlich gar nicht anrufen. Hoffnungslos Verlorene ruft man nicht zum Telephon. Man sucht sie heim. Man tritt ein und gibt ihnen Ratschläge. Man ruft sie zu Gericht. Hast du heute angerufen?« – »Ich ... ich ... ich habe mich nicht getraut«, stammelte der Zeichner. »Ich war nicht sicher, daß du mich noch sehen willst. Und da bin ich eben hier eingedrungen oder, wie du sagst – –« – »Eingedrungen oder eingeladen – einerlei. Da du aber schon da bist, sei lieb und mach dich nützlich. Ich war eben daran, mir einen Morgenkaffee zu kochen. Da überfiel mich eine Schwäche. Eine Angst. Die Todesangst überfiel mich plötzlich. Du weißt besser als ich, wie man Kaffee macht. Sei lieb, mach dich nützlich.« Varadi beeilte sich nun mit der Zubereitung des nach Kaffee duftenden Frühstücks, wobei er mit professioneller Geschicklichkeit hantierte wie der gute englische Butler, als welcher der in seiner Heimat bereits wohlbekannte Karikaturist die ersten Jahre der Emigration in London sein Brot und seine Margarine verdiente, bis ihn kein anderer als der damals schon recht solvente Aladar Csanda aus diesem englisch-vornehmen Beruf herauszog. »Du nimmst keinen?« fragte Aladar. »Dein Kaffee ist nicht schlecht. Du machst guten Kaffee. Danke! Ich hab' schon gefrühstückt. Ausgiebig. Das hab' ich von den Engländern gelernt.« – »Ich auch«, gestand Csanda, »das ist auch das einzige, was ich von ihnen gelernt habe. Wenn die Deutschen so gut frühstückten wie die Engländer, sie würden vielleicht nicht so oft Krieg machen und rauben und morden. Ich glaube, daß die Engländer so gute Nerven haben, weil sie so ausgiebig frühstücken. Und weil sie so starke Nerven haben, beherrschen sie die Welt.« – »Wir Ungarn beginnen den Tag mit Speck und Paprika zum Kaffee. Drum machen wir so oft unsere falschen Revolutionen«, meinte Varadi, fügte aber schnell und verlegen hinzu: »Das sag' ich aber nur im Scherz. Ich bin noch immer ein Marxist, wie du weißt.« – »Ich weiß. Ich weiß. Aber auch ein Marxist kann für einen Augenblick vergessen, daß ein Frühstück, sei es noch so gut und ausgiebig, nicht zu den idealischen Werten gehört.« Der Zeichner hatte sich beim Zubereiten des Frühstücks an seine Butlerjahre erinnert und an die Wohltaten, die ihm sein Retter erwiesen hatte. Er war in sentimentaler Stimmung. »Reden wir lieber nicht von Politik. Warten wir damit, bis alle Freunde hier beisammen sind.«

Und sie hatten nicht lange zu warten. Wie Csanda vorausgesagt hatte, drangen sie bald unangesagt in das Krankenzimmer, alle auf einmal, ein. Das machte Csanda noch hoffnungsloser, als er in seiner Einsamkeit sich fühlte. Eine Weile hörte er ihre solenne Begrüßung mit geschlossenen Augen und tauben Ohren. Hernach richtete er sich halb auf und sprach zu seinen Freunden: »Ihr seht aus wie Männer, die einen ernsten Beschluß gefaßt haben – heraus damit!« Der Priester, Dr. Kocska, nahm feierlich das Wort und erklärte: »Wir haben beschlossen, dich zu bitten, uns mitzuteilen, wann und wo und unter welchen Umständen du entschieden hast, auch uns, deinen besten Freunden, zu verheimlichen, daß du im Konzentrationslager gewesen bist.« – »Das hat mich schon unser Freund hier beim Morgenkaffee gefragt, unser Freund Laci, der mich bereits zu einem Faschisten ernannt hat.« Hier mischte sich der Postminister ein und sagte gutmütig: »Ich bin mit den Freunden hier – aber gekommen bin ich nicht, um dich zu fragen: warum. Das kann ich mir schon denken. Mich interessiert nur: unter welchen Umständen?« – »Du, Jenö, bist der Vernünftigste. Du sagst, du bist nicht bös. Du sagst nicht Faschist – dir werd' ich gern antworten. Siehst du, Jenö, die Umstände sind immer das Interessanteste. Mich haben ins Konzentrationslager nicht die Faschisten, nicht einmal die Kommunisten gebracht. Ich bin in Paris gleich zu Beginn des Kriegs, da in Frankreich noch die demokratische Regierung Daladiers herrschte, in ein Sammellager im Stade de Colombes eingesperrt und nach einigen Wochen in das Lager in Montargis verschleppt worden. Dort hat man nicht gemordet, nicht gepeinigt. Die Soldaten, die uns bewachten, nannten uns Kameraden, und ein intelligenter Sergeant sagte zu mir: ›Nous sommes emmerdés, nous et vous, tous.‹* Das hat mich sehr gerührt. Aber wir lagen auf einer Strohstreu. Wir schliefen nicht einmal auf Strohsäkken, sondern wie das liebe Vieh auf einer schmutzigen, verstaubten Strohstreu. Wir saßen auf der Strohstreu, denn es gab nichts anderes zum Sitzen. Wir aßen auf der Strohstreu, denn es gab keine Tische. Nach zwei Monaten hatten wir alle die Dysenterie. Das alles gegen den Faschismus, nicht wahr? Die französischen Offiziere, die in Verteidigung ihres Vaterlands uns bewachten, ließen uns jeden Morgen antreten, um uns zu zählen. Sie ließen uns die französische Nationalhymne singen und hielten Ansprachen an uns, die begannen mit den Worten: ›Amis de la France!...‹** Wir fragten hin und wieder, warum man uns einsperrte, wenn wir ja doch ›amis de la France‹ waren. Sie hatten keine Antwort. Wir fanden auch keine. Nur ein vierundsechzig Jahre alter Jude namens Popper, den wir ›Herr Rat‹ nannten, weil er ein Kultusrat der jüdischen Gemeinde in

* Es kotzt uns an, euch und uns, alle.
** Freunde Frankreichs!

Wien gewesen war, fand eines verregneten, kalten Tages, auf der feuchten Strohstreu sitzend, die richtige, übrigens noch heute zutreffende Lösung: ›Ich werde etwas sagen. Aber versteht mich recht, Ihr Herren KZler. Die Lage der Welt ist die: Wer diesen Krieg verlieren soll und verlieren wird, darüber sind wir uns alle einig. Aber wer diesen Krieg gewinnen soll – das muß ich mir noch überlegen.‹ Sechshundert Österreicher und fünfhundert Deutsche, die im demokratischen Frankreich Rettung vor den Nazimördern gesucht hatten, waren in diesem Lager. Fast so verächtlich wie die Haltung der französischen Regierung erschien mir damals die Haltung der ratlosen Insassen im Lager. Sie waren ›amis de la France‹, sangen täglich die Marseillaise. Sie fingen an, einander zu duzen, als wären sie freiwillige Mitglieder einer Bruderschaft, und standen in langen Reihen vor den viel zu wenigen Latrinen, die Hosen in den Händen, um sich infolge der Dysenterie stündlich einmal für die Demokratie des Westens in Schmerzen blutig zu entleeren. – Am Anfang versuchte ich, Entrüstung zu erwecken über die Gleichmütigkeit, mit der unschuldige Menschen den Verlust ihrer Freiheit hinnahmen. Ich dachte sogar daran, eine Revolte zu organisieren, um die Soldaten, die uns bewachten, zu zwingen, auf uns zu schießen. Ich war sicher, daß sie es nicht tun würden. Aber wie nach so kurzer Zeit die Dysenterie ausbrach, die auch mich nicht verschonte, ahnte ich, wie man in einem Konzentrationslager zugrunde geht – auch in einem demokratisch-französischen Lager, wo man unter den Wachsoldaten einen wahren Franzosen finden kann, der gleich zu Beginn des Krieges eingesehen hat: ›Nous sommes emmerdés, nous et vous, tous.‹ – Nach drei Monaten entließ man mich als Mitglied des PEN-Clubs in die Freiheit. Aber was ist aus dem Kultusrat Popper geworden? Hätte ihn die militärische Katastrophe Frankreichs nicht aus dem Lager befreit, so wäre er in dem demokratischen Lager zugrunde gegangen, ohne Mitwirkung der deutschen Mordbrenner, die ihn später, nach der Katastrophe, nach Auschwitz oder nach Dachau verschleppen konnten. Ich war nie so weise wie der Kultusrat Popper. Diesem Manne – Ehre seinem Andenken – habe ich es zu verdanken, daß ich schon damals, im Jahre 1940, nicht sicher war, wem ich den Sieg zu wünschen hätte, und keinen einzigen Moment im Leben stolz darauf war, im Frankreich des Herrn Daladier für die Freiheit der europäischen Kultur ausgiebig geschissen zu haben. So haben mich Gott und der Kultusrat Popper mit der Gabe zur Lüge begnadet. Und wer mich heute noch Faschist nennt, der mag ein gut eingedrillter Kommunist sein – aber kein Mensch, würdig ein Zeitgenosse vom Kultusrat Popper gewesen zu sein.«

»Éljen Popper úr!*« rief der Postminister, »Éljen Aladar«, sagte Aradi, der Schreiber. »Éljen Bandi«, murmelte vorsichtig der Kommunist. Nur Dr. Kocska, der Priester, schwieg hartnäckig, bis ihn der Postminister auf seine harmlose Art ermunterte: »Und was meint die Kirche?« – »Die Kirche sagt: Eine Lüge ist eine Sünde. Aber es gibt so etwas wie eine fromme Lüge. Zu erörtern ist aber noch, ob die Lüge unseres lieben Freundes eine fromme Lüge genannt werden kann.« – »Nichts wird hier noch erörtert. Jetzt wird zum Wohl und zur Ehre der Wahrheit, der Weisheit und zu Ehren des Kultusrats Popper und seines frommen Schülers Aladar Csanda getrunken!« entschied Aradi, der Schreiber.

Der Postminister war bereits auf dem Weg zu der wohlbestellten Hausbar im Wohnzimmer. Und sie tranken eine Runde. Aber nur eine. Denn sie waren keine Trinker. Nur der Postminister verspürte immer einen brennenden Durst, wenn sein Blick auf eine Flasche fiel mit der Aufschrift »Remy Martin«. Eine solche Flasche in der Hand, ging er zu dem Radioapparat hin, und da es ein Tag war, an dem eine Stunde in ungarischer Sprache gesendet wurde, drehte er den richtigen Knopf am Radio an, und schon brachte ein Schuß Heimatklänge im charakteristisch kühn hüpfenden Rhythmus der ungarischen Volksmusik ein wenig Frohsinn in das Krankenzimmer. Aladar Csanda wünschte schon nach einer kleinen Weile, die Musik wäre etwas weniger laut und nicht gar so fröhlich. Und er war bereits nahe daran, den Wunsch zu äußern, als die Töne plötzlich verstummten und nach einer kurzen Unterbrechung eine menschliche Stimme, von gutgeschulter Radiotrauer gedämpft, aber dennoch sehr deutlich, die ganze Wohnung erfüllte: »Liebe und hochgeehrte Zuhörerschaft! Wir unterbrechen unser gewohntes Unterhaltungsprogramm, um unsern ungarischen Zuhörern eine traurige Nachricht zu bringen: Aus Budapest kommt uns eben die traurige Mitteilung, daß unsere weltberühmte, große nationale Schauspielerin, Fedak Sari nach einer kurzen Krankheit gestorben ist. Sie war hochbetagt ...« usw. usw. Die Männer hörten dem rühmenden und rührenden Nach-

* Hoch lebe der Herr Popper!

ruf für die in Ungarn stets populäre Schauspielerin mit begreiflichem Interesse zu. Denn die Schauspielerin mit dem Vornamen Sari, sprich Schari, und dem Zunamen Fedak hatte ein sehr buntes Bühnenleben und ein anekdotisches Liebesleben gelebt und einigen Generationen recht amüsantes Material zum Kulissen- und Zeitungstratsch standhaft und mit Humor geliefert. Die meisten Anekdoten sind gut für Herrenabende. Die Freunde Csandas erinnerten sich gern an eine wahre, die eine von den vielen Franz Molnár-Anekdoten geworden war. Bei ihrem Ankommen zu einem Gastspiel in New York stellte sich die Schauspielerin der Presse als Frau von Molnár vor. Der weltberühmte Molnár saß im Café Imperial in Wien, als ihm diese Nachricht zugetragen wurde. Der Zuträger war Molnárs Leibadjutant, ein kleiner Journalist, der immer in dem billigsten Zimmer des Hotels wohnte, um dem Meister nahe zu sein. Wie er die Nachricht vernommen hatte, ordnete Molnár an: »Kable sofort an die U. P. in New York, daß die Schauspielerin Fedak Sari tatsächlich eine geschiedene Frau von Molnár ist.« Der Journalist trat für die Schauspielerin ein: Lassen wir ihr diese Reklame. Darauf Franz Molnár: »Das tu' ich ja! Wenn sie sich einfach als Frau Molnár ausgibt, wird man in Amerika glauben, sie ist meine Mutter.«

Csanda, halb aufgerichtet, halb unter der Bettdecke, die Ellbogen auf den Knien, das Gesicht in den Händen mit den Daumen in den Ohren, hörte gar nicht zu. Nicht um zu zeigen, daß ihn die Molnár-Anekdote nicht interessierte. Geistesabwesend strengte er sein Gedächtnis an, um einen Satz – nein, nur ein Wort aus dem Radionekrolog für die Fedak Sari zu erinnern. Aber das laute Gespräch und die ununterbrochene Erheiterung der Freunde verhinderten ein intensives Nachdenken. »Freunde, Brüder«, flehte er sie auf einmal an, und es hörte sich an wie ein Notschrei, »schweigt bitte eine Weile und helft mir lieber nachzudenken. Im Radio die Stimme sagte etwas, was mich persönlich betroffen hat, ich weiß nicht warum. Aber so hab' ich es empfunden. Und ich kann und kann den Satz nicht erinnern. Nicht den Inhalt, nicht das Wort.« Die Freunde schwiegen still, bestürzt von dem flehentlichen Ton, der sie gemahnte, daß Aladar Csanda, der in seinem Bett in einem Zimmer voll Heiterkeit, am Ende tatsächlich noch schwer erkrankt war. Jeder von ihnen wollte ihm nun helfen. Jeder stellte eine Frage. Keiner fand den Satz, keiner fand das Wort. Nur der Postminister schwieg, und da er in jeder

Situation, in jeder Begebenheit, in jeder Äußerung die komischen Nuancen bewertete und demzufolge auch erinnerte, versuchte er dem verlorenen Satz, dem versunkenen Wort auf die Spur zu kommen. Der Radionekrolog erzählte auch von den großen Erfolgen der Fedak Sari im Ausland, und er erwähnte auch den »stürmischen Erfolg«, den sie in Wien gehabt hatte. Csanda, der alle Fragen der Freunde gehört und, obwohl er nicht hinblickte, nach ihrer Stimme identifiziert hatte, vermeinte auch das Schweigen des Postministers zu hören. Er erhob sich vom Lager und sagte zu dem Postminister: »Jencsö, mein Lieber, ich habe mich nun schon drei Tage nicht rasiert. Sei so gut und komm mit mir ins Badezimmer und hilf mir ein bißchen. Meine Hände zittern wie bei einem Greis.« Der Postminister, seit Jahrzehnten gewöhnt, den Freunden oder auch nur guten Bekannten persönliche Dienste zu leisten, folgte ihm willig ins Badezimmer. Hier, zu zweit in aller Stille, entwickelte sich, indes die Prozedur des Rasierens glatt vonstatten ging, dieser Dialog: »Ich war in Wien dabei, wie die Fedak Sari dort gastierte.« – »Sie hat dort einen stürmischen Erfolg gehabt, berichtete die Radiostimme.« – »Sie hat dort den typischen Fedak Sari-Erfolg gehabt«, sagte der Postminister. »Was meinst du damit?« fragte Csanda. »Sie hat einen Erfolg gehabt, der stark nach Zwiebeln roch.« – »Was heißt das? Mach keine Nagyvaradi-Witze.« – »Ich mach' keine Witze. Ich berichte nur. In dem Stück hatte sie in einer häuslichen Szene Zwiebeln zu schälen. Die Fedak hatte den originell-künstlerischen Einfall, ganz echte, sichtbar ausgewachsene Zwiebeln zu schälen. Sie spielte in einer Vorstadtbühne, und der Zwiebelgeruch, der bis zur Galerie vordrang, roch dort nicht schlecht. Aber die Galerie schreibt keine Theaterberichte. Die Wiener Theaterkritik fand den originellen Zwiebeleinfall der Fedak als das, was er war: teils drastisch, teils ordinär, also durchaus im Fedak Sari-Stil. Mich hat das ein bißchen gewundert. In Wien riecht bald eine ganze Straße nach Rindsgulasch. Und was wäre ein Gulasch ohne Zwiebel. Dennoch fand der Zwiebelspaß unserer nationalen Schauspielerin bei den Wienern nicht so viel Gefallen, wie sie erwartet hatte. Ich darf also sagen, daß sie dort einen Zwiebelerfolg hatte.« – »Hat sie in dem Stück eine gute Rolle gehabt?« fragte Csanda, bereits rasiert und verjüngt. »Sie hat die Titelrolle gespielt. Das Lustspiel heißt ›Antonia‹. Die Fedak spielte natürlich die Antonia.«

»Antonia … Antoschka … Toschka … – Tonja Wacykowna …«, redete Csanda vor sich hin. Sein Gesicht erhellte sich von einer Variation des Namens zur andern. »Ich glaub' … ich bin sicher … jetzt bin ich auf der Spur.« Er faßte den Freund mit beiden Händen an seinen Armen und bat: »Du wirst mir einen Dienst erweisen. Einen wahren Freundesdienst. Das hast du oft genug für mich getan –« – »Nicht immer unentgeltlich«, warf der Postminister ein. »Geh, Jenö, red nicht so. Du bist nicht so zynisch, wie du redest.« – »Ich bin's, Bandi. Ich bin es noch viel mehr, als ich rede. Was darf ich für dich tun?« – »Vor allem kein Wort darüber zu den andern. Ruf das kanadische Konsulat an und frage nach einem Dorf in Nova Scotia. Ich schreib' dir den Namen des Dorfs auf. Geh hinunter und telephoniere von einer Telephonzelle. Wenn du Antwort vom Konsulat hast, ruf ein Reisebüro an und bestelle zwei Flugplätze nach Halifax. Ich glaube mich zu erinnern, daß das Dorf in der Nähe von Halifax liegt.« – »Wozu *zwei* Flugplätze? Die Tonja wirst du ja erst für die Rückfahrt bei dir haben.« – »Die Toschka, wenn sie noch dort ist, ist so alt wie ich. Ich werde dir alles auf der Reise erzählen. Geh jetzt hinunter telephonieren. Dann geh nach Haus, pack dir ein kleines Köfferchen, wie für ein Weekend, und komm gleich wieder her. Wir reisen mit dem nächsten Flug nach Halifax.« Der Postminister gehörte zu den wenigen Emigranten, die aufs Reisen – wohin immer – nicht mehr neugierig waren. Aber er konnte seinem Freund Csanda nicht nein sagen, und außerdem war es nicht seine Gewohnheit, auf etwas, was ihm gratis angeboten wurde, zu verzichten. Er machte sich also unverzüglich auf den Weg, und es waren noch keine zwei Stunden vergangen, als er, wie verabredet, mit einem sehr kleinen Köfferchen zur Stelle war. Er fand zu seiner Überraschung seinen Freund bereits reisefertig in der Hotellobby. »Ich hab' ihnen nichts gesagt. Ich hab' mich unbemerkt davongemacht. Sie sind noch oben. Ich hab' ihnen einen Imbiß hinaufbestellt.«

Schon im Taxi zum Flugplatz begann Csanda seine Geschichte von dem Mädchen Antonia Wacykowna. Sie war die Tochter eines griechisch-katholischen Priesters, der ein ganzes Haus voll schöner Töchter hatte. Sie war die jüngste, und der junge Bandi Csanda war ihr Mitschüler in der Dorfschule, wo die Mädchen rechts, die Jungen links in einer Klasse saßen. Vier Jahre lang. Sie hatte in ihrem herzförmigen Gesichtchen zwei hohe Backenknöchlein und darüber zwei mongolisch geschlitzte Augen, die aber gar nicht mongolisch schwarz, sondern höchst slawisch veilchendunkelblau waren. Das gab ihrem lieblichen Gesichtchen den Ausdruck, der sagte: Bin ich nicht eine entzückende Überraschung? Csanda liebte die jüngste Popajanka – so nannte man im Dorf die Töchter eines griechisch-katholischen Priesters, des Popen. Schon in der Schule, in der Klasse, und im Sommer bei den Erntefesten. Es kam vor in der Schule, in der großen Pause, daß er ihr ein Stückchen Schokolade zusteckte, das sie gierig erfaßte und auf der Stelle aufschleckte. Das war alles. Denn in den Dorfschulen spielten die Jungen nie mit den Mädchen, die sie als unernst, schwach und feig mißachteten. Nach den vier Jahren ging Bandi aufs Gymnasium für acht Jahre fort.

Sie waren beide achtzehn, als sie einander zufällig begegneten. Das geschah noch im Dorf, wo er zum letzten Mal seine Ferien verbrachte. Das Wiedersehn fand statt auf einem Wiesenpfad zu dem Fluß, wo er mit einer Angelrute zum Fischen und sie unter einem blauen Sonnenschirm zum Baden ging. Sie war ihm auf dem Pfad unterm Sonnenschirm vorausgegangen, und mit seinen langbeinigen Schritten war er bald ganz nah hinter ihr, ohne das anmutige Mädchen zu erkennen, das er sich auf dem einsamen Wiesenpfad erjagte. Als er bereits so dicht hinter ihr war, daß sie nicht mehr so tun konnte, als hörte sie nicht die männlichen Schritte des Verfolgers, bog sie ein Stück vom ausgetretenen Pfad ab, um ihm den Weg freizugeben. Dabei erhaschte er so viel von ihrem Profil, daß er das schlitzäugige Gesicht seiner Mitschülerin auf der Stelle erkannte. »Antoschka«, sagte er in aufatmender Überraschung, »Antoschka!« – »Bandi!« sagte sie in gleichem Atemhauch. »Toschka«, verbesserte er sich leise. »Bandi«, flüsterte sie, schon in seinen Armen. Der blaue Sonnenschirm lag etliche Minuten einsam auf dem Wiesenpfad, bis sie wortlos im glücklichen Einverständnis eine von Weidenbäumen und blühendem Gesträuch beschattete Stelle ausgewählt hatten, wo sie einander in ihrer frisch erweckten und nunmehr wohl erwachsenen, mindestens zehn Jahre alten Verliebtheit im Rausche fanden.

Ihre glücktrunkenen Tage und Nächte sollten aber nicht von langer Dauer sein. Sein Vater wünschte, daß der Sohn gleich nach bestandener Reifeprüfung seinen Einjährig-freiwilligen Militärdienst absolviere, ehe er mit dem Universitätsstudium beginne. Zwei Wochen nach dem Anfang ihres Glücks mußte der junge Csanda bei seinem Regiment einrücken. Noch vor dem Ende seines einjährigen Militärdienstes zog sich sein Vater vom Dorf zurück. Das Gut wurde verpachtet. Aladar sah weder das Dorf noch seine geliebte Toschka je wieder. Denn bald kamen die plötzlichen Wirren über das Land. Und dann brach der Krieg aus.

Aladar Csanda war ein recht unzulänglicher Briefschreiber immer gewesen und ist es sein Leben lang geblieben. Er war nicht sicher, ob sie beide in all den Jahren mehr als etwa fünf Briefe gewechselt hatten. Jahre nach dem Ende des Kriegs, schon in USA, erhielt er einen Brief, in dem Antoschka ihn fragte, ob er ihr, ihrem Gatten und ihrem Töchterchen zur Auswanderung nach Amerika verhelfen könne. Man weiß, wie es mit der Einwanderungsquote für Ungarn stand. Zur Einwanderung nach USA konnte er ihr nicht helfen. Aber es gelang, ihr und ihrer Familie ein Visum nach Kanada zu verschaffen. Er schickte ihr auch einen Scheck. Einen fetten Scheck, wie Csanda sich ausdrückte. Soweit die Erzählung Csandas während des Flugs nach Boston, wo sie umsteigen sollten für einen weiteren Flug nach Halifax.

Der Postminister war ein guter Zuhörer. Nicht mit einem Wort unterbrach er die Erzählung seines Freundes. Nur eine Frage stellte er ihm, als er mit seiner Erzählung zu Ende war: »Wie alt, glaubst du, ist jetzt die Tochter?« – »Keine Ahnung«, sagte Csanda, »warum fragst du?« – »Wenn du wüßtest, wie alt die Tochter ist, könnten wir ausrechnen, ob sie nicht vielleicht deine Tochter ist«, antwortete der Postminister einfach und trocken. »Du hast eine Art zu fragen«, warf ihm Csanda vor. »Wenn es meine Tochter wäre, müßte sie schon an die fünfunddreißig sein. Wenn sie meine Tochter wäre, hätte mir das ihre Mutter doch nicht verschwiegen!« – »Es ist schon vorgekommen, Bandi. Alles ist schon vorgekommen auf dieser Welt. Das hat schon der weiseste aller Könige gewußt und gesagt.« – »Du fängst jetzt auch schon mit der Bibel an, wie unser Freund Kocska«, sagte Csanda. »Kocska redet nie von der Bibel. Kocska redet meistens vom Katechismus, obwohl er ein Doktor der Theologie ist und etwas klüger reden sollte.« – »Kocska ist kein Doktor der Theologie. Er hat ein Doktorat in Geschichte. In der ungarischen Geschichte natürlich.« – »Warum hast du mir das nie verraten?« – »Was heißt, verraten. Was ist da für ein Unterschied?« – »Wenn ich gewußt hätte, daß er kein Doktor der Theologie ist, hätt' ich ihm schon längst gesagt: Halt's Maul, du Tepp!« – »Und einem Doktor der Theologie kannst du das nicht sagen?« fragte der Postminister. »Nein. Die haben immer was von einem Polizeikommissar.« Darüber mußte Aladar herzlich auflachen. Zum ersten Mal seit der Erscheinung des toten Corvin.

Während des kurzen Flugs nach Halifax redeten die zwei Freunde nicht viel, denn der Postminister nickte bald ein und schlief, bis er in Halifax erwachte. Auch in dem Taxi zu dem Dorf schwiegen sie, jeder für sich, mit ihren Augen offen für den lieblichen Anblick der kleinwirtschaftlichen Äcker und Wiesen, eine lebhafte Erinnerung an die kleinen Rechtecke von Korn-, Weizen- und Gerstenfeldern ihrer Heimat. Bald stand das Taxi vor der Farm, die weder einen schottischen noch einen englischen Namen hatte. Sie stiegen aus, ihre kleinen Köfferchen in den Händen, und traten zum offenen Tor des Hofs hinein. Vor dem Obstgarten stand eine junge Frau, die nach etlichen Minuten sich entschloß, den unbekannten Besuchern entgegenzukommen. »Guten Abend, Toschka«, rief Csanda ihr zu, und schon nahe daran, die Schöne in seine offenen Arme zu schließen, hörte er den Postminister hell auflachen, und also belehrt, ließ er in Verlegenheit seine Arme fallen. Die junge Frau antwortete lächelnd in ungarischer Sprache auf den ungarischen Abendgruß und fügte hinzu: »Ich heiße nicht Toschka. Meine Mutter heißt Antonia. Mein Vater sagte auch manchmal Toschka zu ihr. Ich heiße Erzsebet.« – »Ist die Mutter zu Hause?« fragte Csanda. »Sie ist in der Küche. Ich werde die Herren anmelden ...« – »Bitte schön, Bözsi, tun Sie das nicht. Ich bin ein alter Freund. Wir haben uns viele Jahre nicht gesehn. Vielleicht wird sie mich noch erkennen«, bat Csanda, und nachdem er seinem Freund einen unmißverständlichen Wink gegeben, ihm nicht zu folgen, ging er schnellen Schritts der offenen Haustür zu.

Der Postminister stellte sich dem jungen Fräulein vor, und sie fragte ihn, noch immer über Csandas seltsamen Irrtum belustigt: »Sind Sie auch ein alter Freund meiner Mutter?« – »Leider nicht«, bedauerte er. »Ich habe Ihre Mutter nie gesehn. Aber wie kommt es, daß Sie noch so schön ungarisch sprechen?« – »Ich war schon acht Jahre, als wir hier in Kanada ankamen, und ich sprach mit meinem

Vater meistens ungarisch.« – »Mit deiner Mutter sprichst du nicht ungarisch?« – »Selten. Mit meiner Mutter sprechen wir ukrainisch, meistens. Manchmal auch englisch.« – »Du sprichst also drei Sprachen, und vermutlich alle drei gut.« – »Wieviel Sprachen sprechen Sie?« wollte sie wissen. »Ich spreche Ungarisch nicht schlecht. Deutsch nicht gut. Französisch kann ich fließend ›bon jour‹ sagen. Englisch miserabel. Ich bin Schriftsteller. Aufs Gutsprechen kommt es mir nicht an.« – »Sie schreiben wohl in ungarisch?« – »Wenn ich schreibe, schreib' ich ungarisch. Aber ich schreibe sehr selten. Ich bin ein gewesener Schriftsteller.« – »Mein Vater hat hier in Kanada drei Schriftsteller gekannt. Und sie waren oft unsere Gäste. Aber einen ungarischen Schriftsteller hab' ich noch nie gesehn. Ich freue mich sehr, Ihre Bekanntschaft zu machen. Setzen wir uns dort auf die Bank im Schatten. Die Sonne geht bald unter, aber es ist noch immer heiß. Oder wollen Sie vielleicht schon meine Mutter begrüßen?« – »Bleiben wir noch draußen, bis mein Freund mich ruft«, entschied der Postminister. »Ist Ihr Freund vielleicht auch ein ungarischer Schriftsteller?« fragte sie, schon auf der Bank neben ihm. »Gewiß, gewiß. Kein gewesener wie ich. Er ist der berühmte Schriftsteller Aladar Csanda.« – »Aladar Csanda!« rief sie in beglückter Überraschung. »Wird dieser Besuch meine Mutter freuen! Sie hat alle seine Werke im Glasschrank. Sie hat sie alle und wiederholt gelesen. Ich kenne auch einige.« Und sie zählte ein paar Titel im Original auf. »Wird das ein glücklicher Tag sein für Mammi!« Man sah der Tochter deutlich die Beglückung der Mutter an. Ihr junges dunkelbraunes Gesicht überhauchte in diesem Augenblick ein zarter rosiger Schimmer, und ihre schwarzen Schlitzaugen erglänzten. Jenö Nagyvaradi war entzückt. Er erinnerte sich an einen unvergeßlichen Vergleich, den der große russisch-jüdische Dichter Isaak Babel in der Beschreibung einer jungen Chinesin macht. Er sagt da ungefähr: Die schwarzen Schlitzaugen saßen in ihrem rosigzarten Gesicht wie die Kernchen in einer Melone. Der unglückliche große Babel. Der größte Dichter, den die Russische Revolution hervorgebracht und der russische Hitler Stalin, nebst vielen anderen jüdischen Dichtern, umgebracht hat.

»Sie sind auf einmal traurig geworden«, bemerkte die Tochter. »Als Sie Ihren Vater erwähnten, sprachen Sie in der Vergangenheit –« – »Mein Vater ist vor drei Jahren gestorben.« – »Ich hab' das geahnt«, sagte Nagyvaradi, »das hat mich traurig gemacht.« – »Mein Vater hätte sich mit Ihrem Besuch auch sehr gefreut. Er war ein Agronom. Aber er interessierte sich sehr für Literatur und las namentlich in den Wintermonaten sehr viel.« – »Wie alt war Ihr Vater?« – »Noch nicht ganz sechzig.« Sie atmete tief und blickte in die Ferne, abwesenden Blicks. »Er ist plötzlich gestorben. Ohne auch nur einen Tag krank gewesen zu sein. Das ist uns jetzt ein tröstlicher Gedanke. Er war ein so tätiger, energischer Mann. In sehr kurzer Zeit hat er sich hier in diesem Lande eingelebt und ein beträchtliches Vermögen erworben. Er war nicht geboren, alt zu werden. Das hat er oft gesagt. Und man hat ihn irgendwo beim Wort genommen. Er war ein glücklicher Mensch. Auch noch in der Emigration.« Auf einmal schüttelte sie ihre Trauer völlig von sich ab, und jugendlich frei ihm zugewandt, begann sie in frischem, munterem Ton: »Wenn ich schon das Glück habe, zwei ungarische Schriftsteller kennenzulernen, möchte ich die Gelegenheit benützen, von Ihnen was zu lernen. Sehen Sie, Herr Nagyvaradi, wie Sie wissen, ist meine Mutter eine Ukrainerin, geboren in Karpaten-Rußland, wie das Ländchen damals geheißen hat. Und mein Vater war ein echter Ungar. Meine Eltern haben oft über die Frage gestritten, wieviel ungarische Wörter den slawischen Sprachen entstammen. Meine Mutter behauptete, mehr als die echt ungarischen Wörter. Mein Vater meinte, viel weniger, als man behauptet. Sie haben immer in guter Laune, und ich möchte sagen: liebevoll, gestritten. Aber dieser Streit hörte nie auf, und sie fanden nie einen Sprachkenner, der eine entscheidende Auskunft geben konnte. Meine Mutter zitierte immer eine ganze Litanei von ungarischen Wörtern und grub zugleich die slawische Wurzel aus. Aber mein Vater hörte zu und meinte: ›Das beweist gar nichts. Dabei geht es immer so zu, wie wenn Antisemiten die Juden in Ungarn zählen. Sie zählen Millionen, wo es nicht einmal Hunderttausende, sie zählen Zehntausende, wo es nur ein paar Hundert gab.‹ Wer hat die Wörter recht gezählt: meine Mutter oder mein Vater?« Im Eifer und in ihrer Wißbegierde hielt sie in aller Selbstvergessenheit den Postminister an der Hand, um ihm auf der Stelle eine so lang vermißte Belehrung abzunötigen.

Mit seiner freien Hand strich der Postminister ihr gescheiteltes pechschwarzes Haar und belehrte sie in väterlicher Rührung: »Deine Mutter hat recht gehabt, Bözsi. Die ungarische Sprache hat mehr als die Hälfte ihres Wortschatzes den slawischen Sprachen zu verdanken.« Er war froh, der Tochter alle Fragen über die Entwicklung der ursprünglich mongolischen Sprache im Zentrum Europas zu beantworten, um ihrer Mutter und seinem Freund unbegrenzte Zeit zu lassen für den Austausch ihrer Erinnerungen an die Jahre ihrer Jugend und die Tage ihrer ersten Liebe. Sie konnte nicht genug fragen, und ihn amüsierte ihr augenscheinliches Vertrauen in seine Sprachkenntnisse.

Schluß des vierten Kapitels

Für den Rückweg zum Flughafen von Halifax waren sie nicht auf ein bestelltes Taxi angewiesen. Die Tochter begleitete sie in ihrem Wagen, und sie führte die Gäste auf einem andern, landschaftlich schöneren Weg, der ein Umweg war, aber die längere Dauer der Fahrt durch geringen Autoverkehr und intimere Nähe zur Landschaft reichlich lohnte. Sie saßen auf amerikanische Art zu dritt auf dem Vordersitz. Dabei fiel es dem Postminister nicht leicht, auf den Platz in der Mitte zu verzichten, wo er Schulter an Schulter mit der schönen Tochter hätte sitzen können. Aber er verzichtete darauf zu Gunsten des Genusses an der Vielfarbigkeit der Äcker, den ihm der Sitz am offenen Autofenster versprach. Die Roggen- und Weizenfelder waren schon abgeerntet und standen verlassen in Stoppeln. Aber dafür standen die vielen Kartoffelfelder noch in Blüte und die Klee- und Luzernfelder erfrischten die Erinnerungen an sein Heimatdorf in Ungarn, das aber jetzt – mehr zu seinem Ärger als zu seinem Leidwesen – schon längst kein ungarisches mehr, sondern ein rumänisches Dorf geworden war.

Als sie auf einem schmalen Feldweg in einem sanften Tal an einem Gerstenfeld vorbeifuhren, erbat Jenö sich ein recht langsames Tempo. Er wollte die schon vollreifen Ähren genießen mit ihren energisch strotzenden Schnurrbärten, so charakteristisch für dieses Getreide. Als dieses Stück Acker zu Ende war, kam, vom Feldweg nur durch einen breiten Streifen Klee getrennt, ein Haferfeld. »Halt!« schrie der kleine Postminister mit der Stimme eines gewaltigen Generals, und da die belustigte Erzsebet das Auto auf der Stelle gehorsam stoppte, stürzte er mit ihn selbst überraschender Lebhaftigkeit zur schnell geöffneten Wagentür hinaus, überschritt rücksichtsvoll das Kleefeld zum Haferacker hinüber, und stand still, ohne sich vom Fleck zu bewegen, vor der Grasnarbe, die die zwei Felder abgrenzte.

Es war ein schönes, langausgestrecktes Viereck, voll jungen Hafers. Wie man weiß, hat der Hafer keine Ähren mit kurzen Spitzchen wie der Weizen oder länglich bleichen und mageren wie der Roggen oder gar strotzende Schnurrbärte wie die Gerste. Der Hafer trägt seine Frucht in Köpfchen aus länglichen Kernen an zarten Fädchen, als ein zierlicher Schmuck für ein Elfenkind. Lindenblütengrün stand hier der Hafer, nicht mehr so jung, aber noch nicht ganz reif, in seinem zittrigen Kopfschmuck. Ein sanfter Wind, so leicht, als wäre er von den Flügelchen der umherflatternden Schmetterlinge hervorgerufen, strich über das Feld, und die Haferköpfchen neigten sich in sanften Wellen in ihrem seidenen Rauschen, hörbar nicht für uns – ein Musizieren für die Schmetterlinge. Bezaubert stand der alte Mann da, und er horchte in kindlicher Beglückung. So lange stand er da, bis es seinem Freunde im Auto zu lange und auch übertrieben schien. Er stieg irritiert aus dem Wagen, ging aber in langsamem Schritt zu dem Haferfeld hin und stellte sich ihm zunächst wortlos zur Seite. Der Postminister fühlte ihn wohl in seiner Nähe. Er vermochte aber nicht – und es lag ihm auch kaum daran –, sich aus der Verzauberung herausreißen zu lassen. Seine Hände über die Brust gefaltet wie im Gebet, stand er da, sein altes, zerfurchtes, sonst streng waches Gesicht in Tränen. »Du weinst ja, Jenö«, flüsterte Csanda in großem Erstaunen. »Tu' ich das?« fragte Jenö nach einer Weile mit einer Stimme, die wie frisch gewaschen anzuhören war, hob seine Hand, die auch schon von Tränen genäßt war, und versuchte mit der Faust die Augen zu trocknen. Nach etlichen Minuten sagte er: »Ich habe seit einigen dreißig Jahren keine Träne hervorgebracht. Was fällt dir ein zu glauben, daß ich geweint hab'?! Dieses Haferfeld hat mich sehr glücklich gemacht. Glücklich und jung. Man ist noch nicht so tot, wenn man noch vor Glück weinen kann. Dieses Haferfeld habe ich vor vierzig Jahren gesehn. Ein Haferfeld in der Umgebung von Berettyó-Újfalu war keine Seltenheit. Es gab noch viele Pferde damals. Und Hafer ist für ein Pferd, was für einen Franzosen ein Filet mignon oder für einen Amerikaner ein Steak. Also hab' ich in meinen Kinderjahren viele Haferfelder gesehn. Aber eines Sommertags hab' ich eins gesehn, das war genau wie dieses da: ein Haferfeld, mit Mohnblumen geschmückt. Mit rotem Mohn, so wie dieses da. Ich war sechzehn. Ich fing zu dichten an. Jenes Haferfeld bei Berettyó-Újfalu war schon etwas reifer als dieses da. Aber es war noch dichter mit rotem Mohn verziert als dieses. Ich bin lange vor dem Haferfeld gestanden und überlegte: In einem Roggenfeld sieht man oft schöne blaue Kornblumen, zu Hafer paßt offenbar besser ein roter Mohn. Im Urwald der Zeit ist einmal die Göttin Diana, die Patronin der Jungfrauen und der Wöchnerinnen, spazierengegangen, und die ewig-jungfräuliche Göttin hat offenbar ein Haferfeld mit einigen Tropfen ihres jungfräulichen Blutes betaut. So kam der rote Mohn auf einem Haferfeld zur Welt. Und darum findet man ihn oft wild wachsend in einem Haferfeld. Ich war noch so jung, daß ich noch wie ein Heide fühlen konnte.« – »Das hat dich weinen gemacht? Ein Haferfeld.« – »Lieber Bandi«, sagte Jenö, »wenn ein alter Mann weint, weint er immer über sich selbst. Wenn du das nicht weißt, bist du noch ein Rotzbub. – Gehen wir zu Bözsi. Aber sag' ihr nicht, daß ich vor einem Haferfeld geweint hab'. Sie könnte glauben, ich wäre noch ein Dichter …«

Sie erreichten das Flugfeld in Halifax trotzdem ohne Verspätung. Das Mädchen Erzsebet teilte ihnen zum Abschied mit, sie sei verlobt, und lud sie beide, auch im Namen ihrer Mutter, zu ihrer Hochzeit ein, die im Oktober stattfinden sollte. Beide nahmen die Einladung an, und es war ein recht heiterer Abschied.

Auf der Reise von Halifax nach Boston waren wenige Passagiere. Die beiden Freunde saßen so frei nebeneinander wie kaum je in den letzten Jahren ihrer Freundschaft. »Du siehst heute gut aus, Jenö. Verjüngt.« – »Ich hab' so gut geschlafen wie seit Jahrzehnten nicht mehr. Ich schlief nahe bei einem offenen Fenster. Die Luft roch nach Heu, und die Ruhe war rein balsamisch, wie man es manchmal in Amerika vom Wetter behauptet.« – »Deine Augen sind aber nicht vom Schlaf, sondern vom Weinen so frisch gewaschen.« – »Das ist schon möglich. Ich habe gut geweint. Fließend geweint hab' ich, wie man das in slawischer Sprache sagt. Man sollte oft weinen. Vielleicht sehen die Augen der Kinder so rein und unschuldig aus, weil sie so oft gut und gern weinen. Die Ärzte sagen uns immer: Lachen macht gesund. Niemand sagt uns: Weinen macht jung.« – »Es gab einen griechischen Philosophen, den man den ›weinenden‹ Philosophen nennt. Vielleicht hat auch er fließend geweint.« – »Vielleicht«, sagte der Postminister, »aber auch er hat nicht behauptet, das Weinen mache jung und gesund. Er hat nur behauptet, unser ganzes Dasein ist nichts wert. – Aber was ist mit dir heute? Du schaust müde aus. Hast nicht gut geschlafen? In diesem schönen, friedlichen Hause? Nach dem Wiedersehn mit einer so schönen und so klugen Freundin?« – »Du hast recht. Ich habe wenig geschlafen. Ich werde dir erzählen, warum. Ich habe viel zu erzählen. Aber ich weiß noch nicht, wie und wann ich herausfinde, was wichtig ist und was nebensächlich. Hab Geduld mit mir. Du bist weniger neugierig als die andern Freunde. Ebendarum habe ich dich gebeten, mit mir zu reisen. Und ebendarum werde ich dir, und nur dir, alles erzählen.« – »Gut«, antwortete der Postminister. »Aber laß mich erst dir was erzählen, was ich dir noch gestern in New York sagen wollte, aber dann, wie du plötzlich mit der Reise nach Kanada gekommen bist, vergessen habe. Einfach vergessen. Vielleicht, weil ich schon etwas senil war und mich noch nicht jung geweint hatte. Kannst du zuhören?« – »Wenn es wichtig ist und kurz genug ist, ja. Ich habe viel nachzudenken.« – »Es ist vielleicht wichtig. Kurz ist es sicher. Wie du weißt, bin ich mit unserm Béla dem Großen befreundet. Ich wollte ihm, dem weisesten Ungarn unserer Zeit, von deinem Fall erzählen. Aber sehr weit bin ich damit nicht gekommen. Ich habe damit begonnen, daß der tote Corvin plötzlich vor dir in deinem Arbeitszimmer stand, wie du in Gedanken den Namen eines französischen Komponisten erinnern wolltest, der mit ›G‹ beginnt. Und ohne ihn gefragt oder auch nur eintreten gehört zu haben, er dich einfach, in deinen Gedanken lesend, mit dem Wort ›Gounod‹ begrüßte. Ein französischer Komponist mit ›G‹. Professor Béla Schick lachte mich aus und sagte: ›Wie es in vielen Fällen oft geschieht, wenn es einem schwerfällt, etwas zu erinnern, hat dein Csanda laut gedacht, wiederholt laut gedacht, ohne es zu wissen.‹ Mehr von der Geschichte wollte er nicht hören. Was sagst du dazu? Das ist kurz und wichtig, nicht?« – »Ich hab' mir diese Erklärung schon selbst mehr als einmal gesagt. Aber wie erklärt man alles weitere Geschehen? Es ist sehr schade, daß der wirklich weise Béla sich das Weitere nicht hat erzählen lassen. Kannst du mich bei ihm einführen? Vielleicht läßt er sich die ganze Begebenheit erzählen. Ich bin schon selbst dahintergekommen, daß Corvin nicht auf dem Wege zu mir verunglückt ist.«

In Boston hielten sie sich einige Nachmittagsstunden auf. Aladar Csanda liebte Boston, weil es eine von den wenigen amerikanischen Städten ist, in denen man den Eindruck hat, in einer alten Stadt in Europa zu sein. »Was mich betrifft, fühle ich mich aus demselben Grunde viel besser in den amerikanischen Städten, die nicht im geringsten an Europa erinnern. Je amerikanischer sie sind, um so besser fühl' ich mich«, stellte der Postminister fest. Er ließ auch Csanda allein, als dieser von einem Abstecher nach Cambridge nicht zurückzuhalten war. »Ich war schon dort vor etwa zwanzig Jahren. Mir ist einmal genug. Eine Universitätsstadt erinnert mich zu sehr an Europa.« – »Was hast du persönlich gegen ganz Europa?« ärgerte sich Csanda. »In Europa haben die Christen in diesem einen, noch nicht ganz zu Ende getorkelten Jahrhundert viele Millionen von Menschen umgebracht. Ist dieses Ereignis unseres Jahrhunderts nur mein persönliches? Ich bleib' hier im Kaffeehaus. Ein Kaffeehaus ist ein verläßlicheres Kulturinstitut als eine Universität.«

In dem großen Flugzeug, das sie nach New York zurückführte, gab es eine bequeme Bar. Dort hatten sie auch Csandas Lieblingsgetränk, den Cognac Remy Martin. Ein, zwei Gläschen lösten Csandas Zunge, und so kam es zu einem Monolog, den wir hier wörtlich anführen als

Die Beichte eines Scheckschreibers.

»Unser Freund Kocska ist nicht so dumm, wie ich glaubte – –« – »Er ist viel dümmer. Er ist so dumm, wie *ich* glaube«, unterbrach ihn der Postminister. »Unterbrich mich nicht, mein lieber Jencsö. Laß mich reden, wie mir die Gedanken kommen. So kommt die Wahrheit am reinsten zutage. Kocska sagte – und ihr wart alle dabei, wie er es sagte –, daß er als Beichtvater die Erfahrung gemacht habe: Sünder haben die Neigung, ihre Sünden zu wiederholen. Ich brauche es dir nicht zu sagen, daß ich sein Wort Sünde nicht ernst nehme. In unserer Sprache nennen wir das: Fehler. Ein Mensch ist geneigt, immer Fehler zu machen, die in einer Reihe aneinandergereiht werden können. Sie passen zueinander, nicht wie ein Ei zum andern, aber wie eine Untat zur andern – –« – »Gewiß, gewiß«, unterbrach ihn Jenö, »ein Lügner lügt, ein Dieb stiehlt, ein Fälscher fälscht. Man muß kein Beichtvater sein, um das zu wissen. Haste

Weisheit!« – »Du hast recht, Jenö. Ich seh' das jetzt. Aber es war doch Kocska, der mich auf den Gedanken gebracht hat, den Lauf meiner Jahre rückwärts zu überprüfen. Und so bin ich vielen von meinen Verfehlungen auf die Spur gekommen. So weit, daß ich einsehn konnte: die schwersten Fehler, die ich begangen habe, waren alle von einer Art. Alle zusammengebracht, waren sie eine Fehlerfamilie. Im Vokabular von Kocska würde das heißen: alle meine Sünden waren eine und dieselbe Sünde, mehrmals und immer wiederholt dieselbe eine Sünde. In unserm Vokabular waren alle meine Fehler nur Fehler, begangen gegen Menschen. Noch genauer: Fehler nicht gegen Menschen im allgemeinen, sondern ganz spezifisch: Unrecht, begangen an Frauen. An all meinen Frauen. An den Müttern meiner Kinder. Und auch an den Kindern meiner Frauen. Die Frauen, die ich geheiratet habe, hab' ich geheiratet, weil ich sie attraktiv gefunden, nicht, weil ich sie geliebt habe. Wenn ich sie nicht mehr anziehend fand, hab' ich mich von ihnen losgekauft. Mit einem Scheck. So von der ersten, so von der zweiten. Von der dritten mußte ich mich nicht loskaufen, weil der Engländer, den sie geheiratet hat, ein sehr reicher Mann ist. Mehr oder weniger bin ich auch so mit den Kindern verfahren. Wenn meine Frauen sie behalten wollten, gut. Da blieben sie in den Ländern, wo ich nicht leben wollte. Ich hab' mich losgekauft. Und aus den Augen – aus dem Sinn. Die Kinder, die zwei, die ich in USA habe, kriegen von mir Schecks. Gute Schecks, wie man hier sagt: fette Schecks. Sie bekamen Schecks für die Camps, wie sie klein waren. Schecks für die Colleges, als sie soweit waren. Nichts mehr. Natürlich wirst du mildernde Umstände für mich finden – –« – »Schon gefunden. Du überschätzt dich. Du verwechselst dich mit Hitler. Nicht du hast den Krieg gemacht. Nicht du hast Europa Hitlers Gesetzestafeln aufgezwungen – –« – »Ich weiß, Jenö, ich weiß. Mildernde Umstände. Aber es hat bei mir schon begonnen, wie Hitler erst ein potentieller Raubmörder war. Wie er noch sehr weit entfernt davon war, ein Führer von *einem* Volk in einem Tausendjährigen Reich zu sein, das zwölf Jahre dauern sollte. – Gestern, wie die Nachricht vom Ableben der Fedak Sari angesagt wurde und du mir beim Rasieren geholfen hast und dabei von ihrem Erfolg in Wien erzähltest und die Titelrolle in dem Stück erwähntest, da überkam es mich wie eine Erleuchtung: mein erster Fehler muß mit dem Unrecht begonnen haben, das ich an dem Mädchen Antonia begangen habe, die ich Toschka genannt und einstens sehr, sehr geliebt habe. Noch wußte ich nicht, wie und welches Unrecht ich an ihr begangen habe. Um das herauszufinden, sind wir nach Kanada gereist. Und jetzt Jencsö, höre du gut zu.«

Csanda stärkte sich wieder mit einem Cognac – und wir werden sehen, daß der Postminister die Gläschen mit wachsamem Erstaunen zählte – und setzte die Erzählung mit immer tieferer Stimme fort: »Du hast gemerkt, in welchem Zustand ich am Ziel der Reise angekommen bin, als ich mir einbilden konnte, das junge Mädchen wäre meine vor mehr als dreißig Jahren geliebte Toschka. Kannst du mir das erklären? Du hast gelacht. In deinem Leben wirst du nicht noch einmal so liebevoll lachen. Aber kannst du mir mein Benehmen erklären?« – »Ich glaube ja: Panik der Entzückung im Herzen – augenblicklicher Kurzschluß im Gehirn.« – »Du bist noch der Dichter, der du gewesen bist. Warum hast du aufgehört?« – »Das wollen wir jetzt nicht diskutieren. Erzähl nur weiter.« – »Auf dein Wohl, Jencsö. Ist das eine schöne, wohlgeratene Tochter!« seufzte Csanda nach einem neuen Gläschen auf. »Ist das eine noch schöne, wohlgeratene Mutter!« stimmte Jenö zu, und diesmal trank auch er noch eins, und er zählte auch seine Gläschen. »Schade, daß eine so wunderbare Mutter der Welt nur *eine* solche Tochter geschenkt hat.« – »Sie hat auch einen Sohn gehabt«, kam es plötzlich aus dem Munde Csandas, der seinen Blick jetzt von dem Zuhörenden abnahm und seine Lippen zusammenzog, als bedauerte er, diesen Satz ausgesprochen zu haben. Nach längerem Schweigen kam er mit seinem Blick auf den Freund zurück und sprach nachdenklich: »Ihr Sohn ist auch so schön gewesen wie ihre Tochter, aber leider nicht gut geraten. Gar nicht gut geraten, Jencsö. Vielleicht nicht so gut geraten, weil er auch *mein* Sohn war. – Aber sind wir nicht schon bald in New York? In diesen großen Maschinen wird die Zeit ein Staubsauger, der sich selbst verschluckt.« – »Du hast noch Zeit genug. Erzähl nur weiter.« – »Ich habe das bis gestern abend nicht gewußt. Sie hat mir nicht geschrieben. Ihr Vater, der schon zu meiner Zeit sein geistliches Amt aufgegeben hatte und Landwirt geworden war, verbot ihr, sich an meinen Vater zu wenden, um nicht meine Karriere zu verderben. Als es soweit war, nahm er seine Tochter für ein paar Wochen nach Budapest. Dort gebar sie das Kind. Dort gab man es in Privatpflege zu einer kinderreichen Familie. Wie sie zwanzig Jahre alt war, verliebte sich in sie ein dreißigjähriger Junggeselle, ein Agronom in guter Stellung. Sie erzählte ihm ihre Geschichte. Da er aber hartnäckig um ihre Hand anhielt und sich trotzdem nicht abweisen ließ, heirateten sie. Und da der Agronom die Affäre so großmütig aufnahm wie ihr Vater, sind sie ein glückliches Ehepaar geworden. Wie aber nach zwei glücklichen Jahren noch kein Zeichen einer Veränderung in ihrem Zustand zu sehen war, beschloß der Agronom, das Kind zu adoptieren. Sie holten den Sohn ab und nahmen ihn in ein liebevolles Elternhaus auf. Das Kind war zart, aber gesund. Der Knabe war hübsch. Der Junge war ein guter, obgleich kein fleißiger Schüler. Schon in den oberen Klassen des Gymnasiums zeigte sich das Laster, das sein Verderben werden sollte: Er las, er dachte, er sprach Politik. Er sang auch Politik. Sein Lieblingslied war die Volkshymne der Horthy-Banditen, das ungarische Horst Wessel-Lied

Erger, Berger, Schossberger,
Minden zsidó gazember ...*

Sein Adoptivvater nahm zu Beginn dieser Entwicklung die politischen Neigungen des Sohnes nicht zu ernst. Die Mutter ahnte nichts Gutes, und sie versuchte mit allen gütigen und auch mit vielen strengen Mitteln den Sohn zu beschwichtigen, zu belehren, zu mäßigen, zur Besinnung zu bringen. Als sie aber – er war bereits ein achtzehnjähriger Student – dahinterkam, daß er ein Mitglied der ungarischen Nazipartei geworden war und er ihrem Entsetzen darüber mit dem oben zitierten Liedchen entgegentrat, forderte sie ihren Gatten mit aller Entschiedenheit auf, ihren auf Abwege geratenen Sprößling aus dem Hause zu weisen. Das geschehen, sah sie ihren Sohn nie wieder. Er gab sein Studium auf und meldete sich freiwillig zur Armee. Im Krieg ging er mit der ungarischen Armee an die Ostfront und nahm an vielen Untaten der SS-Mörder teil. Es gelang ihm noch, aus einem Gefangenenlager zu entkommen und in die Heimat zurückzukommen. Hier fiel er einer Abteilung von Roten Soldaten in die Hände. Man kannte ihn. Man erkannte ihn. Man hat ihn standrechtlich gerichtet und erschossen. – Mein Sohn hat mit den deutschen SS-Mördern gegen Juden gewütet und mit den deutschen Mordbrennern an der Ostfront gekämpft. Ich weiß, du wirst jetzt für mich wieder mildernde Umstände erfinden. Ich kann sie erraten und gleich formulieren: ›Welcher achtzehnjährige Student nimmt seine

* Jeder Jud ein Schurke ...

Liebelei gar so ernst? Sie hat mich nicht in ihr Geheimnis einbezogen. Auch ihr Vater hat den Fehltritt (so nannte man es damals) seiner Tochter nobel aufgenommen und praktisch gelöst.‹ Ich lass' das alles gelten. Ich weigere mich, alles, was für mich sprechen könnte, abzulehnen. Aber wie sie Hilfe brauchte, um ein Visum zu bekommen, zum ersten Mal in ihrem und meinem Leben sich an mich gewendet hat, wie hab' ich darauf reagiert? Ich habe ihr ein Visum verschafft! Das kostete mich wenig Mühe und ein paar nicht einmal nennenswerte Schecks. Und ihr persönlich schickte ich einen, wie ich dir sagte, fetten Scheck. Und großmütig wie ich bin, begleitete ich diesmal den Scheck mit guten Wünschen für sie und ihre Familie in der Neuen Welt. In den folgenden Jahren ist mir nicht einmal eingefallen, sie wiederzusehn, sie nach New York einzuladen oder sie in ihrer neuen Heimat zu besuchen. Ich dachte gar nicht mehr an sie. Erst wie du mich mit der Erwähnung des Namens Antonia aufgerüttelt hast, mich also beim Kopf gepackt hast und mein Herz auf den rechten Weg hingelenkt, hab' ich nicht zum Scheckbuch gegriffen. Diesmal habe ich mich nicht durch einen Scheck vertreten lassen. Diesmal machte ich mich selbst auf den Weg. Einen Scheck habe ich diesmal dir gegeben, damit du alles besorgst und weil ich ohne Begleitung sonst nicht imstande war, allein eine Reise zu unternehmen. Und wie hielt ich es immer mit dir? Ich gab dir Schecks ...« – »Zu jedem Neujahr einen Scheck«, half ihm der Freund. »Ja, einen Scheck. Genug, um dich am Leben zu erhalten – –« – »Genug. Zusammen mit meiner Altersrente genügt es mir.« – »Aber ist das genug, von Freund zu Freund? Erst heute vormittag, wie ich dich vor dem Haferfeld hab' weinen sehn, fiel es mir auf, daß ich auch dir nichts gegeben habe als einen Scheck. Alles, was ich für meinen Freund übrig hatte, ist ein Scheck! Ich schreibe Romane und ich schreibe Schecks.« – »Was könntest du noch für mich tun? Bin ich deine Geliebte? Bin ich dein Sohn?« – »Ich hätte mich um dich als Freund kümmern sollen, nicht nur als Scheckschreiber. Wie du, ein Dichter, dich zu deiner Stummheit verurteilt hast, hätte ich das nicht so tolerant und indolent hinnehmen sollen. Ich hätte dich ermuntern sollen als Freund! Du hast wahrscheinlich erst nur an einer Depression gelitten. Ich hätte dir einen Arzt schicken sollen.« – »Für einen Scheck kann jeder jeden Arzt haben. Du hättest mir vielleicht einen Psychoanalytiker schicken sollen? Stell dir vor, wie ich einen Psychoanalytiker behandelt hätte – nicht er mich! In meiner Wohnung hab' ich nur eine Tür. Aber das Haus hat vierzehn Stockwerke. Einen Psychoanalytiker, der mir erklären sollte, warum ich nicht mehr schreibe, hätte ich durch *eine* Tür, aber vierzehn Stock tief hinuntergeworfen!«

Csanda hörte das mit einem Ohr. Seine Gedanken waren mit der Frage beschäftigt, wie er sein Leben mit Freunden verändern, wie er es auf eine neue Basis bringen würde, seine eigene Indolenz bekämpfen, ihre Energie ermuntern, ihren Ehrgeiz in die rechte Bahn lenken würde.

Als hätte er diese Gedanken Csandas seinem Gesicht abgelesen, ließ sich der Freund Jenö mit Entschiedenheit vernehmen: »Du gedenkst vielleicht, nach der Art und Kunst des alten Apothekers Henrik Ibsen, Lebenslügen zu zählen, Gefühle auf der Apothekerwaage zu wägen und also nach diesem Rezept ein neues, fehlerloses Leben zu beginnen? Was, Bandi? Hör du nur damit auf! Mit den andern Freunden kannst du dich verhalten nach Belieben. Gib ihnen weise Ratschläge und herzliche Gefühle. Bitteschön. Mir gib, wie bis jetzt zu jedem Neujahr, einen Scheck. Basta!« Csanda war bereits so tief in Cognac, daß er sich nicht mehr aufs Zuhören, aber aufs Reden zu konzentrieren vermochte. Er blickte den Freund mit zärtlichen Augen an und fragte: »Ich hab' dir die Gelegenheit gegeben, mit meiner geliebten Toschka allein zu sein. Hat sie dir was Nettes gesagt, was mich betrifft?« – »Sie hat mir was sehr Nettes gesagt. Aber es betrifft erstaunlicherweise nicht dich, sondern nur mich.« – »Ach, das ist ja köstlich! Du hast zuerst die Tochter und nachher auch die Mutter erobert. Wie machst du das, Jencsö?« – »Sie hat, Frau Antonia hat ihren Bücherschrank geöffnet und ein altes, längst nicht mehr im Buchhandel erhältliches Buch hervorgeholt. Ein Buch nicht von Aladar Csanda (davon hat sie den Schrank voll), sondern ein einsames schmales Bändchen, geschrieben von deinem Freund Jenö Nagyvaradi: die Briefe, die du auch einmal geschätzt hast, aber nicht mehr besitzt. Als ich ihr gestand, daß ich selber kein Exemplar mehr habe, bot sie mir ihres zum Geschenk an. Sie bestand sogar ernst darauf, daß ich es annehme. Erst als ich ihr zu bedenken gab, daß mein Buch in New York nach meinem Tod in einem Mistkasten enden wird, aber in ihrem Schrank vielleicht noch von den Kindern der Tochter gelesen werden könnte, gab sie ihr Zureden auf.« – »Du hättest ihr eine schöne Widmung einschreiben sollen«, meinte Csanda. »Das ist geschehen. Nicht ohne Anstrengung meinerseits. Ich hab' ja darin keine so fortdauernde Übung wie du.« – »Ah«, gestand Csanda, »da kennst du mich schlecht. Übung hab' ich nur im Schreiben von Schecks.« Und er schrie: »Schecks, Schecks, Schecks! Willst du einen Scheck, Jenö?« – »Danke, nein. Zahl jetzt gleich die Rechnung für den Cognac.« – »Wieviel? Du hast doch gewiß gezählt, wie ich dich kenne.« – »Du kennst mich. Ich hab' gezählt, deine und meine. Ich hab' drei. Deine hab' ich gezählt bis zum neunten. Dann hab' ich mit dem Zählen aufgehört. Schau dir die Flasche an. Es war eine volle Quartflasche. Die ist jetzt halb leer. Du hast einen halben Liter Cognac ausgetrunken, so zwischen Boston und New York. Ich wußte gar nicht, daß du so was zuwege bringst.« – »O ja«, rühmte sich Csanda, »auch mehr noch. Aber nur alle drei, vier Monate einmal. Wenn ich vor einer wichtigen Wendung in einem Buch stehenbleibe. Oder an einem Tag, da ich plötzlich gewahr wurde, daß ich einen Sohn hatte, der ›Erger, Berger‹ gesungen hat und mit den deutschen Raubmördern Juden gejagt und gemordet hat.« – »Du tust mir leid, Csanda. Ich kann mich in deine Lage einfühlen und mit dir fühlen. Aber es gibt für dich einen Trost. Wenn deine Antonia mit diesem Mißgeschick fertig geworden ist und, wie du sehen konntest, ohne Schaden in einer glücklichen Ehe ein harmonisches und ersprießliches Leben als Gattin und als Mutter leben konnte, wirst du deinen Anteil an dem Mißgeschick auch ohne Schaden ertragen.« – »Das ist richtig, Jenö. Aber eine Schande ist eine Schande und bleibt eine Schande. Und Trost ist kein Reinigungsmittel für ein Schandmal. Reden wir nicht zu viel darüber. Ich weiß, ich muß es dir nicht erst sagen. Aber ich sag es dir, damit du mich dran erinnerst: Der Ausflug nach Kanada bleibt unter uns.« – »Gewiß, gewiß. Aber wenn du dir alle drei, vier Monate eine Flasche Cognac erlaubst, löst dir das nicht die Zunge?« – »Sei unbesorgt. Ich trinke immer in meinem Schlafzimmer, wenn ich stundenlang nicht einschlafen kann, weil mich eine schwere Aufgabe plagt. Schlafmittel vertrage ich nicht. Schlafmittel verblöden. Cognac reinigt mein Gehirn und erleichtert das Gewissen. Das kannst du nicht verstehn. Jetzt zum Beispiel, nach einer halben Flasche Cognac, weiß ich, was ich dem toten Corvin sagen werde, wenn er mir wieder die Ehre seiner Erscheinung erweist.« – »Was wirst du ihm sagen?« – »Ein Wort werd' ich ihm entgegenrufen: Antonia!«

Fünftes Kapitel

Der Tod ist ein Flop!

Das Verschwinden Csandas versetzte seine Freunde in große Unruhe. Namentlich der Priester, Dr. Kocska, machte sich solche Sorgen, daß er mit den anderen beriet, ob man nicht die Polizei verständigen sollte. Sie blieben einige Stunden in der Wohnung, wie sie Csanda verlassen hatte. Nach einer Weile des Wartens hatte Aradi den Einfall, in der Wohnung des Postministers anzurufen. Als nach mehreren Anrufen niemand zum Telephon kam, da der alte Junggeselle allein wohnte, vermuteten alle, daß Csanda nicht allein verschwunden war, sondern in Begleitung von seinem Freund. Diese Vermutung beruhigte sie ein wenig und sie beschlossen, keinen Schritt zu unternehmen. Sie verabredeten, bis zehn Uhr des folgenden Morgens zu warten und ungefähr um diese Zeit wieder in der Wohnung von Csanda zusammenzukommen.

Andern Tags war als erster zur Stelle der Zeichner. Ein paar Minuten vor zehn klopfte er vorsichtig an die Tür. Zunächst angenehm berührt, daß die Tür geöffnet wurde, geriet er beinahe in Bestürzung, als ihn ein fremder Mann höflich zum Eintritt aufforderte. »Ist Aladar schon zurück?« fragte er den Fremden, der sich gebärdete, als wäre er in Vertretung des Hausherrn da. »Haben Sie mit ihm eine Verabredung?« – »Nein«, stammelte der Zeichner, »Aladar Csanda ist seit gestern verschwunden, und wir sind sehr beunruhigt.« – »Wer: wir?« fragte der Fremde. »Wir! Seine nächsten Freunde.« Und er stellte sich mit seinem vollen Namen vor. Darauf der Fremde: »Ach so, Sie sind der Karikaturist. Ich weiß von Ihnen. Ihr Name ist mir nicht unbekannt. Aber warum sind die Freunde so beunruhigt?« Anstatt zu antworten, fragte der Zeichner, der seine Haltung bewahrt hatte, geschmeichelt darüber, daß sein Name dem Fremden bekannt war: »Und wer sind Sie eigentlich? Und was machen Sie hier in seiner Wohnung?« – »Sie kennen mich nicht?« wunderte sich der Fremde. »Ist Ihnen mein Gesicht nicht bekannt? Ich bin sein Verleger – wenn Sie's nicht wissen sollten.« – »Ach so!« rief der Zeichner freudig überrascht aus, »Sie sind der Verleger –« – »Der berühmte Schöpferische Verleger und Literaturingenieur Sidney Condon III.« – »– auch bekannt unter dem Namen ›Sudden Sid‹«, sagte von Ehrfurcht ergriffen der Zeichner. »Korrekt«, bestätigte sachlich Csandas Verleger. »Störe ich Sie nicht? Sind Sie mit Csanda für heute verabredet?« fragte der Zeichner. »Nein. Diesmal weiß auch ich nicht, warum er verschwunden ist. Aber ich bin hier verabredet. Mit drei von seinen Freunden, die mich seinetwegen angerufen haben. Sie sind ja auch ein Freund von ihm. Bleiben Sie nur. Die Herren werden bald hier sein«, sagte der Verleger mit einem Blick auf seine Uhr, »vielleicht sind diese Ungarn pünktlich.« – »Ich bin immer pünktlich«, versicherte der Zeichner, »obwohl ich ein Ungar bin.« – »Beruhigen Sie sich, Herr ... Herr ...« – »Varadi heiß' ich.« – »... ich bin kein Ungar und bin gar nicht pünktlich. Es gibt ein Sprichwort: Pünktlichkeit ist die Höflichkeit der Könige. Da es Könige nur noch am Balkan gibt und im Norden Europas, zweifle ich an der Weisheit dieses Sprichworts. Ich habe die Erfahrung gemacht, daß Pünktlichkeit eine Tugend der armen Leute ist. Die fürchten immer, daß sie was versäumen könnten. Sie kommen sogar zu früh. Autoren, die Manuskripte mitbringen, sind auch immer pünktlich, namentlich nicht sehr bekannte Autoren.« Ermutigt durch die Gesprächigkeit des Mannes zog Varadi seinen Bleistift und einen Zeichenblock aus seiner Mappe und blickte den Verleger mit einem flehentlich fragenden Blick an. »Wenn Sie mich so zeichnen können, wie ich aussehe – meinetwegen.« – »Ich bin aber Karikaturist«, gestand der Zeichner eingeschüchtert. »Ich habe nichts gegen Karikaturen«, sagte der Verleger, »aber ungarische Karikaturisten pflegen ja weltberühmt zu sein, soweit ich orientiert bin. Und Karikaturen tragen schnell dazu bei, die Karikierten populär zu machen. Ich wünsche nicht, populär zu werden. Im Gegenteil!« – »Ich werde mich bemühen, Sie so zu zeichnen, wie Sie aussehn.« – »Aber können Sie zeichnen, ohne zu rauchen?« – »Ich werde es versuchen«, stammelte, nun völlig eingeschüchtert, der Zeichner. Er war noch nicht ganz mit seiner Arbeit zu Ende, als die Tür sich auftat und Dr. Kocska und Aradi eintraten. »Haben Sie vielleicht was von dem Ausreißer gehört?« fragte Aradi den allwissenden Verleger. »Kein Wort. Aber nach allem, was Sie mir von seinem Begleiter erzählt haben, ist kein

Grund zur Besorgnis. Wenn einer ins Wasser springen will, nimmt er keinen Begleiter mit.«

Indem klingelte das Telephon. Alle machten eine Bewegung in der Richtung des Telephons, aber Mr. Condon war der Schnellste und nahm den Hörer. »Was? Sie langweilen sich? Gut, Sie können hinuntergehn und sich eine Zeitung kaufen. Sie kommen noch lange nicht dran. Kaufen Sie zwei Zeitungen. Auch eine ungarische. – Nehmen Sie Platz, meine Herren. Wir haben noch viel zu besprechen. Das hier Vorgefallene haben wir schon gestern besprochen. Sie wissen also, wie das zugegangen ist. Oder haben Sie noch Fragen?« – »Ich möchte wissen, wie Sie das alles arrangiert haben?« fragte Aradi. »Das ist eine technische Frage. Das werden Sie noch rechtzeitig erfahren. Ein Wort wird alles erklären: electronics.« – »Eine zweite Frage – und die scheint mir sehr wichtig zu sein: Sagen Sie uns bitte, *warum* haben Sie das alles arrangiert?« – »Das ist gewiß eine wichtige Frage. Die Antwort ist nicht einfach. Ich wollte Ihren Freund Csanda von seiner Arbeit an dem Buch, das er das ›Totenbuch‹ genannt hat, abbringen.« – »Glaubten Sie, daß er sich so was gefallen läßt?« – »Darüber wird Ihnen Ihr Freund Csanda Auskunft geben.« – »Hat Ihnen der Titel Totenbuch nicht gefallen?« – »Es hat mir nicht behagt, daß er sich mit dem Tod einläßt.« – »Warum? Es ist kein so unwichtiges Thema, scheint es mir.« – »Unwichtig ist es sicher nicht. Aber es ist kein Thema für Csanda. Das Motiv, das ihn zu diesem Buch getrieben hat, war mir verdächtig. Er hat sich jahrelang Vorwürfe gemacht, daß er eine wichtige Episode in seinem Leben verleugnet hat. Mit diesem Buch wollte er das abbüßen. So kommt kein gutes Werk zustande. Abgesehen davon: der Tod ist ein gefährliches Thema. Ich habe die Erfahrung gemacht, daß einem Autor immer das Buch das liebste ist, das ihm den größten Erfolg gebracht hat, was immer das Thema des Buches sein mag. Wenn ein römischer Autor ein Buch über die *cloaca maxima* geschrieben und damit Erfolg gehabt hätte, er hätte sich gewiß in die *cloaca maxima* verliebt. Meinem Verlag hat einer die erste Hitler-Biographie vorgeschlagen. Ich fragte nach dem Autor. Es stellte sich heraus, er war ein Jude. Ich hab' das Buch nicht genommen. Wenn es Erfolg gehabt hätte, hätt' sich der Jud' in Hitler verliebt. Wäre Ihnen das recht, Herr Aradi?« – »Er war nur ein Halbjude«, sagte lachend Aradi, »aber Sie haben recht. Ich hab' ihn gekannt. Er hat sich in Hitler verliebt, obwohl er das nie bemerkt hat. – Haben Sie befürchtet, daß Aladar sich in den Tod verlieben wird? Oder waren Sie sicher, daß es kein Erfolg sein wird?« – »Wenn ich das sicher hätte wissen können – und so was weiß man nie –, hätte ich ihn nicht gehindert. Aber ich hab' nicht gern, wenn einer meiner Autoren sich mit dem Tod einläßt, wer immer er sei. Der Tod ist ein Flop!« – »Sie meinen, mit dem Tod ist kein Geschäft zu machen«, wagte sich plötzlich Dr. Kocska vor. »Das meine ich wahrscheinlich auch. Aber gerade Ihnen werde ich das nicht vormachen. Sie und Ihre Kirche und alle Kirchen machen mit dem Tod ganz gute Geschäfte, nicht wahr, Father?« Völlig überrascht von diesem Angriff, fand Dr. Kocska keine Antwort. Es entstand eine peinliche Pause. Der Zeichner nützte sie aus und zeigte dem Verleger sein fertiges Werk. Der Schöpferische Verleger hielt sich das Blatt mit beiden Händen vor. Nach längerem Studium entschied er: »Sie sind ein Künstler, Herr ... Herr ...« – »Varadi« – »Herr Varadi. Nicht wahr?« Und er ließ das Blatt die Runde machen. Die Ungarn waren sehr erstaunt, von Varadi etwas zu sehen, was keine Karikatur war und dennoch so äußerst lobenswert.

Bei dieser Gelegenheit sahen sich Csandas Freunde seinen Verleger genau an. Er hatte das feingeschnitzte Gesicht, wie es sonst nur Bucklige haben. Er hatte auch die kluge Stirn und die deutlichen Augen mit dem wachen Blick eines Buckligen. Er sah so aus, als ob er als ein Buckliger geplant war, aber im richtigen Moment seinem Schicksal ein Schnippchen schlug, indem er seinen Körper schnell seitwärts warf und so mit allen schönen Eigenschaften eines Buckligen begnadet war, mit Ausnahme eines Makels: er hatte fast gar keinen Hals. Darum sah er aus wie ein Mann von großem Wuchs, wenn er saß. Wenn er aufstand, sah man, daß er nur mittelgroß war.

Der Zeichner strahlte vor Stolz und war schon im Begriff, das Kunstwerk in seiner Mappe zu bergen, als ihm der Verleger das Blatt mit den Worten entnahm: »Das ist schon verkauft. Nicht nur, weil es gut ist, sondern damit es nicht gedruckt wird. Sie wollen es in eine Zeitschrift geben, nicht wahr? Den Preis machen Sie selber.« Varadi blickte seine Freunde an in einer Verlegenheit, die beide staunen ließ. Er wußte sonst ganz genau, was er wert war. Dr. Kocska sah ihn an wie einer, der sagen wollte: Zeig's ihm nur! »Hundert Dollar«, sagte der Kommunist. »Schämen Sie sich, Herr

Varadi. Sie wollen ein Ungar sein? Ich schätze es auf zweihundertfünfzig.« – »Wenn ich Sie jetzt was fragen darf, Mr. Condon«, begann Dr. Kocska, »Sie haben vorhin das Wort ›electronics‹ gebraucht. Soll das heißen, daß Sie Ihre Autoren elektronisch bewachen? Um nicht zu sagen: ausspionieren?« – »Bewachen gefällt mir besser. Ja, das tu ich.« – »Ist das nicht eine Art von Beschränkung der persönlichen Freiheit?« – »Väterchen, nehmen wir an, Sie haben ein kleines Häuschen und einen kleinen Garten, und um den Garten zu schützen, bauen Sie einen hübschen Zaun aus, sagen wir, Birkenknüppeln. Ist das eine Einschränkung der persönlichen Freiheit Ihres Nachbarn?« – »Nein«, antwortete in Vertretung Dr. Kocskas diesmal der Schriftsteller Aradi, »ich hab' schon oft gehört, daß ein Verleger von einem Theaterstück sagt: my property, oder: this is a good property. Aber ich hab' noch nie jemanden sagen hören, daß ein ganzer Schriftsteller ›the property‹ eines Verlegers ist.« – »Sie haben recht, Herr Aradi. Es war nicht so gemeint. Mit Ihnen werd' ich mich vielleicht verständigen können. Csanda behauptet, daß Sie ein sehr gebildeter Mann sind. Vielleicht folgen Sie meinem Gedankengang, der Sie gewiß überraschen, aber nicht erschrecken wird. Sie haben wohl den Ausspruch eines weisen Franzosen gehört, der behauptet: Der Krieg ist eine zu ernste Sache, um ihn ganz den Generälen zu überlassen.« – »Ja«, sagte Aradi, »das hat Clemenceau gesagt, und das ist sehr weise.« – »Aber mir scheint, die Weisheit ist noch sichtbarer und würdiger, wenn man den Namen nicht nennt. Dann ist jeder daran beteiligt, so wie an einer Volksweisheit. Finden Sie nicht? Wenn man Clemenceaus Namen zitiert, klingt das wie ein guter Witz. Aber ohne Namensnennung ist es eine tiefe Weisheit.« – »Freilich«, stimmte Aradi dem Verleger mit Überzeugung zu, »so entsteht ja die Volksweisheit, und auch die Volkslieder entstehen so. Man vergißt den Autor, und es wird allgemeines Volksgut und hat, wie Sie sagen, mehr Würde.« – »Sehen Sie? Ich hab' Ihnen vorausgesagt, wir werden uns verstehen. Ich gehe aber noch einen Schritt weiter – einen gewagten Schritt. Aber ich habe diesen Schritt schon so oft gemacht, daß ich Ihnen zuliebe gleich *in medias res* springe. Ich übertrage jenen Ausspruch auf die Literatur und sage: die Literatur ist eine zu ernste Sache, um sie den Schriftstellern allein zu überlassen.« Aradi mußte laut auflachen. Er machte keine Einwände und fragte mit fast unschuldiger Neugier: »Wie üben Sie diese Weisheit an Ihren Schriftstellern aus?« – »Das sagt ja schon mein Titel. Ich nenne mich ja, teils zum Gelächter, teils zur Bestürzung meiner Kollegen, einen schöpferischen Verleger und Literaturingenieur. Sie werden mich wieder gleich verstehen. Ich werde Ihnen wieder was Französisches sagen. Sehen Sie, ich habe einen sehr reichen und sehr altmodischen Großvater gehabt. Eine Gestalt aus dem achtzehnten Jahrhundert. Er pflegte zu sagen: Du kannst alle Sprachen der Welt beherrschen – wenn du nicht Französisch kannst, bist du kein gebildeter Mensch. Ich mußte also in Paris studieren und habe es gern getan. Viele Jahre. Dort habe ich das Wichtigste namentlich über Literatur gelernt. Ein anderer französischer Weiser behauptet irgendwo in einem Buch: Es ist möglich, daß der Unterschied zwischen einem großen Schriftsteller und einem mittelmäßigen nur darin besteht, daß der große Schriftsteller seine besten Einfälle verwendet und der mittelmäßige diese ausläßt und schließlich die minderen Einfälle verwendet. Ich wette, Sie wissen, wer das behauptet. Aber das sagen Sie mir lieber ein andres Mal. Sagen Sie mir jetzt nur: Halten Sie etwas von dieser Weisheit?« – »Es ist eine sehr tiefe und sehr kühne Behauptung«, sagte Aradi, »aber das zu beweisen würde selbst diesem großen Denker nicht leicht gelingen.« – »Ich kann Ihnen das an meinen Schriftstellern beweisen. Selbst an Ihrem Aladar Csanda könnte ich Ihnen nachweisen, daß er bessere Bücher schreibt, seitdem er unter meiner Bewachung steht.« – »Wie machen Sie das?« – »Darüber werde ich einmal ein Buch schreiben«, meinte der Verleger, »und es als meinen Nachlaß veröffentlichen. Ich kann Ihnen nur so viel sagen: Ich glaube, daß die Weltliteratur viel reicher an Meisterwerken wäre, wenn man einen Apparat erfinden könnte, der alles, was so einem begabten Schriftsteller durch den Kopf geht, *in statu nascendi* fixiert und hernach mit seiner Hilfe analysiert und klassifiziert. Es ist nämlich so, daß ein großer Schriftsteller erst nach vielen Jahren, wenn er ein Werk schon fast vergessen hat, es richtig beurteilen kann. Während des Schreibens und Gestaltens weiß er – und mag er noch so ein kritischer Kopf sein – in seltenen Fällen, ob das eben Niedergeschriebene sehr gut oder sehr schlecht ist. Das gilt selbst für die Lyriker. Nur der sogenannte *poeta doctus* weiß immer ganz genau, was er niedergedichtet hat. Aber können Sie mir nur einen *poeta doctus* nennen, der wirklich ein großer Dichter war? Aber ich warne Sie davor«, und das schrie er ganz zornig und drohte

Aradi mit dem Finger, »mir jetzt mit einem Ezra Pound zu kommen!« – »Das werde ich nicht tun, Mr. Condon. Gerade er ist das klassische Beispiel eines *poeta doctus*, der kein großer Dichter ist ... Mögen ihn noch so viele amerikanische Literaturjungen zu ihrem Propheten machen.« – »Bedauerlicherweise auch sehr viele amerikanische Judenjungen, die zu ihm noch ins Irrenhaus pilgerten. – Was unsern Freund Aladar Csanda betrifft, ist er ein echter Künstler. Er sucht sich keine Themen, die erst ein Studium voraussetzen, was schon sehr selten zu einem wirklichen Kunstwerk führt. Der wahre Dichter ist auch daran zu erkennen, daß er mit großer Vorsicht sein Werk beginnt und in den ersten Stadien so launisch und reizbar ist wie eine Frau im Beginn ihrer Schwangerschaft. Aber wenn er einmal richtig am Werk ist, läßt er sich gern beraten und ist wichtigen Einwendungen zugänglich. Wir sind sehr leicht miteinander ausgekommen. Bis auf den letzten Fall, als er sich mit dem Totenbuch einließ. Ich habe noch wichtigere Gründe dagegen, und wir werden auf diese noch gelegentlich zurückkommen. Aber mir gefiel schon dieses Unterfangen vom Fleck weg nicht, weil ich gemerkt habe, daß er mit vorbereitenden Studien begann. Kein echter Roman ist je so entstanden. Und kommen Sie mir nicht«, warnte er wieder Aradi mit drohender Geste, »kommen Sie mir nicht mit Ihrem Thomas Mann.« – »Wieso ›meinem‹?« wehrte sich Aradi, »Thomas Mann ist kein Ungar!« – »Er könnte einer sein«, meinte Mr. Condon gereizt, »ein Flaubert ist daran gescheitert mit seiner ›Salammbô‹. Aber diesmal wollte Csanda nicht nachgeben. Da mußte ich mit andern Mitteln eingreifen. Und so kam es zu dem Streich, den ich ihm gespielt habe. Das wird ihm eine Lehre sein.« – »Wenn Sie mit allen Ihren Autoren so sorgfältig umgehen, wie können Sie das schaffen?« – »Oh«, sagte Condon, »ich habe nicht viele Autoren, wie Sie vielleicht wissen. Ich habe nichts mit Literaturagenten zu tun und ich suche keine Autoren. Sie drängen sich zu mir. Ich habe nur wenige, ausgewählte Autoren. It's not my bread and butter, wie Sie wissen sollten. Ich habe auch nur einen Ungarn. – Aladar sagte mir, daß Sie ein guter Übersetzer sind. Wen haben Sie übersetzt?« – »Ich hab' es mir sehr schwer gemacht, Mr. Condon. Ich habe unter anderem Georg Wilhelm Friedrich Hegel ins Ungarische übersetzt.« – »Sie haben es gewagt? Den muß man doch wahrscheinlich zuerst in ein verständliches Deutsch übersetzen?« – »Sie haben eine gute Nase, Mr. Condon. Es war eine

Viechsarbeit, Hegel in eine Hirtensprache zu übersetzen.« – »So? Ungarisch ist eine Hirtensprache?« – »Bis zu einem gewissen Grade, ja. Eine Hirtensprache, und darum noch eine sehr schöne Sprache.«

So kam es zu einem längeren Gedankenaustausch zwischen dem skeptischen Aradi und dem mißtrauischen Mr. Condon. Und ehe sie unterbrochen wurden, war jener von diesem ebenso entzückt wie dieser von jenem. Unterbrochen wurden sie von einem Telephonanruf, der die Rückkehr der zwei Kanadareisenden ankündete. Der Ruf kam vom anliegenden Zimmer, mit dem Mr. Condon schon früher kurz in Verbindung war. Gleichzeitig mit dem Ruf hörten sie, wie der Ankömmling mit dem Schlüssel seine Wohnungstür zu öffnen versuchte, wobei ihm der Postminister mit unsicheren, weil zitternden Händen behilflich war. Der Postminister, kein Mann, der leicht erschrickt, hatte nämlich im Korridor einen Schock erlitten. Er hatte im Vorbeigehen durch die halboffene Tür, aus der ein Zimmerkellner mit einem Tablett herauskam, einen Mann erblickt, der mit beiden Händen eine Zeitung vor sich hielt, die eine in New York erscheinende ungarische Zeitung war. Und der Leser, der sie in den Händen hielt, war unverkennbar kein anderer als – der tote Corvin!

Unserem Postminister zitterten die Hände und er wußte nicht, ob er vor Schreck oder vor Scham erzitterte. Denn im selben Moment, in dem er den Toten erkannte, wurde er inne, daß das Ganze ein übler Streich war, wie ihm das schon Béla der Große klargemacht hatte. Er hatte sogar noch die Geistesgegenwart, Aladar Csanda diesen gespenstigen Anblick zu ersparen, indem er ihn schnell zu seiner Tür abschob, um dem etwas wackligen Freund bei ihrem Öffnen behilflich zu sein.

Als sie eingetreten waren, spielte sich eine erregte Pantomime ab. Als erster riß Mr. Condon seine Arme hoch, wie Präsident Eisenhower, wenn er seine Wähler pontifikal segnete. Die drei Ungarn streckten ihren Freunden die Arme horizontal entgegen, in Freude über die Heimkehr und als Frage, warum sie ohne Zeichen verschwunden waren. Das erste Wort sprach Csanda: »Welch hohe Ehre meinem bescheidenen Heim im zwanzigsten Stock! Zum ersten Mal, Mr. Condon!« – »Ich habe Ihre Freunde hier zusammengebracht, um zu verhindern, daß sie die Polizei von Ihrem Verschwinden verständigen.« – »Was? Die Polizei wollt Ihr auch noch einmischen?!« – »Ja«, erklärte Aradi, »wir waren sehr beunruhigt, ehe wir dahinterkamen, daß du nicht allein verschwunden bist. Aber wie wir gemerkt haben, daß Jenö auch nicht aufzuspüren war, haben wir uns schon gedacht, daß ihr eine Vergnügungsreise gemacht habt.« – »Ja«, jubilierte Csanda, »du hast das richtige Wort dafür gefunden. Es war eine Vergnügungsreise. Mehr als das: eine Lustreise!«

Der Postminister, der sich indessen an der Bar gelabt hatte und zu sich gekommen war, mischte sich jetzt auch ein und sagte: »Eine Glücksreise.« – »Erzählt, erzählt!« drängte Mr. Condon. Allein, Csanda gab seinem Reisebegleiter ein Zeichen mit seinem Finger, sichtbar für alle, daß er nichts von ihrer Reise verrate. Dann wandte er sich zu seinem Verleger: »Ich frag' mich, mein lieber Sid, was dir meine Freunde alles von mir erzählt haben. Weißt du alles? Und was hältst du davon?« – »Ich weiß alles. Ich weiß mehr als deine Freunde. Ich weiß auch mehr als du.« – »Du weißt mehr als ich?« wunderte sich Csanda. »Das einzige, was ich nicht weiß, ist dein plötzliches Verschwinden und wohin du gereist bist.« – »Das geht dich auch gar nichts an.« – »Es geht mich schon an«, meinte der Verleger, »weil ich vermute, daß deine Reise mit dem ganzen Hoax zusammenhängt, den ich arrangiert habe.« – »Hoax sagst du. Was heißt Hoax?« – »Herr Aradi«, sagte der Verleger, »erklären Sie Ihrem Freund, was wir Amerikaner einen Hoax nennen.« – »Ein Hoax ist soviel wie eine Fopperei, ein schlechter Witz, ein übler Streich, und das alles zusammen. Diesmal ist es das alles zusammen.« Csanda wandte sich an den Postminister: »Also hat Béla der Große recht gehabt!« – »Wer ist Béla der Große?« wollte der Verleger wissen. »Er weiß nicht, wer Béla der Große ist!« rief Csanda alle Ungarn als Zeugen an. »Hast du nicht als Kind Diphtherie gehabt?« – »Ja«, gab der Verleger zu, »na und?« – »Und wenn du lebst und ein Verleger geworden bist, hast du's ihm zu verdanken, dem Béla Schick. Wenn er ein Engländer wäre, hätte er den Nobelpreis bekommen.« – »Ungarn bekommen keinen Nobelpreis?« wunderte sich Condon. »Nicht so leicht wie Engländer. Oder Deutsche.« – »Also hast du mir diesen ganzen üblen Streich gespielt?« – »Ich kann es nicht leugnen. Ich wollte dich von deinem verdammten ›Totenbuch‹ abbringen. Soll ich dir erzählen, wie der Hoax...« – »*Mir* willst du das erzählen! Ich kann's *dir* erzählen!« sagte Csanda. »Ich saß vor meinem Schreibtisch und schrieb. Ich wollte den Namen eines französischen Komponisten erinnern, von dem ich was zitiert hatte. Eines französischen

Komponisten, dessen Name mit ›G‹ anfängt. Der fiel mir aber nicht ein. Plötzlich hörte ich hinter meinem Rücken eine Stimme laut ›Gounod‹ sagen. Ich drehte mich überrascht um – und da stand er: unser Corvin.« – »Er kam herein, ohne sich zu melden?« – »Ich hörte ihn nicht kommen. Meine Tür war halb offen.« – »Ja, deine Tür war halb offen, was ja nicht selten bei dir der Fall ist, wie man mir berichtet hat. Und du hast laut gedacht. Du hast laut vor dich hingesprochen: ein französischer Komponist mit ›G‹. Corvin hat das beim Eintreten gehört und hat dir den Namen eingesagt.« – »Woher weißt du das?« – »Ich werde dir bald – dir und deinen Freunden hier – beweisen, daß ich mehr weiß als du.« – »Das ist ja eine Sherlock Holmes-Leistung«, sagte Aradi, »da sind wir aber alle neugierig, wie du das beweisen kannst!«

Mr. Condon hob den Hörer ab und verlangte laut und allen vernehmbar das anliegende Zimmer. »Peter«, sagte er dann, »es ist soweit. Komm herein und bring alles mit.« Und es dauerte nur ein Teilchen von einer Minute, da hörte man ein Klopfen an der Tür, und herein trat eine allen bekannte dürre Gestalt. Er hatte winzige, nahe aneinander liegende, rückwärts in sich blickende Augen, wie die Punktaugen eines alten Pinselaffen mit dem Ausdruck von Trauer ... ganz der Schriftsteller Dr. Corvin. In der angespannten Stille hörte man einen spontanen Laut des Erstaunens. Csanda, schon im Begriff, in plötzlicher Panik auf sein Gesicht zu fallen wie ein Mensch fällt, der tot ist, raffte sich zusammen, streckte sich dem Gespenst entgegen und schrie ihm zu: »Antonia!«

»Meine Herren«, stellte der Verleger das Gespenst ruhig vor, »das ist mein Sekretär und meine rechte Hand: Herr Peter Csonka.« Der erste, der sich ermannte, ihm entgegenging und ihm die Hand drückte, war der Postminister. Nachdem alle, mit Ausnahme von Csanda, ihm das nachgemacht und sich ihm vorgestellt hatten, sagte Mr. Condon zu seinem Sekretär: »Setz dich bitte. Setz dich und sag uns deinen wahren Namen.« – »Ja. Mein wahrer Name ist Corvin.« – »Corvin? So wie der Schriftsteller Corvin?« – »Ja. So wie der Schriftsteller.« – »Welch günstiger Zufall«, sagte höhnisch Aradi. »Kein Zufall«, erklärte Csonka ruhig, »ich bin sein Bruder.« – »Ist das alles wahr?« fragte der Zeichner den Verleger. »Ja«, sagte Condon, »ich kenne ihn seit Jahren und beschäftige ihn seit fünf Jahren.« – »Warum hat er seinen Namen geändert?« wollte Dr. Kocska wissen. »Mein Bruder hat das von mir verlangt.« – »Wann?« – »Schon in der Heimat. In Budapest.« – »Warum? Weil Sie ihm so ähnlich sehen?« – »Nein. Wir sahen uns nur ähnlich, wenn wir nicht zusammen waren. Wenn wir zusammen waren, sah man gleich, daß er gut einen Kopf größer war als ich. Wie wir jung waren, hat er mich sehr lieb gehabt, und ich ihn auch. Später hat er angefangen, sich meiner zu schämen.« – »Warum?« wollte Aradi wissen. »Er hat guten Grund gehabt. Ich war, was man so nennt, ein Tunichtgut. Und im Laufe der Jahre auch noch Schlimmeres: ein Kartenspieler. Ein berüchtigter Kartenspieler. Und, wie jeder professionelle Kartenspieler, war ich auch oft in Nöten. Er hat mir immer geholfen, soweit es möglich war. Bis es so weit gekommen ist, daß er mit Recht verlangte, ich solle meinen Namen ändern. Ich habe das getan. Und es kamen Jahre, wo wir überhaupt keinen Kontakt miteinander hatten. Als dann die Nazi-Invasion unserm Land gedroht hat, hab' ich mir Sorgen um ihn gemacht und hab' ihn aufgesucht. Er hat mich gut aufgenommen und sich bereit erklärt, mich ins Ausland mitzunehmen. Wir flüchteten zuerst nach England. Dann, immer unter seinem Schutz, nach den Vereinigten Staaten. Hier fing ich wieder zu spielen an, und bald war ich wieder in Nöten. Eine Zeitlang hatte ich einen Job in einer Radiostation.« – »Was haben Sie da gemacht?« – »Ich habe verschiedene Geräusche nachgemacht. Das konnte ich immer sehr gut. Zum Beispiel ein galoppierendes Pferd. Wollen Sie das hören?« Da niemand neugierig darauf war, setzte er fort: »Ich kann auch Stimmen nachmachen. Wollen Sie hören? – Eine Zeitlang war ich Fensterputzer in dem Unternehmen von Billy Rose. Durch ihn habe ich den Herrn Condon kennengelernt. So, jetzt wissen Sie fast alles.« – »Al, willst du die Szene hören, die er mit dir als Dr. Corvin gespielt hat?« fragte der Verleger. »Wie denn hören? Soll ich mit ihm zusammen das Gespräch wiederholen?« – »Oh, das brauchst du nicht«, beruhigte ihn Mr. Condon, »wir haben alles aufgenommen. Peter, stell den Recorder an.« Csonka-Corvin entnahm seinem eleganten *attaché case* den Recorder und stellte ihn auf den Tisch. »Wo soll ich anfangen?« wollte er wissen. »Womit soll er anfangen?« richtete Mr. Condon die Frage an Csanda. »Man fängt immer am besten mit dem Anfang an«, sagte Csanda. Csonka drückte einen Knopf ein, und der Dialog ertönte deutlich und vernehmbar im Zimmer. Man hört die Stimme Csandas, wie er laut vor sich hindenkt: »Ein französischer ... ein französischer Komponist mit ›G‹.« Und dann, wie der eingetretene Corvin einsagt: »Gounod«. Das alles natürlich in ungarischer Sprache.

Auf einen Wink Mr. Condons stellte Csonka den Apparat ab, und Condon fragte: »Wollen die Herren das alles auf ungarisch hören? Ich versteh' ja kein Wort davon. Aber wir haben eine Übersetzung.« Die Ungarn bestanden darauf, das Gespräch zwischen Csanda und dem vermeintlich toten Dr. Corvin auf ungarisch zu hören.

Mr. Condon, der nur durch den Umgang mit seinem ungarischen Autor ein paar Brocken Ungarisch verstand, folgte dem Dialog mit sichtlicher Aufmerksamkeit, die, wie die Spannung der ungarischen Zuhörer, keinen Moment aussetzte. Mit einem Seitenblick beobachtete er indessen seinen Autor, dem er so übel mitgespielt hatte. Csanda, der nicht zum ersten Mal seine Stimme aus einem Recorder hörte, hörte in schmerzlicher Faszination zu. Hin und wieder konnte er eine automatische Geste nicht unterdrücken, als wollte er Widerspruch erheben und etwas berichtigen. Aber er faßte sich sogleich, hingezogen von dem reproduzierten Dialog. Nur einmal hielt er es nicht aus, und mit dem Zwischenruf: »So hab' ich's nicht gesagt!« unterbrach er den Vortrag. »Der Apparat lügt nicht«, meinte Mr. Condon, »es sei denn, man fälscht das Band. Ich gebe dir mein Wort, daß mit einer einzigen Ausnahme kein Wort gefälscht wurde. Ich bin neugierig, ob du drauf kommen wirst, welches Wort das ist.« Beruhigt machte Csanda gegen den weiteren Vortrag keine Einwände. Seine Freunde hörten wie vorher stillschweigend zu, und fortan waren auch ihre Augen, wie der Blick von Dr. Condon, auf den Hauptbeteiligten gerichtet.

Der Dialog ging schon dem Ende zu, da geschah es, daß Csanda vom Sitz aufsprang und schrie: »Das ist eine Lüge! Das war eine Lüge!« – »Was?« fragte ruhig Mr. Condon. »Es ist mir gesagt worden, daß ich eine Woche Zeit habe, um meine erste Sünde zu finden. Und was hab' ich jetzt gehört? Einen Monat – nicht eine Woche!« – »Bravo«, lobte ihn Mr. Condon, »das ist die Fälschung. Die einzige. Du weißt ja nun schon, daß es ein Hoax ist. Aber kannst du mir sagen, wie du es aufgenommen hättest, wenn du erfahren hättest, daß dir ein Monat Zeit gegeben worden wäre?« Csanda schloß die Augen und überlegte eine Weile. Dann sagte er: »Ich glaube, es wäre eine große Erleichterung für mich gewesen, einen Monat Zeit zu haben.

Aber was wäre geschehn? Du hättest Zeit gehabt, mir noch mehr zuzureden und mich von dem Plan, das ›Totenbuch‹ zu schreiben, abzubringen, und ich ...« Csanda unterbrach sich und blickte langsam in die Runde der Freunde. Dann sprach er wie zu sich selber: »... und ich hätte Zeit gehabt, einen falschen Weg zu gehn. Ich wäre wahrscheinlich nach Budapest gereist und hätte dort den Monat verbracht. – Gott sei Dank, daß ich nur eine Woche zu haben glaubte.«

Nachdem der Dialog zu Ende gespielt worden war, entstand eine längere Stille. Jeder erwartete die Reaktion Csandas auf den Streich, der ihm gespielt worden war. Aber Csanda schwieg mit den andern. Er hatte viele Fragen und Vorwürfe – Fragen an die Freunde, Vorwürfe gegen den Verleger. Er hatte noch nicht entschieden, womit er anfangen sollte. Indem erhob sich Aradi von seinem Stuhl, stellte sich vor Mr. Condon hin und sagte: »Mr. Condon, ich gebe zu, Sie haben sich den Titel ›Schöpferischer Verleger‹ nicht ganz mit Unrecht zugelegt. Aber wollen Sie nicht zugestehn, daß Sie in diesem Falle schon etwas zu schöpferisch waren? Sind Sie nicht etwas zu weit gegangen?« – »Wie weit zu weit?« fragte Condon in aller Ruhe. »So weit, Mr. Condon, daß unser Freund Csanda ein gutes Recht hätte, Sie zu verklagen und vor ein Strafgericht zu bringen.« – »O ja«, meinte der Verleger, »aber das wird mein Freund Csanda mir nicht antun.« – »Ich werde ihm raten, es ja zu tun«, sagte Aradi. »Bitte, raten Sie ihm!«

Aradi wandte sich jetzt an Csanda, hielt ihm eine kleine Rede in ungarisch und übersetzte sie gleich in aller Schärfe für Mr. Condon. »Ich glaube, ich werde mir erst einen andern Verleger suchen«, erklärte Csanda. »Das kannst du nicht, mein lieber Al. Du bist noch für drei Bücher vertragsmäßig an mich gebunden.« – »Das Strafverfahren, das wir gegen Sie einleiten werden«, meinte Aradi, »wird den Vertrag null und nichtig machen. Darüber sind Sie sich doch wohl im klaren?« – »Da haben Sie wieder einmal recht, Herr Aradi. Zum Dank dafür verzichte ich gleich freiwillig auf den Vertrag. Und wir bleiben alle, hoffe ich, gute Freunde.« – »Erst möchte ich wissen, wie der da zum Fenster hinausspaziert ist. Wie haben Sie das gemacht?« Csonka-Corvin holte aus seinem *attaché case* einen Fensterputzergürtel und schritt gemächlich ans Fenster. Aber Csanda sprang von seinem Stuhl hoch und hielt ihn am Arm zurück: »Schon gut! Schon gut! Ich bin auf das Weitere nicht neugierig.« Alle lachten herzlich, und selbst Csanda lachte gutmütig mit. »Noch eine Frage«, sagte Csanda, »wie traf das mit dem Tod Ihres Bruders zusammen?« – »Mein Bruder, Herr Csanda, war zwar kein so ein Tunichtgut wie ich. Aber ganz ein Tugendbold war er auch nicht. Mein Bruder war ein Liebhaber nicht nur von schönen Mädchen, sondern auch von hübschen Jungen. Und das hat ihn umgebracht. Er ist nicht überfahren, er ist von Strichjungen so verprügelt worden, daß er in der Nacht in einem Spital gestorben ist. Für die andern Berichte sorgte Ihr Freund und Verleger, Mr. Condon.« – »Jetzt, mein lieber Bandi, weißt *du* alles, was du wissen wolltest«, ermahnte ihn plötzlich Aradi, »jetzt wollen *wir* wissen: Warum bist du verreist? Wohin bist du gereist? Und warum bist du in so heiterer Stimmung heimgekommen? Vor deinem Wegfahren hast du doch noch nicht gewußt, daß das Ganze ein Streich war.« – »Das willst du wissen?« sagte Csanda. »Und wir auch«, riefen die andern Freunde. »Und wenn ich noch zu den Freunden zählen darf, ich auch«, meldete sich Mr. Condon. »Ihr alle wollt das also wissen?« fragte Csanda. »Da ihr alle so neugierig seid, werde ich es keinem sagen. Aus purer Gerechtigkeit keinem einzigen!« – »Wir werden uns also gedulden müssen, bis ich das Geheimnis ausgeforscht habe«, meinte Condon. »Wie wirst du das machen?« wollte Csanda wissen, der tatsächlich in durchaus heitere Laune geraten war, »es ist ja nur ein einziger Zeuge da: mein Reisebegleiter. Und von ihm wirst du nichts herausbekommen.« – »Wir werden ihn alle bitten, und er wird nicht schweigen können.« – »Ich werde für das Geheimnis einen Preis aussetzen«, sagte Condon. »Du meinst, einen Literaturpreis?« – »Nennen wir es so. Dein Freund und Begleiter ist ja ein Schriftsteller.« – »Wie hoch wird der Literaturpreis sein?« erkundigte sich der aufgehörte Dichter. »Tausend Dollar«, mischte sich Condons rechte Hand ein. »Warum gerade tausend Dollar?« fragte Condon. »Soviel würde es kosten, wenn ich nach Kanada reise, um das Geheimnis auszufinden.« – »Das ist kein Literaturpreis für einen älteren Schriftsteller«, sagte Aradi. »Sagen wir fünftausend«, sagte Condon. »Warm«, sagte der aufgehörte Dichter, »warm – aber noch nicht warm genug.« – »Zehntausend«, sagte Mr. Condon, »schreib einen Scheck, Peter.« – »Keinen Scheck, bitte«, verwahrte sich der Dichter, »ich lehne diesen Literaturpreis ab. Ich habe bei Ihnen ein Konto von zehntausend Dollar. Wenn ich was brauche, werd' ich darauf zurückkommen. Literaturpreise verderben die Literatur. Also, beginnen wir gleich: Wir waren in Kanada. Jetzt, Bandi, erzähl du weiter.«

Csanda war auf einmal ernst: »Ja, wir waren in Kanada. Ich habe in meinem Leben noch keine Reise gemacht, die sich so gelohnt hat wie diese. Und das habe ich meinen Freunden zu verdanken. Vor allem dir, Kocska. Du hast zwar Unsinn geredet und mich mit deiner ›ersten Sünde‹ geärgert. Aber schließlich, das ist dein Beruf. Aber du hast mich auf diese Weise auf eine Spur gebracht, der ich gefolgt bin. Ich hab' meine erste Sünde wiedergefunden. Eine schönere Sünde wird nicht bald jemand wiederfinden.« – »Dafür bin ich Zeuge«, unterbrach ihn der Dichter, »und von Sünden versteh' ich was. Mehr als unser Katechet da.« – »Wie heißt sie?« fragte Aradi. »Du hast doch schon gehört«, entrüstete sich Csanda, »ich hab's doch dem Zauberer da entgegengerufen, gleich wie er eingetreten ist: Antonia.« – »Das mußt du uns alles ganz genau erzählen,« sagte Condon, »aber zuerst wollen wir uns erfrischen. Du hast uns schon genug Sorgen gemacht. Ich habe ein Abendessen für fünf Personen bestellt. Ich konnte ja nicht wissen, daß ihr zwei Kanadier noch heute zurückkommt. Wir wollen also noch für zwei Personen hier decken lassen. Ich habe das Essen für sieben Uhr bestellt. Jetzt wollen wir erstmal einen Drink haben.«

Die Ungarn nahmen ihr Maß Alkohol, ohne ihm Wasser beizumischen, mit Ausnahme von Dr. Kocska, der Mr. Condon folgte und einen Highball trank. Der Zeichner machte es Csanda nach und trank den von ihm bevorzugten Cognac Remy Martin. Anders als der Genießer Csanda, der in kleinen Schlückchen trank, soff der Zeichner, so wie die Russen ihren Wodka, in einem Zug. Nachdem er einige Gläschen heruntergegossen hatte, sprang er plötzlich von seinem Sitz auf, stellte sich vor Mr. Condon mit zornigem Blick hin und sagte: »Ich nehme den Preis, den Sie mir für die Zeichnung angeboten haben, nicht an!« – »Warum?« wunderte sich gutmütig der Verleger, »wollen Sie mehr haben?« – »Ich habe gesagt, die Zeichnung kostet hundert Dollar, und dabei bleibt es. Wollen Sie mich auch bestechen?« schrie er den Verleger wütend an. »Wenn Sie zuviel Geld haben, stellen Sie sich am Neujahrstag auf den Times Square und verteilen Sie Dollarbills an die Passanten! Sie gehen ja bestechend durch die Welt. Wieviel Geld haben Sie überhaupt?« Die Ungarn umringten ihn und beschwichtigten ihn, aber er ließ sich nicht beruhigen und wiederholte immer wieder und immer lauter die Frage: »Wieviel Geld haben Sie? Heraus damit!« Mr. Condon beschwichtigte seinerseits die Freunde des Zeichners und antwortete dem Zeichner: »Ob Sie's mir glauben oder nicht, ich weiß nicht, wieviel Geld ich habe. Das weiß nur mein Buchhalter. Ich gebe Ihnen meine Visitenkarte. Gehen Sie morgen hin und fragen Sie in der Buchhaltung. Dann kommen Sie zu mir und sagen Sie mir, wieviel ich habe. Sie haben mich neugierig gemacht.«

Die Ungarn brachen in schallendes Gelächter aus. Und als ob ihn dieses Gelächter ernüchterte, zog sich der Zeichner in Verlegenheit auf seinen Platz zurück. Als das Gelächter verstummte, sagte er, diesmal mit ruhiger Stimme: »Aber die Zeichnung kostet hundert Dollar. Ni moins, ni plus. Sonst geben Sie mir die Zeichnung zurück. Ich bin ein Karikaturist. Ich habe für Sie eine Ausnahme gemacht. Die Zeichnung ist ein Kitsch, gerade gut genug für einen Millionär.«

Der Millionär, den der Auftritt nicht wenig belustigte, wollte sich mit dem Zeichner weiterunterhalten, wurde aber durch ein Klopfen an der Tür unterbrochen. Ohne erst ein Zeichen abzuwarten, trat der Zimmerkellner ein, und ihm folgten zwei andere mit einem Wagen, beladen mit dem Nachtmahl und dem Geschirr für die Gäste. Nachdem die drei mit eingeübter Flinkheit den Tisch gedeckt und alles vorbildlich geordnet hatten, ging man zu Tisch. »Die Tischordnung überlasse ich dem Hausherrn«, sagte Mr. Condon, »von dem wir erwarten, daß er uns beim Essen einen Reisebericht gibt, wenn er sein Vergnügen mit uns teilen will und nicht zu müde von der Reise ist.«

Csanda stellte sich an eine Schmalseite des Tisches, überließ die andere Schmalseite dem Verleger, so daß es eigentlich Ansichtssache war zu entscheiden, wer der Gastgeber war. Die Übrigen richteten sich nach Belieben ein, mit Ausnahme von Aradi, den Mr. Condon mit einem nur ihm bemerkbaren Wink einlud, an seiner Rechten Platz zu nehmen. Als wären sie durch den Eintritt der Speisenträger nur unterbrochen worden, eröffnete Mr. Condon das Tischgespräch, indem er sich an den Zeichner wandte: »Sie haben mich gefragt, wieviel Geld ich habe, und ich habe Ihnen eigentlich eine ausweichende Antwort gegeben. Meine Antwort war aber nicht so ausweichend, wie man glauben sollte. Sehn Sie, Herr Varadi, ich bin ein Erbe. Und ich habe von meinem Vater geerbt, der auch schon ein

Erbe war. Und wenn ich ihn recht beurteile, hätte schon mein Vater auf eine so direkte Frage, wie Sie sie mir gestellt haben, auch kaum anders antworten können. Was meinen Großvater betrifft, so bin ich sicher, daß Sie es kaum gewagt hätten, ihm eine solche Frage zu stellen. Ich bin dessen so sicher, weil ich meinen Großvater deutlicher in Erinnerung habe als meinen Vater. Im Gegensatz zu den meisten Söhnen, die von ihren Vätern erzogen werden, bin ich von meinem Großvater erzogen worden. Gott sei Dank! Mein Vater war gar kein Erzieher, mein Vater war mehr ein Lebemann. Aber auch wenn er das nicht gewesen wäre, sondern so, wie Väter gewöhnlich zu sein pflegen, würde ich noch immer meinen Großvater als Erzieher vorziehn.« Während er so redete, unterließ er es nicht, sich mit der Vorspeise zu befassen, und er tat es so, daß selbst ein geübter Beobachter nicht hätte erraten können, was ihm mehr zu denken gab: das Essen oder das Sprechen. Aradi, der schon vom Fleck weg große Sympathie für den Verleger seines Freundes gehabt hatte, sah mit Vergnügen ein, daß Mr. Condon ein echter Zögling der Pariser, besser gesagt, der französischen Eßkultur war. Aradi, der lange genug in Paris gelebt hatte, um auf diesem Gebiet ein Sachverständiger zu sein, erinnerte sich in diesem Moment an den Ausspruch des immer weisen Anatole France. In seinem berühmtesten Roman läßt er den geistreichen Abbé einen jungen Mann also belehren: »Du wirst die Erfahrung machen, daß es leichter ist, mit einem Edelmann ein Gespräch zu führen, als mit ihm zu speisen. Denn den Geist kann man üben und sich alle Bildung erwerben in Büchern. Aber Tischmanieren, wie sie ein wahrer Edelmann hat, kann man nur als Kind im Hause eines Edelmanns lernen.« Aradi hörte Mr. Condon mit Vergnügen reden und sah ihm gleichzeitig mit Entzücken zu, obwohl der Verleger direkt den Zeichner anredete. Dieser saß mit offenem Mund und vergaß das Essen, ganz aufs Hören eingestellt, wenn einer zu ihm sprach.

»Ich habe nämlich meinem Großvater«, setzte Condon das Gespräch fort, und diesmal wandte er sich an seinen näheren Nachbarn Aradi, weil er als Edelmann eben gleich bemerkte, daß er, ihn direkt anredend, den Zeichner am Essen hinderte, »meinem Großvater, weit mehr als die Erbschaft, die Erziehung zu verdanken. Einen Reichtum erwerben tut man oft. Eine ausgezeichnete Erziehung von einem Großvater zu bekommen, ist eine Seltenheit. Ich hab' ihm nicht nur das, sondern auch meine Weltanschauung und mein Denken zu verdanken. – Ein Beispiel nur: Selbst dieser üble Streich, den ich unserm Freund Csanda gespielt habe, der Hoax, auch der geschah im Geiste meines Großvaters. Er hätte es genauso gemacht, und nur er. Denn von allen Menschen, die ich kannte, und von allen Denkern, die ich gelesen habe, hatte er den tiefsten Abscheu vor dem Tode. Namentlich vor dem vielen Getue und Gerede um den Tod. Mein Großvater ist sehr alt geworden. Er hat keine Angst vor dem Sterben gehabt. Aber er haßte den Tod. ›Es gibt keinen Tod‹, pflegte er zu sagen, ›den Tod haben die Religionen erfunden. Es gibt nur das Sterben. Und das ist leider von Gottes Ungnade.‹ Also redete er sein Leben lang in diesem Sinne, und so lebte er. ›Der Mensch‹, pflegte er zu sagen, ›wenn er von guten, das heißt gesunden Eltern, von einem gesunden Stamm herkommt, wird mit einem Körper geboren, dem nichts von innen schaden kann. Es ist der Mechanik bis heute noch nicht gelungen, eine Pumpe zu erfinden, die hundert Jahre pumpen kann, und wäre sie aus dem besten Stahl. Aber das menschliche Herz bringt es zustande. Wenn es keinen Schaden genommen hat. Und woher kommt der Schaden? Von außen. Von innen entstehen in einem gesunden Körper keine Krankheiten. Die Krankheiten kommen vom Essen und vom Atmen, also von außerhalb. Man müßte also vom Außen mehr wissen, als die Wissenschaft bis jetzt erreicht hat. Und das sind Fragen, die gelöst werden können, wenn es auch Jahrtausende dauern wird.‹ Er hat aber nicht nur so geredet, er hat auch versucht, was Praktisches zu unternehmen.« – »Da bin ich aber sehr neugierig, Mr. Condon«, sagte Aradi, »solche Versuche sind wahrscheinlich eine Unzahl seit Jahrtausenden gemacht worden. Ohne sichtliches Ergebnis.« – »Ah, das kann man nicht sagen«, erwiderte Mr. Condon. »Mein Großvater hat das leider nicht erlebt. Aber wir haben es in unserem Jahrhundert, in mancher Hinsicht dem mörderischsten, dennoch erlebt, daß in manchen Gegenden der Welt das Lebensalter beträchtlich erhöht wurde. Das hätte meinen Großvater sehr gefreut. Aber ich will Ihnen ja eben das Praktische erzählen, das er unternommen hat. Er hat als jüngerer Mann, noch zu Lebzeiten seines Vaters, eine Insel in der Südsee gekauft und dort eine Art von Gesundheitskolonie eingerichtet. Mein Vater hielt das für eine Narretei. Aber für meinen Großvater war es ein sehr ernstes Unternehmen. Er haßte nämlich den Tod persönlich. Und er belegte seinen Haß mit Zitaten aus der Bibel. Das wundert Sie wohl, Herr Aradi?« – »Es wundert mich nicht. Es fragt sich nur: aus welcher Bibel?«

Mr. Condon legte darauf Messer und Gabel nieder und sah Aradi groß an. »Wie kommen Sie auf diese Frage? Haben Sie am Ende meinen Großvater gekannt? Aus der Bibel der Hebräer natürlich zitierte mein Großvater. Für ihn war das die Bibel, wie für Sie offenbar auch, Herr Aradi. Das Neue Testament hielt mein Großvater weder für neu noch für ein Testament. Das war eine Frage zur rechten Zeit am rechten Ort.« – »Das sollte Sie nicht verwundern«, meinte Aradi. »In dem sogenannten Neuen Testament könnte man kaum ein Zitat gegen den Tod finden.« – »Gewiß, gewiß«, gab Mr. Condon zu, »mit dem Christentum beginnt ja erst die Verherrlichung des Todes.« – »Die Einstellung der alten Hebräer zum Tod ist ja um so mehr bewundernswert,« meinte Aradi, »da die Juden vierhundert Jahre in Ägypten gelebt haben, dem Lande, wo man dem Totenkult geradezu Kathedralen gebaut hat – wenn es auch architektonische Monster sind, die nicht den Himmel streifen wollen, sondern tief in die Erde eingewühlt sind, und die erstaunlicherweise noch heute als großartige Architektur gelten.« – »Meinem Großvater ist es noch gelungen, zu Lebzeiten die Insel zu besiedeln, mit Leuten natürlich, die seine Ideen beherzigten und mit ihm den Kampf gegen den Tod aufnahmen. Es wohnen schon einige hundert Familien dort. Ich mache hin und wieder einen Besuch dort. Und wenn ich einmal das erreiche, was man einen Lebensabend nennt, hoffe ich ihn dort zu verbringen, um den Abend nach Tunlichkeit zu verlängern und meinem Großvater eine Freude zu machen. Sie würden sich wundern, wie die Leute dort leben. Jahre werden nicht gezählt. Kinder, die dort zur Welt kommen, werden wohl aus statistischen Gründen registriert. Aber es werden keine Geburtstage gefeiert, nicht einmal für Kinder – die aufwachsen, ohne daß sie wissen, wie alt sie sind. Sie messen einander nur ihre Größen.«

Zu Beginn dieses Gesprächs waren die übrigen Ungarn meistens mit dem Essen beschäftigt und hörten zu, ohne sich ins Gespräch zu mischen. Hin und wieder wechselten sie sogar ein ungarisches Wort miteinander. Nur einer von ihnen – und sonderbarerweise war es der Zeichner – hörte aufmerksam zu und spitzte die Ohren, um ja kein Wort zu verlieren. Einmal mischte er sich sogar ins Gespräch ein, zuerst scheu und sich entschuldigend, dann sogar mit einem längeren Satz: »Weil Sie früher erwähnten, daß der Lebensdurchschnitt in den Vereinigten Staaten beträchtlich erhöht wurde, möchte ich Ihnen etwas sagen, was Sie vielleicht interessieren wird. Ich kenne einen Gelehrten, einen Professor, der ungarischer Abstammung ist, aber in Wien gelebt hat, und dessen Hauptfach soziale Hygiene war. Er war auch hier als Emigrant auf diesem Gebiet tätig. Einmal war ich dabei, wie er behauptet hat, daß die Lebensdauer in Amerika bei weitem höher sein könnte, wenn die ›corporations‹ hier, die die Lebensmittelindustrie kontrollieren, sie nicht mit chemischen Mitteln verdürben, ja manchmal vergifteten, und so die Lebensdauer ihrer Konsumenten verkürzten. – Vielleicht hab' ich mich schlecht ausgedrückt ...« – »Sie haben sich sehr gut ausgedrückt«, lobte ihn Mr. Condon. Aradi streifte ihn mit einem stolzen Freundesblick. »Ja, ja«, fuhr Condon fort, »das hab' ich gar nicht gewußt. Und ich bilde mir ein, gerade solche Information mit besonderer Vorliebe zu sammeln.« Und mit einer plötzlichen Wendung richtete er an Aradi eine direkte Frage: »Würde es Sie interessieren, einmal mit mir auf diese Insel zu reisen?« – »Mit dem größten Vergnügen«, sagte Aradi, »morgen! Um wieviel Uhr?« – »Sind Sie aber ein hitziger Ungar. Morgen geht es noch nicht. Und auch nicht übermorgen. Ich möchte diese ganze Tafelrunde mit einbeziehn und euch alle dorthin mitnehmen. Jeden, der mitzutun bereit wäre. Denn sehen Sie, ich habe diesen meinen ganzen Hoax gewagt, weil ich vor allem unsern Aladar Csanda dorthin bringen möchte. Ich glaube, er würde dort eine neue Phase in seiner schriftstellerischen Tätigkeit erleben. Ich habe das für ihn als eine Kur ausgedacht, denn er ist gerade in dem Alter, wo selbst so leicht produzierende Schreiber wie er plötzlich Anfälle von Geburtswehen bekommen, wenn sie ans Schreiben denken. Und bei jedem neuen Kapitel es mit der Angst zu tun bekommen, ob sie das, was ihnen vorgeschwebt hat, tatsächlich in perfekter Form zustande bringen.«

Csanda erklärte sich bereit, ihm auf der Stelle, ohne viel Gerede, diesen Hoax zu verzeihen und die Einladung zur Reise anzunehmen. Er sah die Freunde an und fragte sie, ob auch sie die Einladung annähmen. Alle stimmten auf der Stelle zu, mit Ausnahme des Postministers, der ja schon die Reise nach Kanada nicht ohne Widerstreben angenommen hatte, wie er überhaupt nicht sehr reiselustig war. »Ich muß mir das noch überlegen, mein lieber Bandi«, sagte er, »du weißt, daß ich exotische Länder nur noch bei mir im Zimmer auf Television einmal im Monat ansehe, wenn ich ein Glas Bier dabei trinken kann und die Länder mir schon zu tropisch werden.«

Mr. Condon zeigte aufrichtiges Vergnügen an der Reisebereitschaft seiner Gäste und kam wieder auf seinen Großvater zurück, indem er sich wieder vornehmlich an Aradi wandte: »Mein Großvater war zwar im neunzehnten Jahrhundert geboren, aber er war recht eigentlich eine Gestalt aus unserm großen amerikanischen Jahrhundert, dem achtzehnten. Wir, die wir uns Intellektuelle nennen und letztens ›egg heads‹ genannt werden, denken immer natürlich an unser achtzehntes Jahrhundert und meistens an Jefferson. Nun, Jefferson hat gewiß seinen Montesquieu, Diderot, Voltaire und auch seinen Locke gelesen, aber die Männer, die für die Freiheit gekämpft und in der Revolution gesiegt haben, haben für die Freiheit gekämpft und gesiegt, wie sie die Bibel der Hebräer verkündet. Sie, Herr Aradi, sind ein gebildeter Mann, und da Sie ein naturalisierter Amerikaner sind, kennen Sie die Geschichte der Vereinigten Staaten gewiß genauer, als wir geborenen Amerikaner sie kennen. Aber ich möchte Ihnen eine Episode aus unserm Freiheitskampf mitteilen, die Sie vielleicht nicht kennen und die sehr charakteristisch ist für unsere Soldaten, die die Engländer besiegt und aus dem Lande vertrieben haben. In einem Gefecht, in dem ein amerikanischer Oberst einen englischen General besiegt und seine Truppen umzingelt hatte, forderte der Oberst den General auf zu kapitulieren. Der schon besiegte, aber noch hochnäsige englische General fragte: ›Im Namen von welcher Autorität fordern Sie mich zur Kapitulation auf?‹ Darauf der Oberst: ›Im Namen des mächtigen Jehova und des kontinentalen Kongresses.‹ Und wie Sie vielleicht wissen, auf der ›Liberty Bell‹ in Philadelphia sind nicht die Worte eingeritzt: liberté, egalité, fraternité, sondern der Satz aus der Bibel, der die Freiheit übers ganze Land im originalen hebräischen Wortlaut verkündet. Mein Großvater hat oft den Spruch zitiert, und ich erinnere mich nur noch an das hebräische Wort für Freiheit ... Das Wort liegt mir auf der Zunge. Was ist das hebräische Wort?« – »Es ist *d'ror*«, sagte Aradi. »Ja«, sagte Condon, »die Kämpfer für die Freiheit unseres Landes waren vom Freiheitsrausch der Bibel berauscht. Wie unsere Historiker sagen: They were bible-drunk.«

Mr. Condon hätte gewiß noch weiter von seinem Großvater erzählt – denn das war, wie wir noch hören werden, sein Lieblingsthema –, wenn nicht Csanda sich plötzlich von seinem Sitz erhoben und sich an ihn mit der lauten Frage gerichtet hätte: »Merkwürdig, daß mir das jetzt erst einfällt: Was ist mit meinem Manuskript geschehn, das der tote Corvin zum Fenster hinausgeworfen hat? Ich habe es völlig vergessen!« Darauf antwortete Csonka-Corvin: »Wie Sie sich erinnern, brach plötzlich eines von den New Yorker Gewittern aus, die ohne Anmeldung kommen. Aber dem Doorman Jerry gelang es, das Manuskript noch rechtzeitig unter seinem großen Regenschirm zu bergen. Er war ja mit in unserm Komplott, und ich hatte ihm befohlen, mir das Manuskript zu bringen. Aber er ging damit zuerst in ›Larry's Bar‹, wo er immer mit einem Freund zusammenkam, der sich seiner Beziehungen zur Filmwelt rühmte. Sie fuhren damit nach Hollywood, um es dort anzubringen. Aber natürlich wollte sich niemand mit ihnen einlassen, und man warnte Jerry vor der Macht des Verlegers Sidney Condon. Er brachte dann reumütig das Manuskript zu mir, und wir haben es im Verlag. Ich habe dem Lump einen Chauffeursposten verschafft, weil er Angst hatte, ins Hotel zurückzugehn.« – »Na, Gott sei Dank!« beruhigte sich Csanda. »Dort hab' ich nämlich einen Traum. In dem Manuskript hab' ich eine Führung durch die Folterbaracken eines Nazilagers. Das möcht' ich behalten.« – »Ja, das ist dir gut gelungen«, meinte Condon, »das hab' ich aufgehoben.«

Indessen hatte Varadi fast die ganze Zeit an einem Blatt gearbeitet. Als er damit fertig geworden war, zeigte er es zunächst seinem Sitznachbarn Dr. Kocska, der es weiter in die Runde gab. Alle waren von der Zeichnung entzückt. Es war eine Karikatur von Mr. Condon. Als sie an den Verleger gelangte, stand der Zeichner auf, ging schnell an den Tisch, wo seine erste Zeichnung lag, kam mit ihr zurück, stellte sich vor den Verleger hin, zerriß das Blatt und sagte: »Sie haben von mir verlangt, daß ich keine Karikatur mache, sondern – wie Sie sich glaub' ich ausdrückten – eine ›normale‹ Zeichnung, so wie Sie aussehn. Ich bin kein Porträtist. Aber ich hab' mir gedacht, ich tu' es Ihnen zuliebe. Reiche Leute haben ihre Launen. Und ich wollte meine hundert Dollar verdienen. Aber das hier ist eine Karikatur. Und obwohl sie auf den ersten Blick Ihnen nicht so ähnlich sieht, wie Sie vielleicht wünschen, zeigt diese Karikatur mehr von Ihrem Wesen und Ihrer Persönlichkeit als die realistische Zeichnung. Das tat ich nicht Ihnen zu Gefallen, sondern so, wie ich es sehe. Und diese Karikatur werde ich veröffentlichen. Haben Sie was dagegen?« Mr. Condon betrachtete die Karikatur eine längere Weile und las die Inschrift laut einige Male: »Don Quichote II.« Er machte keine Einwände, nicht einmal gegen den überlangen Hals noch die fanatisch flammenden Augen oder die dürre Gestalt. Neben der Figur sah man die kleine Windmühle mit Flügeln voll von Totenköpfen, die Lanze des Ritters gegen sie scharf gerichtet. »Diese Karikatur dürfen Sie veröffentlichen«, sagte Condon schließlich. »Ich habe gar nichts dagegen. Aber erst, wenn wir von der Reise zurückkommen. Für das Original reservieren Sie mir das Vorkaufsrecht. Und den Preis bestimmen diesmal Sie.«

Hernach löste sich die Gesellschaft auf. Ehe seine Freunde weggingen, bedankte sich Csanda bei ihnen und sagte: »Viel Trost habt Ihr mir nicht gebracht, wie ich in meinen Hiobsnöten lag. Aber wenn man es recht betrachtet, haben ja die Freunde Hiobs auch viel Unsinn geredet. Und eben ihr unsinniges Gerede hat die erhabene Folge gehabt, daß dem geplagten Mann eine Antwort vom Himmel zuteil wurde. Euer Unsinn hat mich auf den Weg nach Kanada gewiesen, wo mir zwar keine himmlische Botschaft verkündet wurde. Aber ich habe dort einen Engel gefunden – den Engel meiner Jugendzeit.« – »Das kann ich bezeugen«, sagte der Postminister, »ich war dabei.« – »Ja, Gott hilft dem reuigen Sünder«, sagte der Priester Kocska. Darauf der Postminister: »Jetzt fangt er wieder an! – Servus, Ex-Hiob.«

Sechstes Kapitel

Die Insel der Edenier

Aus dem Tagebuch von J. Nagyvaradi

Wenn einer eine Reise tut, kann er was erzählen. Wie das meiste, was Sprichwörter sagen, ist auch dieses heutzutage nicht wahr. Heutzutage müßte das Sprichwort sagen: Wenn einer eine Reise tut, so kann er was erzählen, wenn er nicht fliegt. Tut er das, kann er nur etwas erzählen, was er auch erzählen könnte, wenn er ein paar Stunden in einer Bar verbracht hat, in New York, in London oder in Australien.

Wir haben dreimal Fahrzeuge gewechselt, bis wir in New Zealand von einem kleinen Schiff abgeholt wurden. Es ist ein kleines Schiff. Man könnte es eine Yacht nennen, so hübsch und so sauber gehalten ist es. Aber Mr. Condon hätte das nicht gern. Ich müßte aber übertreiben, wenn ich sagte, daß Mr. Condon uns irgendwas ausdrücklich verbietet oder gebietet. Er hat uns zu der Reise eingeladen, und ich habe schon immer ein schwaches Herz gehabt für Menschen, die mich zu etwas einluden, was mir Vergnügen macht. Also wird man von mir vermutlich nichts hören oder lesen, was Mr. Condon mißfiele. Er hat uns zum Beispiel nicht befohlen, Tagebücher über den Aufenthalt auf der Insel zu schreiben. Er hat uns bloß darauf aufmerksam gemacht, daß man in Edenia die Zeit nicht in Teile und Teilchen zerhackt und zählt; auch nicht, wenn man Tagebücher schreibt. Man erwähnt keine Jahreszahl, keine Monate, keine Tage. Man schreibt Blätter, Hefte und Tagebücher, ohne Zahlen oder auch nur Daten zu vermerken. Also schreibe ich Blätter, nur Blätter. Aladar schreibt überhaupt nicht. Er lebt, ein verliebter Romeo mit einer verliebten Julia, beide augenscheinlich höchst glücklich. Ich gönne es ihm.

Schon bei der Ankunft hab' ich mich blamiert. Das hübsche Schiffchen legte in dem Hafen an, wo es auch nicht so roch, wie das in Häfen üblich ist. Wie wir an Land gingen, waren Düfte in der

Luft, wie in der Beschreibung von Mr. Hudson, der den Indianerhafen von New York entdeckt hat, zu lesen steht: The air was fragrant. Das, man denke, im Hafen von New York. Natürlich ehe die Weißen mit ihrer Zivilisation ihn verstänkerten.

Ohne uns um unser Gepäck zu kümmern, gingen wir über einen Holzsteg zu einem weißgepflasterten Pfad auf einer Wiese, wo Gras wuchs, so grün, wie ich es auf einer Wiese noch nie gesehen habe, es wäre denn in einem Farbfilm von einem amerikanischen Sportplatz. Aber hier war das Gras kurz, glatt wie ein geschorener Teppich. Und grün nicht so wie frisches Grün, sondern plastikgrün und eben durchaus. »Ein Garten Eden mit Plastikgras«, rief ich enttäuscht recht bitterlich und laut. Alle schwiegen in Verlegenheit. Nur Mr. Condon lachte herzlich und gutmütig. Und er riet mir wohlwollend: »Blick dich um und riech daran und taste es mit der flachen Hand.«

Ich tat es. Frisch und kühl war es, weich wie Moos im schattigen Wald, aber es roch nach geschnittenem Gras. Das so wohlriechende Grün verführte mich auf der Stelle, wo ich tief gebückt und entzückt stand. Da ließ ich mich hinfallen, streckte meine Arme über diesem grünen Segen aus, und meine Lippen berührten diese so schöne Wiese. »Größere Dichter als ich haben schon den Staub der Erde geküßt. Hier ist es eine Lust«, sagte ich laut und vernehmlich, »dixi et salvavi animam meam.«* – »Du bist ein echter Heide«, sagte Dr. Kocska. Alle lachten. Und ich hörte es gern.

Aus dem Tagebuch vom Karikaturisten Varadi

Hier geht es gutbürgerlich zu. Die erste Nacht verbrachten wir alle, auch der Amerikaner Condon, in einer Art Quarantäne. Wir wurden ärztlich untersucht und auch ausgefragt. Es ist eigentlich ein gut ausgestattetes Spital. Aber es nennt sich Gasthaus. Der Chefarzt heißt Ginopoulo Sophokles. Er hat einen schönen weißen Bart und ist ein Spezialist in tropischen Krankheiten. Ich habe den Verdacht, daß dieser ganze Garten Eden eines von den rentablen Unternehmungen von Mr. Condon ist. Alle Leute hier machen einen recht zufriedenen Eindruck. Es scheint mir, daß alle Einwohner hier zu den gutgeklei-

* Ich habe gesprochen und meine Seele gerettet (nach Ezechiel 3,19).

deten Ständen gehören und sich einer festgesicherten Existenz erfreuen.

Obwohl man hier nur leicht und sehr einfach bekleidet ist – das Klima ist äußerst milde und stabil –, merkt man, daß alle selbst in halbnacktem Zustand von Natur und Erziehung das sind, was man »bessere Menschen« nennt. Wieviel Einwohner diese Insel hat, weiß kein Mensch, und keiner fragt danach. Mir ist das alles durchaus verdächtig, und ich habe die Absicht, den Hintergrund dieses sorglosen Lebens genau zu erforschen. Vorläufig fühlen wir uns alle hier recht vorläufig. Nur unser Dr. Kocska fängt schon an, seine Mission fortzusetzen.

Aus dem Tagebuch von Dr. Kocska

Es gibt auf dieser Insel der Glückseligen drei gutbevölkerte Siedlungen. Ich habe bereits alle drei besucht. In keiner von den dreien habe ich auch nur die Spur von einer Kirche gefunden! Keine Kapelle. Keine Synagoge. Keine Moschee. Kein Bethaus. Und alle tun so, als fühlten sie sich gut versorgt. Ich muß aber meinen Ärger verbergen und obendrein gute Miene zu dem bösen Spiel dieser oberflächlichen Glückseligkeit machen.

Einen besonderen Groll hab' ich gegen meinen Freund Aladar Csanda. Er ist noch glücklicher als alle Glückseligen hier. Seinem Verleger hat er längst alles verziehen. Alles vergessen. Als wäre der Streich, den ihm Mr. Condon gespielt hat, ein Scherz unter guten Freunden. Ja, er scheint noch von Herzen dankbar dafür zu sein, daß der Verleger ihm sein Totenbuch versauert und geradezu verworfen hat. Er ist der einzige ernst zu nehmende Schriftsteller unter ihnen. Aber er ist der einzige, der nicht einmal ein Tagebuch angefangen hat. Anfang gut, alles gut. Und angefangen hat er ein neues Leben mit seiner Antonia. Und der Flitterwochen ist kein Ende.

Aus dem Tagebuch des Gelehrten Aradi

Edenia ist eine Insel von mittlerer Größe, aber viel größer, als wir gewärtigt haben. Mr. Condon sagte mir, daß die Zahl der Einwohner an die hundertmal größer sein könnte, wenn die Statuten der Stiftung ein schnelleres Wachstum zuließen. Doch vergißt er oder unterläßt es, die Zahl der Einwohner zu erwähnen. Die Landschaft ist eine voll milder Schönheit, mit ungewöhnlich reich begrasten Tälern und Hügeln. Im Norden hohes Gebirge, dem zwei Flüsse entspringen, einer hurtig gegen Süden, einer in breiter, ruhiger Strömung gegen Osten. Im Südosten, dem bevölkertsten Teil der Insel, sind im Lauf der Jahre drei kleine Städte entstanden; besser gesagt, eingebaut, noch besser gesagt, eingepflanzt worden.

Großvater Condon hatte offenbar einen erlesenen Geschmack und einen ausgezeichneten Baumeister zur Beratung gehabt. Einer von ihnen, der Stifter oder der Baumeister, oder beide Männer dürften die Stadt Wien besucht und ihre Struktur genau studiert haben. Denn das erste Städtchen, das wir in Edenia erreicht haben, ist rund in Ringen aufgebaut. Die Ringe umzirkeln hier in Alleen breit und schattig die Reihen der Häuser, die meistens einstöckig sind und mit Blumengärten vor den Häusern, Gemüsegärten im Abstand. Das Zentrum des inneren Rings ist ein großer runder Platz. Hier stehen die Häuser der Verwaltung. Dieses Wort ist strikt zu verwenden. Denn von Regieren und Machthaben ist hier nie die Rede. Hier stehen die Schulen, die Gesundheitshäuser (so heißen hier die Spitäler), die Post, das große Volkshaus, ein Theater und viele, viele Teehäuser mit offenen Terrassen und bunten Strohsesseln.

Diese Stadtstruktur ist schon Tradition geworden. Den nachwachsenden Siedlungen ist sie Pflicht und Vorbild, obwohl auch kleine Variationen gestattet, ja begünstigt sind. Alle Häuser haben flache Dächer. Türmchen, Kolonnaden, Balkone sind nicht zu sehen. Auch keine Kuppeln. Hier ist die Architektur kein Symbol der Macht, wie sie es in Jahrtausenden in allen Teilen der Welt gewesen und noch immer ist. Wenn sie in Rußland noch keinen Sowjetkreml aufbauen, geschieht es erstens nicht, weil der alte bereits zum Symbol der neuen Macht geworden ist, zweitens, weil sie jetzt daran sind, die USA nachzuahmen und schon den Wolkenkratzer als Symbol anbeten.

Ich habe gestern Mr. Condon gefragt, wer eigentlich der Machthaber in Edenia ist. Mehr gekränkt als erstaunt gab er mir zur Antwort: »Hier gibt es keine Macht. Hier gibt es kein Haupt. Wir haben hier einen Wegweiser. So nennt man, so schreibt man ihn. Das ist alles, was die Macht ersetzt.« – »Werden wir ihn kennenlernen?« –

»Gewiß.« – »Wann?« – »An dem Tag, da man den Ratschluß gefaßt hat, hierzubleiben. Oder an dem Tag, da man sich entschlossen hat, Edenia zu verlassen, um mit Dank Abschied zu nehmen.« – »Wie lange kann das dauern?« wollte ich von ihm wissen. »Das wirst du mir sagen oder schreiben, wenn du soweit bist.«

Aus dem Tagebuch des Karikaturisten Varadi

Die Stiftung des Großvaters Condon war beträchtlich. Im Laufe der Jahre ist sie ständig gewachsen. Von den Einwohnern haben die meisten ein beträchtliches Vermögen mitgebracht. So wuchs die Stiftung mit dem Wachsen der Bevölkerung. Wohl haben sie, den Statuten der Stiftung gemäß, das Recht auszuwandern, nach Belieben, ohne zwingende Gründe anzumelden. Aber, und das ist durchaus berechtigt, in solchen Fällen muß ein Auswanderer einen Teil des eingebrachten Vermögens der Stiftung hinterlassen. Das ist in dem Gründungsbuch offen klargelegt.

Es gibt Ausnahmefälle. Man nimmt auch Männer sowohl wie Frauen auf, die kein Vermögen einbringen. Menschen von besonderen Fähigkeiten wie Ärzte, Künstler, Handwerker, Erfinder, Lehrer usw. Das je nach normalem Bedarf oder in dringenden Fällen. Aber ich glaube nicht, daß meinesgleichen auch nur eine geringe Chance hat, hier zugelassen zu werden, wie ich auch das Gefühl habe, hier durchaus fehl am Platz zu sein. Ich verstehe nicht, warum Mr. Condon auch mich zu dieser Reise aufgefordert hat. Wer braucht Karikaturisten in einem Paradies?

Aus dem Tagebuch von J. Nagyvaradi

Auf einem einsamen Spaziergang am Strand begegnete ich zwei Hunden. Sie kamen wie zwei Freunde nebeneinander, beschnupperten nach Art der Hunde eine Stelle im Sand, und wie auf Verabredung trennten sie sich voneinander. Einer trat entschlossenen Ganges ins Wasser, wo es seicht war, der andere kam mir freundlich entgegen, tupfte leicht zur Begrüßung meine vorgestreckte Hand mit seiner feuchten Nase und setzte ruhig seinen Weg fort, offenbar ein Landhund, durchaus ohne Interesse für die unendlich große Welt des Wassers. Indessen war sein Freund schon so weit in der Flut, daß er seine Beine hochheben mußte, um sich im Wasser zu bewegen, und begann ruhig und behäbig, als wäre das seine Tagesbeschäftigung, zu fischen.

Ich habe am Meer schon einmal einen Hund beim Fischen beobachtet, und ich fühle mich befugt zu sagen, daß dieser Wasserhund ein besonders geschickter Fischer war. Ich mußte nicht erst in langweiliger Geduld darauf warten, bis er was Zappelndes herausfischte, um es gleich mit verächtlicher Entblößung der Zähne dem Wasser zurückzugeben, weil das Fischchen zu klein war für einen alten, ehrwürdigen Fischer. Ich sah ihm noch die gar nicht lange Weile zu, bis der vierbeinige Fischer sich einen guten Bissen erjagt hatte, und ging meines Wegs. Da erblickte ich einen würdigen Herrn, der offenbar in nicht weiter Entfernung dem Fischfang zusah, und ich wünschte ihm einen guten Morgen. Er war von kleinem Wuchs, bärtig und freundlich, und wir wechselten ein paar Worte über die Schönheit der Frühe. Als ich im Weitergehen hörte, wie er den fischenden Hund beim Namen anrief und der Hund den Anruf erwiderte, indem er das Maul aus dem Wasser hob und dem höflichen Mann mit dem Schwanz zuwinkte, mischte ich mich in das Gespräch und fragte den alten Mann, ob der Hund ihm gehörte. »Der Hund gehört nicht mir und auch sonst keinem Menschen. Er ist, wie fast alles bei uns, Gemeingut.« – »Aber ein Hund will doch freiwillig einen Herrn haben.« – »Nicht alle Hunde und nicht unter allen Umständen. Diese zwei sind Freunde und bleiben immer beisammen. Und zusammen wechseln sie ihre Zugehörigkeit. Einmal monatelang bei einer Familie, meistens bei kinderlosen Leuten, dann wechseln sie das Haus, die Straße, zuweilen sogar die Stadt. Diese Freunde waren schon einige Male meine Gäste. Dann verschwanden sie, und ich sah sie nur hin und wieder, wie heute, am Strand. Hier geborene Hunde lernen auch die Freiheiten, die ihnen zustehen, wie die Menschen.« Ehe ich mich besinnen konnte, mich dem freundlichen Alten vorzustellen, setzte er seinen Spaziergang fort, nicht ohne mir und dem hausfreundlichen Hund Adieu zuzuwinken.

Ein paar Morgen später begegnete ich ihm wieder. Diesmal streckte er mir die Hand entgegen und kam mir zu meiner Beschämung zuvor, indem er mich mit seinem Titel und Namen bekannt machte: »Doktor Karel Kubin.« Obwohl diesmal kein Hund am Strand zu sehen war, kam der wohlgelaunte Herr auf unser erstes Gespräch zurück. »Zu Hause habe ich mich an unser Gespräch erinnert, und ich bin mir selbst bewußt geworden, daß ich Ihnen keine völlig korrekte Information gegeben habe über den Freiheitsverstand der Hunde. Ich erinnerte mich, Ihnen gesagt zu haben: Hier geborene Hunde ... usw. Das ist falsch. Vor vielen, vielen Jahren habe ich einen Hund kennengelernt, der sich in puncto Freiheit genauso betragen hat wie diese Hunde hier in Edenia. Da müßte ich Ihnen aber eine nicht sehr kurze Geschichte erzählen. Ich bin ein alter Mann, und wie alle Alten erzähle ich gerne Geschichten –« – »Und ich bin auch kein so junger Mann, und ich höre gerne Geschichten, sehr gerne, auch wenn sie lang sind.« – »Schön. Also: Als junger Mann diente ich als Offizier in der österreichisch-ungarischen Armee. Eine Zeitlang war ich einer militärischen Einheit zugestellt, die in einer hübschen ungarischen Provinzstadt stationiert war. Es waren da etwa zwanzig Offiziere, eine zu kleine Gruppe, um unsere eigene Messe zu haben. Wir speisten also in Gasthäusern und Kaffeehäusern. Eines Tages sagte ein Hauptmann, der im Zivilleben ein Fabrikant war, daß wir ohne guten Grund viel Geld ausgäben und viel Zeit mit unseren Mahlzeiten verschwendeten. Wir könnten uns zusammentun und für uns eine eigene Messe einrichten. ›Wir sind hier in Ungarn. Hier ist kein Mangel an Lebensmitteln, und es fehlen auch nicht gute Köchinnen. Ich erkläre mich bereit, eine Messe für uns einzurichten, und ich hafte Ihnen dafür, daß wir bessere Speisen essen und nicht halbsoviel Geld ausgeben werden.‹ Es vergingen noch nicht zwei Wochen, und er hatte eine Messe. Da es keine vom Ärar instituierte Messe, sondern eine zivile war, herrschte da eine zwanglose Gemütlichkeit. Wir waren wohl verschiedenen Ranges, aber als Mitglieder der kollegialen Messe alle gleichberechtigt. Eines Tages lief unserer Messe ein offenbar herrenloser brauner Dackel zu. Die gastfreundliche Köchin bewirtete ihn mit mütterlicher Zärtlichkeit. Er ging auf seinen kurzen Beinen zufrieden fort und ließ sich nicht so bald wieder sehen. Nach einer Zeit besuchte er uns wieder, und diesmal ging er nie mehr weg. Nach kurzer Zeit fand der Dackel heraus, daß die gastfreundliche, mütterlich gesinnte Köchin nicht die Herrin der Messe war, sondern der Herr Oberstleutnant, der bei den Mahlzeiten am Tisch an der Schmalseite als ein Kommandant vorsaß, und der

Dackel richtete sein Benehmen danach ein. Er nahm seine Mahlzeiten mit der Köchin ein, dann leckte er sein Mäulchen ab, trat in unser Eßzimmer ein und legte sich zu den Füßen des Oberstleutnant ehrerbietig und stolz hin. Aber der hohe Herr wohnte nicht in der Messe. Um zu sagen, welchem Herrn er danken und dienen wollte, fing der Dackel an, dem Oberstleutnant in seine Kanzlei und auch in seine Wohnung zu folgen, was dem Kommandanten nicht wenig schmeichelte. Das ist nicht im geringsten verwunderlich. Aber nach einigen Monaten kam dieser kluge Dackel dahinter, daß die Messe eine kollegiale Messe sei und kein Exerzierplatz und nicht einmal eine Kaserne, und ohne dem Oberstleutnant ein Zeichen der Dankbarkeit oder Kündigung zu geben, übersiedelte er schon im Eßzimmer zu einem Hauptmann, der nicht einmal Adjutant des Oberstleutnants war. Der Dackel saß nun zu Füßen des Hauptmanns und schlief in seiner Wohnung, obwohl der mürrische dicke Mann durchaus kein Hundefreund war und den Hund nur duldete, weil er dem Oberstleutnant untreu geworden war. Allein, die Lebensweise des Hauptmanns behagte unserm Dackel, und nicht nur, daß er es mit ihm ein paar Tage aushielt, sondern er kehrte nie wieder zu dem Oberstleutnant zurück. Mit der Zeit – unsere Messe wurde erst mit dem Ende des Krieges aufgelöst – beehrte der Dackel der Reihe nach alle Mitglieder. Ich erzähle Ihnen das alles, weil ich befürchte, daß ich Ihnen, einem Gast, mit meinen Äußerungen über den fischenden Hund den falschen Eindruck machen könnte, es ginge uns hier um die Freiheit der Tiere. Nein, mein Herr, uns geht es hier um die Befreiung der Menschheit von dem Kult des Todes, von der Mystik des Todes, von der Dämonologie des Todes, von dem grotesken Pomp der Begräbnisse, von dem ganzen Hokuspokus, und auch von der funeralen Industrie des Todes. Wenn Sie eine lange Zeit hierbleiben, werden Sie noch viel Wichtigeres lernen, auch wenn Sie uns enttäuscht verlassen sollten. Auf Wiedersehen.«

Ich blickte ihm nach. Ich dachte: Das war die erste Einführung in die Glaubensartikel der Religion der Edenianer. Der Agronom entfernte sich hurtigen Schrittes, als wäre er ein Mann in den besten Jahren. Das konnte er aber kaum noch sein. Aus der Geschichte konnte ich nur ausrechnen, daß er den Neunzig näher sein mußte als den Achtzig. Ehe er sich als vortrefflicher Erzähler erwies, hätte ich ihm nicht mehr als fünfundfünfzig, kaum sechzig gegeben. Wenn das der Religion von Edenia zu danken ist, wäre ich bereit, mich belehren zu lassen und hierzubleiben. Aber wo nähme ich die Moneten hierzu?

Aus dem Tagebuch des Dr. Kocska

Man vermutet, daß unser Gelehrter Aradi bald mit einer Audienz von dem Wegweiser beehrt werden wird. Ich sage Audienz. Es darf nicht als Ironie aufgefaßt werden. Der Wegweiser ist hier schwerer zugänglich als der Heilige Vater in Rom. Der Wegweiser, das ist sein offizieller Titel. Aber von Mund zu Mund nennen sie ihn den Konterkardinal. Ein recht frecher Zuname. Er wird ohne Spott, ohne ironische Miene so benannt. Ich weiß noch nicht, was dahintersteckt. Seine Unzugänglichkeit ist scheinbar aber nicht auf persönlichen Hochmut, nicht einmal auf seine erhobene Dignität zurückzuführen. Ich vermute, der wahre Grund ist seine überzarte, fragile Gestalt. Das muß man natürlich verschweigen. Denn die Luft hier ist balsamisch. Das Wasser rein und gesund. Er ist schon vor dreißig Jahren, als ein junger Mann, hergekommen. Die hygienischen Verhältnisse sind geradezu phänomenal. Kranke gibt es selten. Ich habe das Gesundheitshaus, das Spital, mehrmals besichtigt in der Annahme, es könnte ein Kranker im Sterben liegen und nach der letzten Ölung Verlangen äußern, habe aber dort noch keinen Kranken, geschweige denn einen Sterbenden gefunden. Na, das ist natürlich ein Zufall. Schließlich müssen auch Edenianer sterben. Was mich irritiert, ist, daß just der »Gelehrte« Aradi als der erste von uns von dem Herrscher dieser schönen Insel in Audienz empfangen wird. Ja, die Juden – überall drängt sich so einer vor. Aber es ist noch nicht aller Tage Abend. Der Wegweiser heißt Orlando Degrassi. Vielleicht sogar de Grassi. Man wird sehen.

Aus dem Tagebuch des Karikaturisten Varadi

Die Bürger hier haben nicht nur ein leichtes Leben, wie es nur in einem so gesegneten Klima möglich ist, sie haben auch so ziemlich alles, was einem moderne Zivilisation bieten kann. Daß sie gute

Schulen haben, komfortable Wohnungen, Elektrizität, Wasserleitung, Theater, ein Orchester, ist nicht erstaunlich. Die Edenianer sind zum großen Teil hochgebildete und wohlhabende Bürger. Aber daß sie auch ihre eigene Radiostation und – man höre und staune – ihre eigene Filmproduktion haben, ist schon fast unglaublich. Ich wenigstens wollte das nicht wahrhaben, bis ich das Haus der Filmstudios mit meinen Augen gesehen habe. Sie produzieren Zeichenfilme, schwarzweiß. Aber auch Farbfilm. Und diese sind nicht etwa humoristische Grotesken. Sie sind, soweit ich Einblick hatte, kleine Kunstwerke durchaus.

Der Leiter dieser edenianischen Heimatkunst ist ein Mann von Begabung auf vielen Gebieten und ein Künstler von nahezu unmenschlicher Energie. Er heißt oder nennt sich so: Professor Rodrigo Dreossi. Er ist ein geborener Edenianer. Er spricht trotzdem mehrere Sprachen mit verblüffender Schnelligkeit und vielen Fehlern, die er, meinem Eindruck nach, absichtlich macht, um die Zuhörer in gute Laune zu bringen. Am liebsten spricht er französisch, aber nicht mit italienischem, sondern asiatischem Akzent. Als ich ihn bat, mir einen von seinen Farbfilmen zu zeigen, willigte er ohne weiteres ein, forderte mich aber auf, erst eine Karikatur von ihm zu zeichnen. Er sah der Arbeit nervös zu, lobte das Ergebnis und geriet in geradezu kindlich närrische Freude, als ich es ihm schenkte. Darauf zeigte er mir seinen ersten Farbfilm, der hier sehr populär sein soll. Ich muß aber diesen Film noch ein paar Mal ansehen, ehe ich mich unterfange, ihn zu beschreiben.

Die Bekanntschaft mit dem Professor verdanke ich unserm Freund Aradi, der, anders als ich, seine Wißbegier von oben befriedigt, während ich meine Erfahrungen unten im Volk sammle. Der Filmprofessor ist auch sonst leicht zugänglich. Er ist ein Mann von unbestimmbarem Alter. Kräftig gebaut, bewegt er sich mit geradezu tänzerischer Leichtigkeit. Er hat einen langen Schädel, dicht von flammend rotem Haar bewachsen, ein längliches, bartloses Gesicht, das einen nackten Eindruck macht, als wäre es nie von einem Rasiermesser berührt worden. Seine Nase ist scharf gebogen, das Kinn, länglich und stark vorgebaut, schreit schon hörbar nach einem Bart, den es zu vermissen scheint. Seine Augen, groß und schwarz, funkeln makaber über dem blassen Gesicht, zwei Raben auf einer beschneiten Wiese. Der Professor weiß offenbar viel mehr über Aladar Csanda als über irgendeinen von uns. Er ließ das, gewiß absichtlich, durchblicken. Er äußerte sich ungefähr so: »Ihr Freund Aladar Csanda strahlt geradezu vor Glück, wie nur einer, der Schlimmes überlebt hat – –« Und so plötzlich, wie diese Bemerkung kam, brach er sie gleich ab, aber so geschwind ließ er sie verstummen, als hätte der seltsame Professor die plötzliche Unterbrechung genau bedacht wie das ganze Gespräch mit mir, das mir jetzt wie ein Verhör vorkommt. Gleich am Anfang dieses ersten Gesprächs äußerte auch er die Meinung, daß unser Aradi sehr bald dem Wegweiser vorgestellt werden sollte. Er sagte aber nicht »unserem Wegweiser«, sondern dem Konterkardinal, wie das weniger gebildete Volk ihn auch nennt.

Aus dem Tagebuch von Nagyvaradi

Gestern den alten Agronom wiedergesehen. Eigentlich weiß ich nicht, warum ich das Wörtchen »gestern« benutze. Ich fange schon an, mich daran zu gewöhnen, daß die Zeit hier ignoriert wird so gut es geht, obwohl es gar nicht so gut geht, nicht einmal bei den Autochtonen. Diesmal begegneten wir uns nicht am Strand, sondern in der Bibliothek. Er hatte eine Brille, altfränkisch mit einem dünnen Draht gerahmt, tief auf der Nasenspitze, und las in einem Lexikonband. Ich wartete, bis er in Gedanken seinen Kopf vorstreckte, und ich grüßte ihn. Er erhob sich schweigend vom Sitz, und ich folgte ihm in einen Nebenraum, wo müde Leser saßen und auch hier noch leise Gespräche führten. »Ich komme einmal im Monat in die Bibliothek, um mein Gedächtnis aufzufrischen. Ich habe die Erfahrung gemacht, daß man in einem Raum, wo Bücherreihen stehen, auch ohne in einem Katalog zu blättern das Gedächtnis erweckt. Finden Sie nicht auch?« – »Gewiß, gewiß. Ich habe in einem Konzentrationslager die Erfahrung gemacht, daß schon nach einer sehr kurzen Zeit das Gedächtnis sehr langsam zu funktionieren beginnt. Ich habe zweimal in meinem Leben meine Buchsammlung verloren, und als ich in Verbitterung darüber beschloß, keine Bücher mehr zu sammeln und in einer buchlosen Wohnung hauste, merkte ich nach einem Jahr, daß ich den natürlichen Prozeß der senilen Verblödung ein gutes Stück beförderte.« Der alte Agronom sah mich traurig an und fragte: »Sie waren auch in einem Konzentrationslager?« – »Ein

Europäer, der das nicht gesehen hat, verdient es nicht, einer gewesen zu sein.« – »Ich habe nicht das Recht, so etwas zu behaupten, aber erlauben Sie mir, daß ich Ihnen beistimme.« Nach einer Weile des Schweigens, die er für angemessen hielt, mir als einem Märtyrer in Trauer zu huldigen, setzte er fort: »Ich such' hier in einem Lexikon den Namen des Mannes, der den Satz geschrieben hat, vor vielen Jahrhunderten: ›Kein Mensch ist mehr Mensch als ein anderer Mensch.‹ Ich weiß nicht mehr, ob ich genau den Wortlaut zitiere, aber das ist der Sinn des Satzes. Leider habe ich den Namen vergessen. Ich suchte heute in einem Handbuch der Philosophie, aber es ist mir nicht gelungen, den Namen zu finden. Wie soll man einen Namen in einem Lexikon finden, den man nicht weiß? Haben Sie zufällig diesen Satz je gelesen?« – »Es tut mir sehr leid. Es ist ein sehr schöner, ja ich möchte sagen, ein rührender Satz, aber ich höre ihn zum ersten Mal. Aber einer von uns – sein Name ist Aradi – weiß solche Sachen. Ich werde ihn fragen.« – »Danke, danke. Und wenn Sie ihn schon damit belästigen, fragen Sie ihn auch, was er von diesem Satz hält.« Ich versprach es zu tun. Und wir verabredeten uns zum ersten Mal. Am Strand natürlich.

Aus dem Tagebuch von Aradi

Befürchtet habe ich auf dem Wege nach Edenia, daß ich hier eine Gemeinschaft von Sonderlingen vorfinde: Vegetarier, Nudisten, Diätnarren, sentimentale, bukolisch gesinnte Großstädter, verspätete Tolstojaner, geistfeindliche Knut Hamsun-Leser, verwirrte Messianisten, fanatische Atheisten, kurzum, mehr oder weniger pathologische Menschenretter. Wie angenehm bin ich schon auf den ersten Blick überrascht worden. Ich verstehe nicht, warum Mr. Condon uns allen so wenig Information über seine Edenianer gegönnt hat. Das heißt, nach dem Streich, den er Aladar gespielt hat, verstehe ich ihn schon zu gut: er ist vor allem ein geborener »practical joker«! Das sitzt in einem so tief wie Geiz, wie Feigheit, wie Ehrgeiz, wie Mißgunst. Von all dem hat er nichts. Im Gegenteil, er ist freigebig bis zur Noblesse, mutig bis zur Verwegenheit, gar nicht eitel, *a man of good will*. Aber einem Freund ein Spielzeug in die Hand zu drücken, das explodiert, macht ihm kindischen Spaß.

Die Einwohner hier sind eine gelungene Auslese von Männern und Frauen, die den Ernst, die Bildung, den Geschmack und die Sitten der edlen Menschen der Aufklärung im achtzehnten Jahrhundert besitzen. Mr. Condon hat mich bereits mit mehreren Männern und Frauen bekannt gemacht und meine Überraschung sowohl mit Stolz als auch mit spitzbübischer Freude genossen. Aber daß er mir eine Audienz bei dem wichtigsten Edenianer bereits verschafft hat, wie man hier erzählt, ist noch nicht wahr. In »nahe« Aussicht gestellt, ja, sogar mehrmals. Aber eben nur das. Man kann sich denken, wie ungeduldig ich bin. Aber ich lasse Mr. Condon nichts davon merken. Sonst dauert es am Ende noch länger, als der Joker es anscheinend plant.

Aus dem Tagebuch des Karikaturisten

Ich habe nun den Film dreimal mir angesehen, das dritte Mal in einer öffentlichen Aufführung. Dieser Film ist der erste, den der Professor produziert hat. Er ist der populärste Film und wird in periodischen Abständen als erster einer Serie von Kurzfilmen, die thematisch zusammenhängen, gezeigt. Dem *genius loci* entsprechend ein biblisches Thema, man kann wohl sagen, das biblischste aller großen Themen: Adam und Eva im Garten Eden. Das in der Literatur, in allen Künsten meistgebrauchte und nur zu oft mißbrauchte Paar, das in der nichtreligiösen Kunst unserer Zeit wohl nur als der gangbarste Vorwand dient, ein nacktes Menschenpaar zu malen. Obwohl alles Neue, was uns hier zu sehen und zu hören geboten wird, meistens von gutem Geschmack und sinnreich ist, war diesmal mein erster Gedanke: Das hätten sie uns ersparen können. Aber dieser Film vertrieb unseren Hochmut ein für allemal.

Adam und Eva sitzen auf einem mit grünen Zweigen und großen Blättern ausgeschmückten Floß, das sehr langsam auf den klargrünen Wellen eines breiten, ruhigen Flusses ziellos treibt. Beide halten ihre Beine ins Wasser. Beide schweigen, ihre Augen in die schattige Tiefe gerichtet. Nach einer Weile – das Floß nähert sich langsam dem Ufer – hebt Eva eine Hand, streichelt Adams Stirn und sagt: »Schön, daß du es gemacht hast.« Adam, in Gedanken: »Was?« – »Das da, das uns so gut und sicher überm Wasser hält.« – »Das da? Es hat noch keinen

Namen.« – »So gib ihm einen schönen Namen. Du sollst ja alles mit einem Namen nennen, hat die Stimme des Ewigen gesagt.« – »Das da soll heißen: Floß«, sagte Adam. »Siehst du, du weißt alles. Du bist ja so klug.« – »Die Stimme des Ewigen hat es mir so genannt.« – »Wann denn?« – »Jetzt eben, als du mich gedrängt hast, es zu benennen.« – »Merkwürdig, diese Stimme weiß alles, sie hört alles.« – »Und sie kann alles.« – »Sie kann so sprechen, daß wir beide sie hören, und sie spricht meistens so, daß nur du sie hörst und ich nicht.« – »So ist sie eben. Sie ist die Stimme der Allmacht.« – »Wann hast du das Floß gemacht? War ich schon hier, im Garten?« – »Freilich warst du schon hier. Ich hab' es ja für dich gemacht.« – »Eigens für mich. Das ist sehr lieb. Was hat die Stimme dazu gesagt?« – »Die Stimme hat mich gelobt.« – »Sehr gelobt?« – »Ja, sehr. Sie sprach sogar, als wäre sie überrascht.« – »Überrascht?!« – »Ja. Und das ist es, was mich wundert.« – »Warum? Der Allmacht gefällt es, daß du ihr nachmachst und auch etwas schaffen kannst.« – »Was mich wundert ist, daß die Stimme so tut, als könnte sie etwas übersehen, wenn sie ja doch allwissend ist.« – »Allwissend? Nicht bloß allmächtig?« – »Allmacht schließt doch schon Allwissen ein.« – »Du meinst, die Stimme weiß auch das, was noch nicht geschehen ist?« – »Ich fürchte: ja.« – »Warum fürchtest du dich?« – »Es ist unheimlich zu fühlen, daß die Stimme nicht nur weiß, was ich tue und was ich denke, sondern auch alles, was ich noch nicht denke und erst tun werde.« – »Wenn du nur so fühlst, aber nicht weißt, ob es so ist, warum fragst du die Stimme nicht?« – »Hast du noch nicht bemerkt, daß die Stimme nicht duldet, daß man fragt?« – »Wie sollte ich das bemerkt haben? Die Stimme hat noch nie zu mir direkt gesprochen. Dir gibt sie immer freundliche Belohnung, mir noch nicht ein einziges Mal. Soll ich sie etwas fragen? Gleich jetzt?« – »Nein. Frag nicht, solang wir auf dem Wasser sind!« Eva, herausfordernd: »Stimme der Allmacht, liebe Stimme, weißt du, was wir morgen tun werden?« Darauf blitzt es kurz und grell auf, ein sanfter Donner grollt nach, und ein plötzlicher Windstoß fegt Floß und Menschenpaar an das Ufer.

Nun kann man erst recht sehen, daß Adam und Eva ein überraschend junges Paar sind. Selbst die Zeichner, die es nicht zum ersten Mal sehen, äußern ihr Entzücken an dem jugendlichen Menschenpaar. Adam ist etwa achtzehn, Eva etwa sechzehnjährig. Er hat rotes langes Haar, Eva ist schwarzhaarig. Er hat sanfte Augen mit goldenleuchtender Pupille, gütige Augen, wie sie Guido Reni seinem Bild des Erlösers gibt, die gütig-klugen Augen jener Hebräer, die man jetzt Jemeniten nennt. Eva hat graue Augen, durchsichtig und unschuldig wie die Augen eines Kindes. Auch sie ist ungewöhnlich hoch gewachsen, aber sie reicht mit ihrem Kopf noch gerade an die Ellbogen des überlebensgroßen Adam. Beide sind nackt. Aber ihre Nacktheit ist nicht die der menschlichen Haut, sondern die von einer hornartigen Materie, die an Eva leuchtet wie Alabaster, an Adam schimmert sie matt wie Elfenbein. Als er den Rücken kehrt, um das Floß im Gras des Ufers zu sichern, sieht der Zuschauer – daß Adam hinten einen Schweif hat wie ein Pavian. Dieser Anblick überwältigt die Zuschauer zu atemloser Stille, und die Szene ist zu Ende.

Hernach erscheint der Professor. Nicht etwa, um für den Beifall der Zuschauer zu danken. Denn der Applaus ist hier zwar nicht unbedingt verboten, aber wie nach einem Lehrfilm nicht üblich. Der Professor gibt folgende Belehrung: »Der Affenschweif am ersten Menschen ist hier nicht als Kompliment für den englischen Forscher Charles Darwin gedacht. Eine uralte Legende, die Jahrtausende, wie viele andere, nur mündlich überliefert werden durfte, hat das gewußt und nicht geheimgehalten. Nach Jahrtausenden, als es gestattet wurde, auch die mündliche Überlieferung aufzuschreiben, wurde auch diese Legende mit vielen anderen dem Legendenschatz des Talmud einverleibt.« Der Professor erscheint nicht immer nach der Aufführung eines Films. Diesmal geschah es zu Ehren von Mr. Condon und seinen Gästen.

Aus dem Tagebuch von Dr. Kocska

Es wäre lächerlich, wenn es nicht so traurig wäre, es wäre rührend, wenn es nicht so anmaßend wäre: Diese Insulaner reden so, denken so, fühlen so und tun auch so, als wären sie das Zentrum der Welt. Sie haben, ob man es glaubt oder nicht, ein globalstatistisches Institut, wo sie sich den Kopf zerbrechen über die Gefahren, die ein weiteres Bestehen der Zivilisation auf unserm Planeten bedrohen. Sie wissen das so genau, daß sie diese Gefahren numerisch nach dem Grad bemessen. 1) Die rapide und kaum mehr erträgliche Überbevölkerung. 2) Die Gefahr des atomaren Kriegs zwischen den Monstermächten. 3) Die Verpestung von Luft und Wasser. 4) Die steigende Kontrolle über die Produktion der Lebensmittel durch die Agroindustrien (der Farmer, der Bauer, verschwindet aus der Geschichte). 5) Die andauernde Vergiftung der Lebensmittel durch verschiedene Zutaten, geliefert von einer gewissenlosen chemischen Industrie. Diese Weisheiten sind natürlich nicht auf dem Mist der Insulaner gewachsen, aber die registrieren sie fleißig und genau. Zugute halten muß man ihnen, daß sie nur informieren. Sie gehen nicht darauf aus, zu indoktrinieren oder für irgendeine politische Gesinnung zu werben. Zum Beispiel: Gestern hörte ich im Radio folgende Information. Man hörte sie von zwei Stimmen, kurz und sachlich. Eine Männer- und eine Frauenstimme. Diese begann: »Man hat die Entdeckung gemacht, daß Arbeiter, die Vinylchloriden ausgesetzt sind, an einer seltenen Art von Leberkrebs erkranken. Ein Dutzend von Fällen von Angiosarkom der Leber mit tödlichem Ausgang wurde festgestellt. Die Arbeiter waren beschäftigt, dieses Vinyl in Polyvinylchlorid zu transformieren, ›a base for much of modern plastics‹.« Die Männerstimme fortsetzend: »Vinylchlorid ist die Basis für unzählige Konsumprodukte, und Millionen Amerikaner sind potentiell diesen Wirkungen ausgesetzt.« Die Frauenstimme: »Ein Epidemiologe sagt in einem Interview: ›Vinylchlorid ist nur ein Beispiel für ein viel breiteres Problem. In den letzten vierzig Jahren hat sich die Umgebung, in der wir leben, in einem außerordentlichen Maße verändert. Die Luft, die wir atmen, enthält Gase und Partikel, die vorher niemals in menschliche Lungen eingingen. Die Nahrung enthält Chemikalien, die bestimmt sind, den Geschmack, die Frische, das Aussehen zu verbessern, die aber unseren Eingeweiden fremd sind, unserer Leber, unseren Nieren, unserem Blut. Wir atmen, wir verdauen, wir absorbieren eine ständig anwachsende Zahl von synthetischen Stoffen, die vielleicht unter anderen Umständen auf Erden existierten, aber nie ein Teil von unserm Milieu waren. Die quälende Frage angesichts dieser Veränderungen ist, wie viele von diesen Stoffen verantwortlich für die schätzungsweise 655 000 neuen Krebsfälle in diesem Jahr sind, die bei den Amerikanern diagnostiziert werden.‹« Abschließend sagt die Männerstimme: »Man schätzt die Produktion von neuen Chemikalien auf etwa 10 000 im Jahr. Ist es möglich, jedes von diesen an Tieren zu versuchen? Offenbar nicht.«

Solche Informationen hört man in einer Radiostunde im Rahmen der wissenschaftlichen Berichte. Wieviel Hörer sich dafür interessieren, weiß ich nicht. Ich hörte nur einmal zu und machte mir meine Notizen. Hernach machte ich einen Spaziergang und sah die Gemüse- und die Obstgärten hier genau an. Man muß kein Spezialist sein, um zu dem Schluß zu kommen: In dieser Hinsicht ist Edenia tatsächlich ein Paradies. Aber werden diese Insulaner hier mit ihrem köstlichen Gemüse und Obst in wohlriechender Luft länger und glücklicher leben als wir in Amerika? Ohne Religion?!...

Aus dem Tagebuch des Gelehrten Aradi

Man lebt hier wie in einem Kibbuz in Israel. Aber wie in einem Kibbuz *de luxe*. Das ärgert unsern Karikaturisten. Mich nicht. Alles hier gibt zu denken: In harmloser Friedfertigkeit ist hier vieles zum Guten verändert, ohne hochtrabende Phrasen. Zum Beispiel die Erziehung der Kinder. Bis zum dritten Lebensjahr sind sie in der Obhut der Eltern, wie es sich gehört. Bis zum fünften Jahr sind sie in einem Kinderheim, das nicht mehr als fünfzehn Kinder aufnimmt. Vom fünften bis zum dreizehnten Lebensjahr sind sie wieder bei den Eltern und lernen in der Schule. Vom dreizehnten bis achtzehnten Jahr leben sie (und das ist ungewöhnlich) mit ihren Großeltern. Mich hat das vom Fleck weg als eine sehr weise Einrichtung geradezu verblüfft. Ich fragte: Cui bono? Die Antwort: Für beide, sowohl für die Jugend als auch für die Großeltern. Für die Jugend ist es gut, weil die Liebe der Großeltern toleranter ist als die der Eltern. Außerdem lehrt die Erfahrung, daß Enkelkinder sich mit den Großeltern besser verstehn als mit den Eltern, gegen die sie meistens rebellieren. Den größeren Vorteil haben von diesem Zusammenleben die Großeltern. Und das war das Motiv zu dieser Neuerung, weil alte Leute, die mit der Jugend zusammen leben, ein glücklicheres und höheres Alter erreichen als die, die mit ihresgleichen leben. Und auf ein längeres Leben kommt es hier hauptsächlich und programmatisch an. Auf meine Frage: Was geschieht, wenn die Enkelkinder keine Großeltern haben?, war die Antwort: Solche Kinder werden von alten Leuten aufgenommen, die keine Enkelkinder haben. Wiederum sehr weise. Nebenbei: solche Fälle, sagt man mir, kommen hier seltener vor als woanders. Was geschieht mit den Achtzehnjährigen? Die lernen hier in Akademien. Besonders veranlagte oder ungewöhnlich begabte Schüler dürfen nach zwei Jahren ihr Studium im Ausland fortsetzen, müssen aber alle zwei Jahre unterbrechen und zu Prüfungen heimkommen. Und wenn sie das versäumen? fragte ich. Nach Belieben, war die Antwort. Zwang, Vergeltung gibt's bei uns nicht. Nicht einmal drängende Überredung. Was geschieht mit solchen Ausreißern? Was in solchen Fällen überall in der Welt geschieht. Sie bleiben weg oder kommen nach einiger Zeit zurück. Jene sind die sehr seltenen Ausnahmen, diese die Mehrzahl. Man muß bedenken, daß abgesehen von den materiellen Vorteilen, die ein junger Mann genossen hat und die er vielleicht in der weiten Welt durch andere Vorteile ersetzen kann, *ein* Vorteil unersetzlich bleibt. Ein Junge oder Mädchen, die achtzehn Jahre hier gelebt haben, haben hier so viele Freunde zurückgelassen, daß sie in der Außenwelt, nach einem kurzen oder langen Rausch in der großen Welt, sich geradezu verwaist fühlen. Es ist schon so mancher nach Jahren ohne Reue (denn das Wegbleiben ist hier keine Sünde) mit Gatte oder Gattin und mit Familienzuwachs heimgekommen, um hier glücklich zu verbleiben.

Aus dem Tagebuch des Karikaturisten

Es gibt hier fast so viele, ja vielleicht noch mehr Teehäuser als in Paris Kaffeehäuser. Die Korbstühle auf den Terrassen sind in manchen Teehäusern rot, in manchen hellblau, heiter und einladend anzusehen inmitten des saftigen Grüns der Baumgärten. Ich bemerkte nach einigen Besuchen, daß die Gäste in den Teehäusern, die blaue Korbsessel haben, sich anders benehmen als die in roten Korbstühlen. Nach einer kurzen Zeit wurde ich belehrt, daß dieser Unterschied nicht einem Zufall zuzuschreiben sei. Es ist erstaunlicherweise so – und es ist schon Tradition geworden –, daß Besucher, die eine Zeit unter Menschen sein wollten, ohne mit ihnen zu reden, die blauen Terrassen vorziehn. Andere wieder, die in der Laune sind oder von Natur so geartet, daß sie in jeder Lage eine Aussprache suchen, finden sie leicht in den Teehäusern mit roten Korbstühlen. Was mich betrifft, habe ich gar nicht gewußt, daß ich zu diesen gehöre, und Jenö desgleichen, indes Aradi und Mr. Condon die blauen Sessel vorziehn. Ich finde, daß diese Einteilung ein Zeichen von einer verfeinerten Kultur ist, obwohl ich nicht im geringsten verfeinert bin, wie etwa Aradi, der bereits einen tiefsinnigen Essay darüber verfaßt und vorgelesen hat. Ich gestehe, daß ich mich eines Tages selbst dabei ertappte, daß ich, ohne es mir zu überlegen, in einem blauen Korbsessel Platz genommen habe. Das geschah an dem Tag, da mir die Idee für einen Kurzfilm eingefallen ist und ich mit meinen Gedanken allein unter Menschen sein wollte. Bei dieser Gelegenheit bin ich dahintergekommen, daß man die Teehausbesucher nicht so einfach in zwei Gruppen einteilen kann: eine, die blaue, eine, die rote Korbstühle vorzieht. Ich habe nämlich an jenem Tage einige gute Bekannte von den roten Terrassen hier, in einer blauen, vorgefunden. Wir haben uns von der Ferne mit einer Armbewegung begrüßt, wie Menschen, die miteinander in einem öffentlichen Lokal bekannt geworden sind und sich eines ruhigen Tags unverhofft in einer Bibliothek treffen. Dennoch bleibe ich den roten Korbsesseln treu. Es ist mir ein reines Vergnügen, unter Menschen zu sein, die miteinander verkehren wie die Kinder, die nicht erst warten, bis die Mütter sie andern Kindern zuführen; spontan streben sie einander zu wie junge Hunde, die einander entgegenspringen und schon miteinander im Spiel sich befreunden, ungeachtet ihrer Verschiedenheit in Größe, Farbe und Rasse. Dabei ist es so, daß die Städtchen hier nicht so klein sind, daß die Gäste in den Teehäusern einander kennen. Im Gegenteil! Jenö behauptet, daß ich die roten Teehäuser vorziehe, weil ich einmal politisch zu den Roten gehört habe. Nun, wenn ich auch kein Kommunist mehr bin – ein Marxist bin ich noch immer. Aber war Karl Marx wirklich rot? So rot wie Stalin, »le crocodile«, wie ein französischer Dichter ihn treffend benannt hat? Oder ein Revolutionär wie Chruschtschow, der in Budapest den Arbeitern gesagt hat: »Was das Volk will, ist Gulasch und Ballett«? Eine Welt zerstört, Ströme von Blut vergossen für Gulasch und Ballett! In Moskau hab' ich ein Gulasch gegessen, und mir hat sich der Magen umgedreht. Im kommunistischen Budapest, meiner Geburtsstadt, hab' ich ein Ballett gesehen, und was da auf der Bühne glänzte, waren nur die Stiefel der Ballettänzer. – Wenn ich an den Revolutionär Stalin denke, überlege ich im Ernst, ob ich nicht doch hierbleiben sollte. Aber was soll ein Karikaturist in einem Paradies?

Siebentes Kapitel

Aradi hat das Wort. Der Wegweiser persönlich.
Später: Trouble in Paradise

Zum ersten Mal seit der Ankunft waren die Gäste wie auf Verabredung beisammen. Diesmal kam auch Aladar, allein. Es war das erste Mal, daß er sich ohne seine Geliebte sehen ließ. Aradi kam, wie immer, mit Verspätung. Mr. Condon erzählte, wie es sich gefügt hatte, daß Aradi der erste war, dem Wegweiser vorgestellt zu werden. Der Wegweiser erkundigte sich bei ihm, ob einer die hebräische Sprache so gut beherrsche, daß er fähig wäre, das Alte Testament im Original zu lesen. Mr. Condon zweifelte daran. Er vermutete wohl, daß Aradi Kenntnisse in Hebräisch hatte. Aber er war überrascht, als Aradi seine Frage kurz mit dem Wort »Selbstverständlich« beantwortete. Er beeilte sich, dem Wegweiser die Nachricht zu bringen, worauf dieser sehr erfreut Aradi zu sich bat.

Als Aradi auf der blauen Terrasse erschien, begrüßten sie ihn wie einen Würdenträger. Mit der Offenheit, die seine Natur war, erzählte er ihnen von seinem Besuch und antwortete auf all ihre Fragen. Er gestand, daß er von der Persönlichkeit des Wegweisers mächtig beeindruckt war. Eine Woche später kam eine noch größere Überraschung. Sie waren alle zu einem Vortrag eingeladen, den Aradi hielt – aufgefordert vom Wegweiser. Aradi sprach englisch. Es waren offenbar geladene Gäste, denn es waren nicht mehr als etwa hundert Zuhörer. Aradi sprach frei, aber anscheinend nach gründlicher Vorbereitung, denn er zitierte aus der Bibel von Notizen, die er vor sich auf dem Tisch liegen hatte. Überraschend wie die Einladung war auch das Thema: Leben und Tod in der Bibel. Er unterrichtete die Zuhörer zur Einleitung ausdrücklich, daß er mit dem Wort Bibel nur eben die hebräische Bibel meinte, so wie sie in der Überlieferung der Juden existiert. Ein kurzer Bericht wird genügen:

»Je mehr man das Leben liebt, um so wahrer, um so tiefer ehrt man, liebt man den Schöpfer. Je länger man zu leben gedenkt, desto enger ist man mit Ihm verbunden. Wer den Tod akzeptiert, beleidigt das Leben und verhöhnt den Schöpfer. ›Nicht die Toten loben den Schöpfer‹, sagen wir in unsern Gebeten.« Damit fing er an. Das war sozusagen erst das Motto für die weiteren Ausführungen. Denn was dann folgte, waren Zitate aus der Heiligen Schrift, logisch und kunstreich zusammengestellt.

Die Zuhörer hatten anfänglich Schwierigkeiten, dem Vortrag zu folgen, denn ihre Augen folgten zunächst nicht dem Vortragenden, sondern einem andern Zuhörer, nämlich dem Wegweiser. Aradi und Condon ausgenommen, sahen die Gäste ihn zum ersten Mal. Selbst der Postminister, der so ziemlich alles über sich ergehen läßt, war von dem Wegweiser fasziniert, wie er später gestand. Aber auch andere Zuhörer waren offenbar fasziniert, und es herrschte Mäuschenstille.

Zu dem Thema selbst führte der Satz: Die Hebräer hatten wohl den Glauben, daß nach dem Tode der Geist vom Körper scheidet, aber einen Todeskult hatten sie nie. Selbst nach vierhundertjährigem Aufenthalt in Ägypten, wo der Kult des Todes die raffiniertesten und gröbsten Formen angenommen hat, blieb der Glaube der Hebräer unberührt. Wenn unser Erzvater Jakob seine Söhne beschwört, ihn nach dem Tode heimzuführen, geschieht das hauptsächlich, weil er befürchten mußte, daß die Ägypter nach einer Zeit ihn zur Gottheit erheben könnten. Gewiß hatten die Erzväter eine Familiengruft, wie wir wissen. Aber das war Pietät und nicht Kult. Selbst die Scheidung der Seele vom Leib nach dem Tode ist nicht absolut. Unsere Mutter Rahel beweint die verbannten Juden, die an ihrem Grabe vorbeiziehen. Die Hebräer trauern nach ihren Toten sieben Tage. Die Witwen tragen Trauerkleider. Aber dem Hohen Priester ist es nicht gestattet, im Gebäude sich aufzuhalten, wo ein Toter liegt. Der Tote ist im rituellen Sinne unrein.

Die Toten leben im Dunkel, *scheol* genannt, fort. Die Könige sitzen auf ihrem Thron. Aber sie sind alle gleich: Schatten, und nichts weiter. Auch sie loben nicht Gott. Es ist auch von keiner Strafe nach dem Tode die Rede. Scheol ist ein Land von tiefer Finsternis, eine Grube, ein Land, aus dem es keine Rückkehr gibt. Die Würde der Bestattung wird gewiß eingehalten. Unbegraben bleiben ist ein schreckliches Mißgeschick: Die Einwohner von Jabesch Gilead retten den verstümmelten Körper des Königs Saul und seines Sohns vor der

Schaustellung durch die Philister und begraben sie. Und König David belobt sie dafür – wie wir es im Propheten Samuel lesen. Die größte Schande ist, zu sterben und ausgesetzt zu werden den wilden Tieren und Vögeln. Ausgrabung wird als eine Strafe betrachtet.

Der Vortrag machte sichtlich Eindruck, vermutlich weil der Vortragende zunächst alles in der Originalsprache zitierte. Er endete mit dem Satz, mit dem er begonnen hatte, und stellte nur den Wortlaut um. Zur Einführung hatte er gesagt: »Nicht die Toten loben Gott.« Zum Schluß sagte er: »Gott loben die Toten nicht.«

Nach dem Vortrag lud der Filmmeister Dreossi den Verleger mit seinen Gästen in sein Atelier ein, um ihnen einige seiner Kurzfilme zu zeigen. Sie gingen alle gern mit. Am meisten freute sich Frau Toschka, die augenscheinlich Mr. Dreossi schon gut kannte und seine Filme schätzte. Nur Dr. Kocska war in gereizter Laune. Unterwegs hielt er sich an der Seite von Dr. Aradi und wollte Erklärungen zu dem Vortrag haben. Unter anderem fragte er ihn: »Warum hast du zuerst gesagt: ›Nicht die Toten loben Gott‹, und hernach hast du es in einer anderen Wortfolge wiederholt?« – »Du kannst zweimal raten«, sagte Aradi. »Der Weg ist zu kurz«, meinte Kocska, »laß mich keine Rätsel raten.« – »Für einen eifrigen Kirchendiener tu' ich alles«, sagte Aradi. »Zum ersten Mal hab' ich wörtlich zitiert, wie es im Text steht. Willst du's noch einmal im Original hören?« – »Ist nicht nötig«, sagte Kocska, »ich dachte, du wolltest Eindruck schinden.«

Der erste Kurzfilm war die letzte Szene im Paradies. Eva, gefolgt vom Engel Samael, bringt Früchte vom Baume des Wissens für Adam. Sie hat vom Baum, der große Blätter hat, ein Blatt abgepflückt und bietet die Früchte wie auf einem Tellerchen an. Adam, noch immer mit seinem Floß beschäftigt, nimmt eine Frucht ohne aufzuschauen, verzehrt sie und sagt: »Die Frucht schmeckt mir sehr gut.« – »Ich habe sie vom verbotenen Baum gepflückt«, gesteht Eva. »Warum hast du das getan?« – »*Er* hat mir zugeredet.« – »Das Tier, das du Schlange genannt hast, hat Eva zugeredet«, sagt Samael. »Es war aber deine Stimme, die geredet hat«, sagt Eva. »Das hast du bemerkt?« wundert sich Samael. »Ja. Du hast gesagt: Iß, und du wirst wissen.« – »Wissen?« sagt Adam und ißt noch eine von den Früchten. »Man kann nicht genug wissen!« In diesem Moment hört man die Stimme: »Ihr habt vom Baum des Wissens gegessen.« – »Ja, gegessen«, sagt Adam, »und ich werde wieder essen.« Er streckt seine Hand aus, um noch eine Frucht zu holen. Indem sinken beide seine Hände an ihm herunter und verbergen sein Geschlecht. Gleichzeitig läßt Eva die Früchte fallen und tut desgleichen. »Warum tut ihr das?« fragt Samael. »Weil wir nun sehen, daß wir nackt sind«, sagt Adam, und Eva fügt hinzu: »... und uns schämen.« Die Stimme: »Samael, mach jedem von ihnen von den Blättern des Verbotenen Baums ein Kleid.« Samael folgt dem Befehl und verfertigt eines an Eva, die es hübsch findet und mit den Händen glättet, und das andere an Adam, der nun dasteht, umschürzt mit dem Blätterkleid. Eva bricht in Gelächter aus und zeigt auf Adams Schweif, der hinten zwischen den Blättern hängt. »Geh hin zu Adam und gib ihm einen leichten Schlag darauf, daß er sich nunmehr von allen Tieren unterscheide«, hört man die Stimme. Eva tut es mit der rechten Hand und hebt ihre Linke, um dasselbe an dem vorderen Eckchen Adams zu tun. Mit einem höhnischen Schrei verhindert das Samael: »Tu das ja nicht. Das werdet ihr beide bald brauchen.« – Nun kommt die Vertreibung aus dem Paradies, wie sie im Buche steht. Eva hört das Urteil und bricht in Tränen aus. Adam tröstet sie und nimmt sie bei der Hand. Beide folgen Samael, der auch aus dem Paradies verstoßen wird, nachdem ihm zwei flammensprühende Engel fünf von seinen Flügelpaaren abgebrochen haben – eine Prozedur, die Samael mit einem Geschrei aufnimmt, das von einem Ende der Welt zum andern gehört wird, wie die Legende zu erzählen weiß.

Zweiter Kurzfilm: eine Landschaft außerhalb des Gartens. Adam und Eva sitzen vor einer Höhle am Rande eines Hochgebirges. Adam: »Wir wollen hier übernachten, und nach Sonnenaufgang werden wir weitersuchen, bis wir an einen Fluß kommen.« Eva: »Es ist hier auch schön. Die Berge und die Bäume. Die vielen Bäume. Wie wirst du das nennen, wenn so viele Bäume einen ganzen Berg verstellen?« – »Das ist wohl ein Wald.« – »Hier sind mehr Bäume, als wir bisher gesehen haben«, sagt Eva. »Eden ist eben ein Garten, und dies ist ein Wald«, sagt Adam. Eva: »Die Bäume dort waren schöner.« – »So schön wie im Garten wird es nirgendwo sein. Daran mußt du dich gewöhnen. Es ist auch nicht so leicht zu atmen hier wie im Garten.« – »Glaubst du, die Stimme wird man auch hier hören?« fragt Eva. »Das glaube ich nicht«, sagt Adam. Indem erscheint vor ihnen Samael. Er hat in einem Körbchen, aus Blättern geflochten, Gewürze aus dem Garten mitgebracht und überreicht sie Eva. »Was ist das?« fragt sie. »Es ist mir erlaubt worden, einige wohlriechende Gewürze aus dem Garten mitzunehmen.« – »Wohlriechende?« fragt Eva. »Ja, gewiß«, sagt er, »zum Beispiel Safran.« – »Ach«, ruft Eva, »das schöne Gelb! Danke dir, Samael. Aber geh nicht gleich zurück. Hier ist es nicht so heimlich.« – »Wir werden uns einfinden«, verspricht ihr Samael. »Du bleibst hier?« fragt Adam. »Ich bin doch ein Vertriebener, genauso wie ihr.« – »Du darfst nicht zurück?« wundert sich Eva. »Nur, wenn ich gerufen werde.« – »Das ist schön«, sagt Eva, »bleib mit uns.« – »Das darf ich nicht. Aber eine Zeit bleibe ich, um euch verschiedenes zu lehren.« – »Was zum Beispiel?« fragt Adam. »Zum Beispiel wie man Feuer macht. Weißt du, wie man ein Feuer macht?« – »Nein«, sagt Adam. »Natürlich nicht. Aber wie man ein Floß macht, das weißt du. Aber ein Floß wird dich nicht wärmen.« Darauf setzt Samael sich hin und zeigt ihnen, wie man mit zwei Steinen ein Feuer macht. Und das Paar schaut ihm zu und ist vom Anblick des ersten Feuers entzückt. »Das macht auch warm!« sagt Adam. »Du wirst schon sehen, wieviel Gutes das dir tun wird. Warte nur, bis die Sonne untergeht. Dann wirst du sehen, wie kalt es in dieser Höhle in der Nacht ist, wenn ihr kein Feuer macht. – Weißt du, daß man aus einem Stein ein Gerät machen kann, mit dem man schneidet?« Und ohne die Antwort abzuwarten, schleift Samael zwei Steine aneinander. Dann geht er zu einem Baum, schneidet einige Zweige ab und bringt sie an die Höhle. Dann übergibt er Adam den Scharfstein und heißt ihn, mehrere Äste abzuschneiden und herzubringen. Dann zeigt er ihm, wie man sie zu Kleinholz macht, und beide arbeiten daran, bis die Sonne gesunken ist. Dann zündet Samael ein Feuer an, und die Vertriebenen ergötzen sich am Anblick des sprühenden Feuers und an der Wärme, die in die Höhle eindringt. Adam: »Hat man dir erlaubt, uns das zu lehren?« – »Gewiß, das hat man mir, wie gesagt, befohlen. Und auch noch manches erlaubt. Aber ich werde euch auch manches lehren, was man mir nicht erlaubt hat ... Und vermutlich verbieten wird, wenn ich euch das lehre.« – »Du hast keine freie Wahl, was du tun und was du nicht tun darfst?« – »Hast du freie Wahl?« fragt Samael. Adam: »Es ist mir ja doch gesagt worden, daß ich, nachdem ich von dem Baum des Wissens gegessen, freien Willen habe und auch unterscheiden kann zwischen Gut und Böse.« – »Hat man, hat man dir gesagt?« – »Freilich.

Hast du's nicht gehört? Darum hab' ich ja gesagt: Ich habe gegessen und werde wieder essen.« – »Das stimmt«, sagt Samael, »aber das hat man dir gesagt und zu gleicher Zeit euch zum Tode verurteilt. Diese Kleinigkeit hast du vergessen.« (Höhnisch sagt er das.) »Und man hat euch so geschaffen, daß ihr zeit eures Lebens vergessen könnt, daß ihr zum Tode verurteilt seid. Du, Adam, hast ja nach menschlichem Ermessen Zeit genug, darüber nachzudenken, was ich dir eben sagte. Man hat dir neunhundertdreißig Jahre zum Leben gegeben, und ich wette mit dir, daß du in diesen langen Jahren auch eine bei weitem längere Zeit vergessen wirst, daß dir bald der Tod bevorsteht. Und diese Zeit wirst du dazu benützen, stolz darauf zu sein und dich wohl zu fühlen, daß du angeblich einen freien Willen hast. Aber wirst du freiwillig sterben? Wollen wir wetten?« – »Und ich? Und ich?« will jetzt Eva wissen, »wie lange werde ich leben? Und was werde ich fühlen?« Samael: »Was ein Weib fühlt, kann nicht einmal ich ermessen. Du wirst Kinder gebären und von einer Geburt zur andern vergessen, in wie schweren Geburtsnöten du warst, und inzwischen dich freuen, daß deine Kinder dich überleben werden.« Adam: »Woher weißt du, daß ich neunhundertdreißig Jahre leben werde?« – »Wie du das Verbot verletzt hast, haben wir Engel erwartet, daß du gleich mit dem Tod bestraft wirst. So hat es der Ewige vorbestimmt. Er sagte: Wenn er von der verbotenen Frucht ißt, wird er nur einen Tag leben. Wir haben uns gewundert, als er euch nur vom Garten vertrieben hat und ihn erinnert, daß du nach dem Vergehen nur einen Tag leben solltest. Darauf sprach der Ewige: Gewiß, einen Tag – aber einen Tag nach *meinem* Ermessen, das heißt tausend Jahre nach menschlichem Ermessen.« – »Also kommen mir noch siebzig Jahre zu.« Darauf Samael: »Die siebzig Jahre wurden dir abgezogen und für einen König vorbehalten.« – »So, so«, wunderte sich Adam, »Er denkt so weit voraus?« Samael lacht laut auf: »Er denkt nicht voraus, Er denkt nicht zurück, der Ewige lebt außerhalb der Zeit. Er weiß alles; alles was gewesen ist, alles was ist, und alles, was sein wird.« – »Wissen das alle Engel oder nur du? Bist du noch ein Engel?« fragt Adam. »Freilich. Ich bin noch ein Engel – ein verstoßener Engel, aber ein Engel.« Eva: »Du hast behauptet, daß jeder Engel die Eigenschaft hat, sich in jede Gestalt verändern zu können. Kannst du das noch?« – »Gewiß kann ich das noch.« – »Verändere dich in etwas, gleich hier«, sagt Eva.

»Sag das nicht noch einmal«, sagt Samael drohend, »ich könnte mich in etwas verändern, dessen Anblick ein Weib nicht vertragen kann. Verlang das ja nicht noch einmal.« Adam: »Wenn es so ist, wie du sagst, daß der Ewige alles weiß: das Gewesene, das Jetzige und das Kommende, muß er doch gewußt haben, daß ich mich gegen das Verbot vergehen werde.« – »Sicherlich hat er das gewußt.« Eva: »Vielleicht hat er uns bestraft, weil du ihn herausgefordert hast.« – »Wann denn?« Samael antwortet: »Wie er dich gefragt hat: Hast du vom Baum des Wissens gegessen?, hast du geantwortet: Ich habe gegessen, und ich werde wieder essen. Auch ich habe geglaubt, daß du ihn erzürnt hast, und ich habe ihm vorgehalten, warum er mich bestrafe, da *du* doch ihn herausgefordert hast. Darauf antwortete mir der Ewige, daß ihm deine Antwort zu Gefallen war. Es freute ihn, daß du weiteressen wolltest, weil du wißbegierig bist. Und das gefiel ihm. Der Mensch soll zusehn, daß er immer mehr wissen will. Immer mehr wissen. Das kann ihm die Erlösung bringen.« Adam erhebt sich, streckt seine Arme gegen den Himmel und bleibt eine Weile wie in Verzückung. Dann sinkt er in die Knie, streckt sich in seiner ganzen Länge auf der Erde hin und sagt leise: »Also bin ich nicht verflucht. Ich werde wissen. Und wieder wissen. Bis der Mensch alles weiß, was ihm zum Segen werden kann.« – »Diesen Drang werd' ich dir sauer machen«, spricht leise Samael und wird unsichtbar.

Der dritte Kurzfilm: ein schmales Tal, fast eine Schlucht, zwischen zwei wuchtigen, hohen Bergen. Kahles, nacktes Gestein in lebloser Stille. Adam und Eva damit beschäftigt, mit Steinen den Eingang zu einer schattigen Höhle einzuengen. Nach einer Weile erscheinen drei Wanderer, die in ihrem Aussehn an Samael gemahnen, aber kräftiger gestaltet und wie aus einem Material gemeißelt, das an Elfenbein erinnert und keinen Eindruck der Nacktheit macht. Also so gestaltet wie Adam und Eva vor dem Fall, hautlos. Da die drei Wanderer an Samael erinnern, erschrickt das Menschenpaar nicht. »Du hast dir da einen schönen Platz ausgesucht«, sagt der Mächtigste von den dreien. »Ja«, erwidert Adam, »hier herrscht vollkommene Stille. Man fühlt sich sicher.« – »Wir sind gekommen mit dem Auftrag, dir eine Behausung zu errichten.« – »Von wem habt ihr den Auftrag? Schickt euch Samael, unser Helfer?« – »Samael ist nicht euer Helfer«, sagt einer von ihnen, »ich bin der Erzengel Gabriel, das heißt: der mit Kraft begnadet ist.« – »Dürfen wir mithelfen?« will Adam wissen. »Das ist nicht gesagt worden. Macht einen Spaziergang, und wenn ihr zurückkommt, wird die Behausung bereitstehn.« – Adam und Eva tun, wie ihnen geheißen. Und wie sie nach einer Weile zurückkommen, steht vor der Höhle ein Haus, durchaus aus Steinplatten errichtet, mit einem Eingangstor von gleichem Gestein, aber mit einer leicht zu öffnenden und zu schließenden Platte. Die drei sitzen auf einer Steinbank neben dem Haus, als wären sie Arbeiter, die nach vollendetem Werk sich menschlich ausruhten. »Ihr werdet hier im Sommer hausen. Für den Winter wird anderswo gesorgt werden«, sagt der Erzengel. »Am liebsten würde ich hierbleiben. Für immer«, gesteht Adam. »Warum?« fragt der Erzengel. »Weil es hier so vollkommen ruhig ist. Man hat den Eindruck, als ob es immer so gewesen ist. Und immer so sein wird. Die zwei mächtigen Berge stehen unbeweglich einander gegenüber. Sie sehen sich nicht. Sie hören sich nicht. Sie werden ewig so dastehn. Ich habe erst hier verstanden, warum man mir sagte, daß man den Schöpfer am besten ›der Ewige‹ nennt«, sagt Adam. Darauf Eva: »Du hast diesen Eindruck, weil man dir versprochen hat, daß du tausend Jahre leben wirst. Und du hast das Wort dafür gefunden. Mir sagt das Wort nichts, weil ich weiß, daß ich bald sterben werde. Wir haben auf dem Wege hierher einen toten, halbangefressenen Vogel gesehn. Und jetzt weiß ich, was Totsein ist.« – Das weiß ich auch«, sagt Adam, »trotzdem lehrte mich die Ruhe dieser Berge etwas, was nur mit dem Wort ›ewig‹ getroffen wird.« – »Ich werde das berichten. Wir sind nicht berechtigt, das zu verschweigen.« – »Was«, fragt Adam, »was darfst du nicht verschweigen?« – »Ich darf nicht verschweigen, daß du, obgleich ein Sterblicher, begriffen hast, was Ewigkeit bedeutet.«

Der vierte Kurzfilm: Adam und Eva am Meer. Überm Meer ist starkes Sonnenlicht, der Himmel blau und klar. Selbst für Menschenaugen ist es leicht, weithinaus in die Ferne zu blicken. »Hier wird es euch nicht schwerfallen, im Winter zu hausen. Hier kannst du leicht ein Haus errichten«, sagt Erzengel Rafael. »Vielleicht leichter als im Gebirge«, fragt Eva, »wo alles Gestein war?« – »Gewiß. Hier habt ihr Schilf am Strand, sanfte Dünen, und was ihr noch braucht, wird das Meer euch zubringen und am Strand liegenlassen.« – »Das Wasser kommt und geht?« fragt Adam. »Die Wellen kommen und gehen, kommen und gehen, regelmäßig, im Abstand. Ihr werdet mit der

Zeit erlernen, wann sie kommen und wann sie gehen, wie oft sie kommen und wie oft sie gehen.« – »Die Wellen strömen nicht, wie im Fluß, im Garten. Sie schwellen hoch an, verlieren sich scheinbar im Sand, dann gewinnen sie wieder Kraft und strömen zurück. So ist es hier am Strand. Wie ist es in der Ferne, wo sie herkommen?« fragt Adam. »Auch in der Ferne schwellen sie hoch und fallen zurück in beständiger Bewegung.« – »Beständige Bewegung, ohne aufzuhören? Wie weit reicht das Wasser?« – »Sehr weit«, sagt Rafael, »weiter, als dein Auge sehen kann.« – »Es hört nicht auf?« fragt Adam. »Nein. Das Wasser hört in Bewegung nicht auf.« – »Wie im Gebirge das Ruhen nicht aufhört«, sagt Adam nachdenklich, »so hört hier die Bewegung nicht auf. Dort ist die Ruhe ewig. Hier ist die Bewegung ohne Ende. Unendlich. Dort ist die Ewigkeit. Hier ist die Unendlichkeit.« – »Das hast du gut benannt. Das werde ich berichten.« – »Warum müßt ihr alles berichten?« sagt Adam, »im Gebirge sagte der Erzengel Gabriel: Das muß ich berichten. Und jetzt sagst du dasselbe.« – »Ich weiß nicht, warum Gabriel das gesagt hat. Ich will es berichten, weil ich vermute, daß es den Ewigen freuen wird. Erinnerst du dich nicht, Adam, wie der Ewige Gefallen daran fand, daß du die Tiere so gut benannt hast?« – »Das werden wir erst sehen«, läßt sich plötzlich eine höhnische Stimme hören, und Samael erscheint. »Ich habe meine Bedenken. Und ich werde auch berichten.« Rafael, sehr sanft, aber entschieden: »Du kannst erst berichten, wenn man dich ruft. Ich kann meinen Bericht gleich erstatten.« – »Das weiß ich«, sagt Samael, »ich bin gestürzt und muß hierbleiben, bis ich gerufen werde. Bis dahin werde ich meinen Schützlingen helfen, ihr Winterhaus zu bauen.« Rafael, indes er entschwindet – man hört nur seine Stimme: »Adam, Adam! Samael ist dein Schutzengel nicht. Leider hat er die Befugnis, sich zu verstellen.«

Zum Schluß bedankten sich alle bei Signor Dreossi. Dr. Kocska konnte es nicht unterlassen, ihm die zudringliche Frage zu stellen, warum er sich nicht genau an den Text der Bibel halte. Signor Dreossi überhörte die Taktlosigkeit der Frage und antwortete ihm in freundlicher Weise: »Der Bibel geht es um die Verherrlichung Gottes. Mir kommt es darauf an, den Menschen zu verherrlichen. Ich erlaube mir, auf der Seite des Schwächeren zu sein.«

Der zweite Vortrag von Aradi fand auch vor eigens geladenen Zuhörern statt. Er begann, wie der erste, mit der These: »Der Bereich des Todes ist gottlos. Nicht die Toten loben Gott.« Dann brachte er wieder Zitate, die seine These unterstützten, und zum sichtlichen Vergnügen des Wegweisers kam hin und wieder ein Zitat in hebräischer Sprache. Er sprach diesmal hauptsächlich über die großen Propheten. Zum innigsten Vergnügen der Hörer machte er mit der deutschen Bibelforschung des neunzehnten Jahrhunderts und ihren Folgen kurzen Prozeß. Er polemisierte nicht. Er machte nur die Feststellung – nicht ohne ernstgemeinte Komplimente für den deutschen Fleiß –, daß ihr kritischer Tiefgang ein Triumphzug auf dem Holzweg war. Er zitierte auch den Satz Renans: »Das Christentum ist das ins Universum projizierte Judentum.« Eine der wichtigsten Thesen seines Buches ist: »Die Geschichte Israels beweist, daß ein Volk, das die soziale Frage lösen will und ernstlich darangeht, zugrunde gehen muß. Darum mußte Israel zugrunde gehn.« Aradi erwähnte auch folgendes: »Ein Verehrer dieses großen französischen Historikers fragte ihn, warum er, ein so tiefer Kenner und Bewunderer der griechischen Zivilisation, sein Lebenswerk dem Studium Israels gewidmet habe. Renan gab ihm zur Antwort: Er habe recht zu denken, daß diese zwei Völker, die Griechen und die Juden, die zwei wichtigsten Völker für die Zivilisation der Menschheit sind. Wenn er zwei Leben zur Verfügung gehabt hätte, so sagte Renan, hätte er eines den Juden und eines den Griechen gewidmet. Da er aber nur ein Leben hatte, wählte er Israel, weil dieses Volk wichtiger ist als selbst die Griechen.«

Zum Schluß des Vortrags kam Aradi natürlich zu dem bestellten Thema zurück: Tod dem Tode. Er zitierte den seiner Ansicht nach größten aller Propheten, dessen Herz die tönende Glocke der Menschheit ist: den Propheten Jesaja, der dem Begriff »Menschheit« erst Inhalt gegeben hat. Das Zitat erschreckte mich zutiefst. Wieso habe ich es nie gehört? Wieso habe ich es übersehen? Oder wie hat man es mir wegargumentiert? Das Zitat lautet – ich habe es nachgeprüft –: *Der Tod ist ein Fleck an der Schöpfung*. Ein Makel?! Ein Schandfleck?! Ich bin ein schwacher Theologe. Es ist nicht meine Schuld. Ich habe nur geringes Talent für die Theologie. Ich muß mich hier, in Edenia, bei dem Häretiker Aradi erkundigen. Er ist ein guter Freund. Er wird mir die Wahrheit sagen. Der Prophet Jesaja findet an der Schöpfung einen Makel?

Aus den Aufzeichnungen von Nagyvaradi

Offen gestanden, beim ersten Vortrag meines Freundes Aradi war ich gar nicht dabei. Ich habe für Vorträge nicht viel übrig. Wenn einer was sehr Wichtiges zu sagen hat, wird man es drucken. Und wenn man es erst nach meinem Tode druckt, das geht a conto meiner Versäumnisse. Wenn man stirbt, versäumt man so manches. Aber man hat so viel über den Vortrag geredet, daß ich zum zweiten hingegangen bin. Ausschlaggebend für diesen Entschluß war das Wetter. Es hat nämlich an diesem Tage plötzlich angefangen zu regnen. Das ist hier eine große Seltenheit. Das wollte ich nicht versäumen, denn ich hab' mich schon nach Regen ein bißchen gesehnt. Also ging ich im Regen langsam zum Vortrag, sehr langsam, um nichts von dem Regen zu versäumen, was mir gelungen ist. Meine Aufmerksamkeit war geteilt: meine Ohren hörten den Vortragenden, aber meine Augen interessierten sich mehr für den Mann, der neben dem Vortragenden saß, den Wegweiser. Ich hatte mir einen alten Mann mit einem langen Bart vorgestellt, und auf den ersten Blick war ich enttäuscht. Ich hab' nicht gern, wenn ein ›Wegweiser‹ jünger ist als ich. Und das ist er sicherlich. Aber je genauer ich ihn mit meinen Augen abmaß, desto mehr lenkte er mich von dem Vortragenden ab. Ich weiß nicht, welchen Eindruck er macht, wenn er steht. Aber wie er da saß, war er geradezu entzückend. Ich habe noch selten bei einem Mann ein so reines Gesicht gesehn: eine klare Stirn, eine feingeschnittene Nase, starke, kluge und dennoch gütige braune Augen, ein gut gezeichnetes Kinn und einen ausdrucksvollen Mund. Daß ich dem Vortrag dennoch folgte, habe ich ihm zu verdanken, denn er steckte mich mit seinem genießenden Zuhören an. Nach dem Vortrag stellte mich Mr. Condon dem Wegweiser vor. Und wie er mich mit ein paar freundlichen Worten begrüßte, entzückte mich seine Stimme, und ich dachte: Auch das noch! Im stillen bin ich geradezu stolz darauf, daß ich in der Beschreibung seines Gesichtes schon das Wort ›klar‹ gebraucht habe. Aber wenn ich es gewußt hätte, so hätte ich es mir für seine Stimme aufgespart. Ich habe einen solchen Ausdruck von einer Stimme noch nie an einem Mann noch an einer Frau erlebt. Nur bei Knaben vor dem Stimmwechsel – – und auch nur, wenn sie singen. Aber das ist nur eine physische Wirkung. Bei dem Wegweiser aber ist es geradezu eine, ich möchte fast sagen, moralische Eigenschaft. Auf dem Heimweg haben wir alle, wie auf Verabredung, über seine Stimme gesprochen, und Frau Toschka war es, die damit begonnen hat.

Aus dem Tagebuch des Dr. Aradi

Nach dem Vortrag waren wir alle zum Abendessen bei Mr. Condon eingeladen. Das Tischgespräch, namentlich nach dem Hauptgericht, war eigentlich ein Zwiegespräch, oder besser gesagt ein Dialog, zwischen dem Wegweiser und mir. Ich werde den Inhalt nur skizzieren. – Der Wegweiser wollte zunächst von mir wissen, ob es eine offizielle hebräische Auffassung gibt, wenn ich Jesaja den größten aller Propheten nenne. Ich verneinte das und meinte, daß kein orthodoxer gelehrter Jude je zugeben würde, daß es einen größeren Propheten gäbe als Moses. Und wie es im Buche steht, haben sie ja recht. Denn der Lehre nach ist es einwandfrei. Und selbst unzulässigerweise, säkular – oder, noch weniger zulässig, literarisch – gesprochen, ist Moses das Vorbild für alle, die nach ihm gekommen sind. Er hat ihnen allen die Zunge gelöst. »Und«, fügte ich wörtlich hinzu, »wenn ich mir erlaubte, Jesaja so groß wie keinen andern zu nennen, so war es meine Herzenssache in Huldigung seiner kühnsten Kritik an der Schöpfung: gegen den Tod zu sprechen.« – »Es liegt mir daran, noch weiter mit Ihnen über Jesaja zu sprechen«, sagte der Wegweiser. »In Kapitel 25, Vers 8, heißt es auch: ›Denn Er wird den Tod verschlingen ewiglich, und der Herr wird die Tränen von allen Angesichtern abwischen und wird aufheben die Schmach Seines Volkes in allen Landen. Denn der Herr hat es gesagt.‹ Wie soll man das deuten? Ich nehme an, daß es viele Kommentare über diesen Satz gibt. Sie kennen doch gewiß welche? Aus dem Talmud vielleicht?« – »Überschätzen Sie meine Kenntnisse nicht«, sagte ich, »ich habe mich zu diesem Vortrag vorbereitet, und ich bin kein Kenner des Talmuds. Aber es wird Sie vielleicht interessieren, einen Kommentar zu hören von einem bedeutenden Kabbalisten aus unserer Zeit.« – »Gibt es jetzt noch Kabbalisten?« wunderte sich der Wegweiser. »Noch vor einigen Jahren wäre ich ebenso erstaunt gewesen wie Sie, das zu hören. Aber die Verbannung hat mich in einer Stadt, wo ich das nicht im entferntesten erwartet hätte, eines Besseren belehrt. Ist es nicht merkwürdig, daß ich in der Stadt New York, von der ich in Europa geglaubt habe, daß es dort nur Wolkenkratzer gibt, die Bekanntschaft von Männern gemacht habe, die gründliche Kenner der Kabbala sind? Von ihnen hörte ich zum ersten Mal den Namen Abraham I. HaCohen Kook, den sie den bedeutendsten Kabbalisten unserer Zeit nannten. Ich habe zunächst verstanden, er sei der größte Kenner der Kabbala, etwa ein Professor, der ein Mann der Kabbala ist. Er ist im Jahre 1935 gestorben. Er war der Großrabbi in Jerusalem. Ich habe im Laufe der Jahre einiges von ihm gelesen, darunter auch einen Kommentar für diese Stelle aus dem Buch Jesaja. Rabbi Kook kommentiert den Satz, den Sie eben zitiert haben, folgendermaßen: ›Der Tod ist ein Fleck an der Schöpfung. Israel ist berufen, diesen Fleck zu beseitigen. Es wird geschehen folgendermaßen: Kosmische Erlösung wird zu sozialer und zu nationaler Erlösung des Volkes Israel führen. *Er wird den Tod für immer verschlingen* – das ist die kosmische Erlösung. *Er wird die Tränen abwischen von allen Gesichtern* – das ist die soziale Erlösung. *Er wird die Schmach Seines Volkes aufheben* – das ist die nationale Erlösung.‹« Der Wegweiser wiederholte die Worte »Er wird die Tränen abwischen von allen Gesichtern« mehrere Male, als wollte er sie sich einprägen. Dann fügte er mit leiser Stimme hinzu: »Wo kann man noch solche Sätze lesen? Nur in dem Alten Buch: Wenn ein Armer seinen Mantel als Pfand überläßt, gib ihm den Mantel nach Sonnenuntergang zurück. Denn in der Nacht wird er nicht schlafen können und frieren und weinen. Und Ich werde ihn hören.« Ich folgte seinen Gedanken und setzte hinzu: »So spricht ›der Gott der Rache‹. Das ist der Gott der deutschen Bibelforscher. Der barmherzige Gott heißt dann bei ihnen Elohim.« – Ich habe mit dem Wegweiser viele Stunden verbracht, bis ich dahintergekommen bin, daß er im Alten Buch sich besser auskennt als ich. Der Grund, warum es gedauert hat, ist, daß er in vielen Sitzungen mich in bescheidenster Weise befragte und meine Antworten immer hinnahm. Daß ich das Althebräisch beherrschte, entzückte ihn so, daß er alle meine Mängel nicht bemerken wollte. Aber wie er mit den Fragen aufhörte und nicht mehr Zuhörer war, brauchte ich nicht lange, um einzusehn, daß er nicht nur ein bedeutender Theologe, sondern auch ein hochgebildeter Philosoph war. Sehr bald zeigte er, wie tief seine Abneigung gegen pessimistisches Denken war. Er macht gründlichen Unterschied zwischen gesundem – oder wie er sagt: männlichem – Pessimismus und dem angeblich mitleidenden, quasi-humanen Pessimismus. Das zeigte er ganz offen. Wie er auf den Existentialismus zu sprechen kam, zeigte er kurze und entschiedene Mißachtung: »Eine kalte Verzweiflung, die sich derweilen am Kommunismus ein bißchen anwärmt, ist mir zuwider. Wenn schon Pessimismus, dann gesunder, männlicher, wie im Ecclesiastes. Oder wie unser Leopardi: ›Wir wissen nichts. Wir sind nichts, und wir haben nichts zu hoffen. Alles ist eitel.‹ Keine Pflästerchen.« In all seiner Anmut und aller Klarheit seiner Stimme äußert er auch gelegentlich eine Absage an die Theologie. Auch an die ganz große. Hier fragte ich, nicht mit gespielter, sondern mit echter Unsicherheit: »Und Thomas von Aquino?« – »Das ist groß, tief und hoch. Aber wie ich zu seinem offenen Bekenntnis kam, wo er zugibt, daß er nicht einmal an die Evangelien glauben würde, wenn die Evangelien nicht von der Kirche autorisiert wären, war ich nicht mehr so gläubig wie wißbegierig, und ich sagte mir: Da steht einer, ein Riese an Einsicht. Und er sagt mir: Jetzt zeige ich dir alle Welten. Und legt eine schwarze Brille an und zeigt sie. Nun, ein Theologe hat ein Recht dazu. Er hat seinen Glauben. Aber es geht auch manchmal in der Philosophie verwirrend zu. Nehmen wir einen von den Vätern des Existentialismus: Heidegger. Wenn man ihn liest, riecht's bei ihm in allen Ecken nach Philosophie. Aber im Grunde ist es Verwirrung. Ich habe einmal einen Vortrag über das Thema ›Was ist ein Kunstwerk?‹ gehört. Es roch auch hier von Anfang an bis zum Schluß nach Philosophie. Aber kurz ausgedrückt, war es: Ein Kunstwerk ist eine Lüge, ein Kunstwerk ist die Wahrheit. Beides zugleich, beides in einem Male.«

Aus dem Tagebuch des Postministers

Eine Überraschung: einer von uns ist schon ein entschiedener Edenianer. Und gerade der, von dem wir es am wenigsten erwartet hätten. Unser Karikaturist und Kommunist ist der erste! Der Filmmacher hat ihn eingefangen. Er hat ihm von dem neuen Film erzählt, den er erst angefangen hat. Er hat nur die Geschichte. Wieder eine biblische Geschichte. Stellt euch vor, der Kommunist wird die Bibelgeschichte zeichnen. Er ist ganz begeistert und redet von nichts anderem. Er hat schon einen Vertrag und entwirft schon Zeichnungen. Er will die ganze Geschichte nicht erzählen, aber ist so erfüllt davon, daß er nicht alles verschweigen kann, obwohl ihm verboten ist, darüber zu reden. Er hat mir schon im Vertrauen den Titel gesagt: Kain und Abel. Er hat es mir schon im ersten Gespräch darüber verraten. Bald darauf erzählte er mir sozusagen Skandalgeschichten aus dem Paradies. Adam war nicht der Vater von Kain. Eva hat ihn betrogen und hat sich mit dem Satan eingelassen. Als sie das Kind zur Welt brachte, konnte sie sich nicht enthalten, ihren Triumph auszurufen: »Ich habe einen Sohn geboren! Einen Engel vom Himmel! Wie sein Vater! Er ist auch so schön!« Was sagt man dazu! Unser Karikaturist dringt in die Geheimlehre, die unsere Bibel verschwiegen hat. Ich bin schon sehr neugierig, was weiter kommt.

Nach der Meinung des Karikaturisten wird es ein Lehrfilm. Ein Paradigma der Konkurrenz und ihrer Folgen in der Geschichte der Menschheit. Weiter will er nichts verraten. Ich muß sagen, er hat mich auf den Film neugierig gemacht.

Aus dem Tagebuch des Dr. Kocska

Ich habe den Edenianern Unrecht getan: sie haben doch eine Art Bethaus. Es befindet sich in dem Mittleren Dorf, das Edenia II heißt. Es gibt drei: Edenia, Mittel-Edenia oder Edenia II, und Ober-Edenia oder Edenia III. Hier war ich zum ersten Mal. Dieses Dorf ist architektonisch anders angelegt als Edenia I, nicht in die Runde gebaut. Hier ist das Zentrum ein großes Gebäude, zweistöckig und klar umrissen. Von dem Zentrum gehen dann strahlenmäßig breite Gassen ab, manche mit offenbar absichtlichen Krümmungen und Biegungen, wie in alten Städten. Die Gebetsräume befinden sich im zweiten Stock des großen Hauses. Es gibt drei Säle. Keiner hat einen religiösen Charakter, weder in der Ausstattung noch in Symbolen. Eigentlich sind es drei Räume für Meditation. Im Hintergrund des

Hauses befindet sich ein großer Baumgarten mit Bänken und kleinen Sesseln, und in einer Ecke eine Tribüne, wo wie im Hydepark in London ab und zu Redner auftreten. Sie predigen nicht. Aber jeder kann nach Belieben das Podium betreten und, wie im Hydepark, so lange reden, bis Zuhörer sich ansammeln. Meistens reden sie gegen die Übel der materiellen Zivilisation und die Gefahren für die Gesundheit in den sogenannten Kulturländern der Welt. Ich habe selbstverständlich, nachdem ich einige Reden gehört hatte, versucht, ostentativ eine religiöse Predigt zu halten. Ich habe zuerst Aufsehen befürchtet, dann – offen gestanden – erwartet, aber nichts dergleichen bemerkt. Ich war nun schon einige Male hier, und es scheint wirklich Redefreiheit die Regel zu sein, und nicht das geringste Interesse für Predigten. Aber auch kein Widerspruch.

Aus dem Tagebuch des Postministers

Unser Karikaturist ist von dem Film, an dem er mitarbeitet, so hingerissen, daß er gegen sein Vorhaben, darüber zu schweigen, bei jeder Begegnung mit mir darüber spricht. Ich muß sagen, ich bin schon selbst neugierig. So nebenbei erfahre ich Erstaunliches. Zum Beispiel, daß mit der Geburt der Söhne des ersten Menschenpaares jedem der zwei Knaben je ein Mädchen mitgeboren wurde, gleichsam als Beilage, da ja der Mann nicht allein sein soll. Die hebräische Bibel verschweigt das Beiläufige. Sie verläßt sich offenbar auf die Legende, die in Jahrtausenden mündlich überliefert wurde. Die Bibel überläßt das Vermutliche sozusagen dem Volksspürsinn, es zu finden, und dem Volk, es zu sagen. Die Legende erzählt auch, daß schon der Knabe Kain mehr Gefallen an dem Schwesterchen Abels fand als an seiner eigenen. Sein Herz war offenbar von Geburt an mit Neid beladen. Er, später der Ackermann, warf dem Bruder Abel, dem Hirten, vor, daß dessen Schafe von seinen Wiesen aßen und von seinen Äckern naschten. Der arglose Abel hält ihm vor: »Es sind doch *unsere* Schafe, *unsere* Äcker und *unsere* Wiesen. Die haben wir von unserm Vater.« – »Von welchem Vater?« fragt zornig Kain. »Von unserm Vater im Himmel und von unserm Vater auf Erden.« – »Was habe ich von deinen Schafen?« fragt Kain. »Du hast wie ich, wie wir alle, die Wolle für unsere Gewänder.« – Zum Zwist und

Zerwürfnis und zum Brudermord kam es erst anläßlich der dargebrachten Opfer. Daß der Rauch von Abels dargebrachtem Opfer höher stieg, konnte Kain nicht mehr vertragen. Er fiel über den Bruder her, wurde aber leicht abgestoßen, denn – hier erfahren wir etwas, was die Bibel auch verschweigt – Abel war der Stärkere. Da er aber sanften Gemütes war, begnügte er sich damit, daß er den Kampfhahn abstieß und sich wegwandte. Da lief Kain zu dem Haufen Steine, die er vorbereitet hatte, und fing an, den Bruder mit Steinen zu bewerfen. Da er aber nicht wußte, welches Glied des menschlichen Körpers das empfindlichste ist, bewarf er den Bruder so lange mit Steinen, bis ein Stein den Nacken traf und ihn tötete. Also ist die Geschichte von Kain und Abel die biblische Parabel vom Neid, der zum Wettbewerb, zur Konkurrenz, zu Kriegen, zu Eroberungen führt. Mißverstand, Jahrtausende überdauernd, verhinderte die Menschheit, die Lehre dieser Parabel zu beherzigen. Ich verstehe jetzt, warum unser Freund Varadi, der Karikaturist, seinen ganzen Eifer an diesen Film setzt. Wir sind schon alle sehr neugierig auf diesen Film. Da unser Dr. Aradi an dem Script mitarbeitet, wird das fast sozusagen ein ungarischer Film werden. Wie sagt ein berühmter Rabbi: »Chuzpe wird sich auch im Himmel durchsetzen.«

* * *

Der kleine Mann mit dem dichten Bart, der sich mit unserem Postminister angefreundet hat, verbrachte wie dieser seine frühen Morgenstunden am Meeresstrand. In den kühlen Nachmittagsstunden saß er in der Bibliothek und bereitete Material für eine Vorlesung vor. Man nannte ihn »der bittere Statistiker«. Seine Vorlesungen, weil sie sehr selten waren, erfreuten sich einer zahlreichen Zuhörerschaft, obwohl er immer nur Variationen zu einem Thema vorlas. Seine Verbitterung richtete sich gegen einen ganzen Kontinent, gegen Europa – namentlich gegen den Westen, dem er alle Verbrechen gegen die Zivilisation ankreidete.

Diesmal kam er mit dem Entwurf zu einer Statistik über die Opfer der zwei Weltkriege. Er las einmal – so fing er diesmal seine Vorlesung an – in einer Geschichte des Römischen Imperiums, daß die Bevölkerung dieser damaligen Weltmacht etwa fünfundfünfzig Millionen betrug. Dabei bemächtigte sich seiner ein Gedanke, der ihn wie eine *idée fixe* während seiner Spaziergänge am Strand nicht mehr losließ. Es fiel ihm nämlich ein, daß die zwei Kriege in Europa ungefähr dieselbe Zahl an Opfern erreicht haben. Dabei hatte er das Gefühl, daß es etwas anderes bedeutet, wenn man den trockenen Satz aufschreibt: Die zwei Weltkriege vernichteten fünfzig Millionen Menschen, als wenn man sagt: Die zwei Weltkriege kosteten so viel Menschenleben, wie das ganze Römische Imperium ausmachte. Jener Satz ist Statistik, dieser ist ein Grauen.

Dr. Kubin war sich dessen bewußt, daß er zwar bitter sei, aber kein Statistiker vom Fach. Da er seinen Gedanken fachmäßig zu begründen gedachte, richtete er eine Anfrage an einen ihm persönlich bekannten Statistiker. Die Anfrage lautete: Wäre es eine Marotte meinerseits, wenn ich mir einbilde, daß im christlichen Europa in diesem unsern Jahrhundert im Verlauf von etwa vierzig Jahren so viele Millionen Menschen umgekommen sind, wie das ganze Römische Imperium auf seinem Höhepunkt ausmachte – etwa fünfzig bis fünfundfünfzig Millionen? Es dauerte eine Zeit, bis er die Antwort erhielt.

»Die Antwort begann mit dem Satz: ›Da ich hier keine statistischen Unterlagen habe, habe ich nicht sofort geantwortet. Da ich über die letzten zehn Jahre sehr unvollständig orientiert bin, verzögerte ich die Antwort. Ich schrieb nach Berlin, nach Paris, nach Holland, und fragte nach den genauen Ziffern, die zu einer solchen Statistik nötig sind. Die Antwort war von allen Seiten: Nein, sie haben keine genauen statistischen Daten.‹ Hernach folgte seine Schätzung. Statistische Daten müßten sich auf Folgendes beziehn: *1. Kriege.* a) Gefallene, b) Seuchen, c) an Hunger Gestorbene, d) an Mord Verstorbene – Juden und Nichtjuden, e) Verschollene; *2. Revolutionen.* a, b, c, d, e wie sub 1. – Was den Ersten Weltkrieg betrifft: Österreich, Deutschland und England haben über die Frontverluste berichtet. Aber Rußland hat nie berichtet, Frankreich hat nichts mitgeteilt und Italien auch nicht, von Polen, Jugoslawien und Rumänien nicht zu reden. Der Statistiker erinnert sich nicht, je etwas über die Verluste von Belgien und Holland gelesen zu haben. ›Wenn Sie sich auf Zahlen stützen wollen, rate ich Ihnen: tun Sie das nicht. Was Schätzung anlangt, würde ich meinen: sechzig Millionen in Europa, wie Sie vermuten. Dazu müßte man Sibirien rechnen wegen der Millionen Russen, Polen, Ukrainer usw., die dorthin geschickt wurden und dort zugrunde gegangen sind. Ich würde meinen, daß Sie die Verluste unterschätzt haben. Ich schätze, daß allein in Rußland die Kriegs-, Revolutions- und Bürgerkriegsverluste die Höhe von fünfzig Millionen zwischen 1900 und 1973 erreicht haben.‹ – Der Statistiker erwähnt zu allen diesen Punkten auch die Verluste der Juden durch Mord, durch Hunger, durch Krankheiten usw. und kommt zu dem Schluß, daß ich, Kubin, die Verluste um etwa fünfundzwanzig Millionen Menschen unterschätzt habe. Er würde die Zahl von vierundsiebzig Millionen für annähernd richtig halten. – Was die Verluste der Juden betrifft: man weiß von den sechs Millionen, die von den deutschen Nazimördern umgebracht wurden. In seinem Buch *L'Homme révolté* erwähnt Albert Camus die Ziffer sieben Millionen; in einem Nebensatz, weil er ja schon in der Einleitung warnt: On ne s'en indignera pas ici …* Vielleicht war er besser informiert als die, die bei der Zahl von sechs Millionen mit dem Zählen aufgehört haben. – Von den Juden, die vor der Epoche der Mordfabriken in Europa zugrunde gegangen sind, sprechen selbst die Juden nicht. Man hat vergessen, daß in Deutschland im Ersten Weltkrieg zwölftausend Juden gefallen sind. Für die österreichischen, französischen, englischen Juden, die gefallen sind, habe ich auch keine Statistiken, und wie viele Juden in Revolutionen und Konterrevolutionen zugrunde gegangen sind, weiß kein Mensch.«

Der kleine Dr. Kubin las das alles sachlich und eher monoton aus einem Manuskript. Zum Schluß glättete er seinen Bart, sah sich im Auditorium harmlos um und fügte zum Abschluß seinen Ausführungen diesen offenbar improvisierten Satz hinzu: »Wenn man bedenkt, daß Europa der einzige Kontinent ist, der fast gänzlich eine christliche Bevölkerung aufweist mit einem ganz geringen Prozentsatz von Einwohnern jüdischen und moslemischen Glaubens, wäre das einer gründlichen Betrachtung wert, was aber schon die Sache eines professionellen Historikers wäre.« – Darauf erklärte der junge Mann, der Dr. Kubin zu Beginn eingeführt hatte, daß der Vorleser bereit sei, Fragen von Zuhörern zu beantworten.

Wie immer in solchem Falle, trat zunächst eine Stille ein, als müßten die Zuhörer erst still beraten, wer als erster mit den Fragen anfangen sollte. Zur Überraschung aller ungarischen Gäste erhob sich als erster Dr. Kocska von seinem Sitz und fragte in nicht zu

* Man wird sich hier nicht darüber entrüsten …

sanftem Ton: »Herr Doktor Kubin, wie kommen Sie zu dem Gedanken, die Zahl der Verluste in diesem Jahrhundert in Europa mit der Zahl der Bevölkerung des Römischen Imperiums zu vergleichen?« – »That is a good question«, antwortete Dr. Kubin, als hätte er die Frage mit Vergnügen gehört. Und er wiederholte: »That's a good question. Diesen Gedanken habe ich dem chinesischen Volk zu verdanken. Es geschah in dem Jahr, da das kommunistische China die brüderliche Freundschaft mit dem kommunistischen Sowjetrußland ganz offen gebrochen hat. Dieses Ereignis haben alle Blätter der sogenannten zivilisierten Welt mit freudigem Hohn aufgenommen. Je christlicher die Zeitungen gesinnt waren, desto größer war der Hohn. Ich bin ein Christ und hab' mich sehr gewundert. Seit fünfzehnhundert Jahren ungefähr führen die Christen in Europa blutige Kriege gegeneinander. Das hat man im Lauf der Jahrhunderte als selbstverständlich angenommen. Die Gesetze der Moral galten für die Christen nur privat. Zwischen den Staaten gab es keine Moral. Da konnte es vorkommen, daß ein christlicher Staat mit dem anderen aus tausend Gründen Krieg führen kann. In neuester Zeit galt die nationalistische Moral, die ein deutsches Sprichwort am besten charakterisiert: Und willst du nicht mein Bruder sein, so hau' ich dir den Schädel ein! Das war der Leitfaden der europäischen christlichen Völker untereinander. Im achtzehnten Jahrhundert ereignete es sich, daß drei große christliche Mächte über einen damals schwachen christlichen Staat, Polen, hergefallen sind, ihn in drei Teile zerschnitten und vergnüglich teilten: das protestantische Preußen, das orthodoxe Rußland und sogar das erzkatholische Österreich, das ungefähr ein Jahrhundert vorher von einem ritterlichen polnischen König, Jan Sobieski, vor den Türken gerettet wurde. Ob das die Zeitungen, die es schon damals gab, mit Entrüstung aufgenommen haben, weiß ich nicht zu sagen – sicherlich nicht mit Hohn. Warum, fragte ich mich, ergießt sich der christliche Hohn über China und Sowjetrußland, die zwei kommunistischen Bruderstaaten? Ist der christliche Glaube eine schwächere Bindung zwischen den Völkern als der Glaube an Karl Marx? Offenbar glauben es die Christen – warum sonst der Hohn? Diesem Gedanken folgend, flog mir auch eines Tages die Frage zu: Wie war es, wie ging es unter den Völkern Europas in vorchristlicher Zeit zu? Ich kam bald zu der Einsicht, daß mit der Christianisierung der europäischen Völker die Kriege nicht abgenommen, sondern zugenommen haben. Freilich gibt es da keine sicheren Zahlen. Aber wir haben heute gesehen, daß wir in unserer Zeit auch nur auf Schätzungen angewiesen sind, obwohl die Statistik geradezu eine Wissenschaft geworden ist.« – »Herr Doktor Kubin«, sagte darauf Dr. Kocska, »ich zweifle nicht daran, daß Ihre Ausführungen richtig sind. Aber ich weiß, daß die Kaiserin Maria Theresia Tränen vergossen hat über die Zerstücklung eines so erzkatholischen Staates wie Polen.« Hier mischte sich Aradi ein und hatte einen Heiterkeitserfolg, als er Kocska belehrte: »Es ist wahr, daß die Kaiserin und Königin geweint hat. Aber nicht, weil ihr Polen so leid getan hat. Sie haßte den protestantischen König von Preußen und glaubte, daß er Österreich hereingelegt und für Preußen das beste Stück Polens annektiert hatte. Sie glaubte selbst ihrem hochbegabten Außenminister nicht, der dem preußischen König wohl an Schlauheit gewachsen war. Und sie schickte post festum ihren Beichtvater nach Galizien – so benannte man das Stück Polen, das Österreich zugefallen war –, das Land zu erforschen. Der Beichtvater kam zurück und meldete ihr: ›Galizien ist ein Land voll Läusen und Juden.‹ *Da* weinte die Kaiserin. Und die Historiker teilen nicht mit, ob sie die Läuse oder die Juden mehr erschreckt haben. – Aber du bist ja von deiner Frage abgewichen. Du wolltest von Doktor Kubin wissen, warum er die Zahl der Kriegsopfer in den letzten vierzig Jahren mit der Zahl der Bevölkerung des Römischen Imperiums vergleicht. Wenn mir der Vorleser erlaubt, werde *ich* dir die Frage beantworten, damit hier nicht der alte Zwist zwischen Tschechen und Ungarn die balsamische Atmosphäre verdirbt.« – »Bitteschön, bitteschön«, beeilte sich Dr. Kubin friedfertig zuzustimmen. »Ich glaube, es war ein sinnvoller Einfall von Doktor Kubin, diese Ziffern zu vergleichen. Man muß auch Ziffern qualifizieren, um manche erschreckende Ziffern nicht durch ihre Abstraktion in Vergessenheit geraten zu lassen. Fünfzig Millionen machen keinen Eindruck mehr in unserer Zeit, wo ein Millionär uns fast wie ein Pauper anmutet, da es schon Billionäre gibt. Aber als Doktor Kubin hier erwähnte, daß in Europa so viele Menschen in vierzig Jahren als Opfer der Kriege gefallen sind, wie sie die ganze Bevölkerung des Römischen Imperiums ausmachte, gab es mir auf der Stelle einen Ruck. Mir gab es einen Ruck, obwohl ich jetzt schon geneigt bin anzunehmen, daß die Zahl, die der Statistiker Doktor Kubin mitgeteilt hat, um gut dreißig Millionen die Bevölkerungszahl des Römischen Imperiums sicherlich übertrifft.« – »Mir gab es auch einen Ruck«, sprach Dr. Kocska, »und darum hab' ich die Frage gestellt. Aber was hat das für einen Sinn, entsetzliche Vorkommnisse in der Geschichte zu beleben. Genügt es nicht, wenn man sie in Ziffern ausdrückt?« – »Nein«, sagte Aradi, und: »Nein«, beeilte sich Dr. Kubin zu bekräftigen. »Die menschliche Natur ist ohnehin geneigt, das Böse zu vergessen«, meinte Dr. Aradi, »und das mag biologisch gut sein. Aber es ist auch ein Grund, daß das Böse, weil es vergessen wird, fortlebt und sich wiederholt. Und das ist moralisch verwerflich und historisch verderblich.«

»Die himmelschreiende Gewalttat an dem polnischen Volk hatte verderbliche Folgen für ganz Europa«, setzte Dr. Kubin fort. »Die unglücklichen polnischen Emigranten haben ihr verlorenes Vaterland unter dem Einfluß eines litauisch-jüdischen Scharlatans kabbalistisch ausgedeutet und zum Märtyrer der europäischen Nationen verwandelt. Ein neuer Nationalismus ist so entstanden: eine Vergötzung der Nation. In der Mitte des neunzehnten Jahrhunderts konnte der österreichische Dichter Grillparzer den Gang der Geschichte prophezeien: Von Humanität durch Nationalität zur Bestialität. Die Deutschen, die alles massiv vergröbern und ad absurdum führen, sanken so tief, ihr Volk und schier ganz Europa einem österreichischen Raubmörder auszuliefern, weil er ihnen ein Tausendjähriges Reich versprach. Freilich hat auch die weltbeherrschende Macht, England, ihr Scherflein dazu beigetragen. Und das unschuldigste Opfer, das einzige demokratische slawische Volk, das Volk der Tschechen, wurde zweimal verraten, einmal an die Nazimörder und schließlich Rußland ausgeliefert. Diese europäische Welt ist meinem Vaterland etwas schuldig.«

Das letzte Kapitel

Den Karikaturisten hörte es nicht auf zu verdrießen, daß der Priester Dr. Kocska der erste war, am Tage der Entscheidung zu erklären, daß er in Edenia bleiben wollte. Noch mehr verdroß es ihn, daß er seine Motive zum Hierbleiben nicht nur äußerte, sondern geradezu Herausforderung zur Schau trug, und auch zu Gehör. Der Karikaturist war in der Zeit, die er hier verbracht hatte, sanfteren Gemüts geworden, als er je gewesen. Seine politische Gesinnung fiel von ihm ab wie ein welkes Blatt von einem Baum. Aber Nachsicht für Menschen von der Art des Priesters Kocska wühlte in ihm seine Unduldsamkeit auf. Merkwürdige Menschen, dachte er, es würde keinem einfallen, einem andern zu sagen: Meine Frau ist schöner als deine … Mein Haus ist kostbarer als deins … oder auch nur: Mein Kleid ist schöner als deins. Aber mit einer Offenheit, ja mit einem Stolz wagen sie einem Nachbarn zu sagen: Meine Religion ist besser als deine. Warum? Weil sie überhaupt die beste ist. Es gibt keinen Glauben, der meinem gleich wäre, weil mein Glaube am sichersten zur Erlösung führt. Es genügt ihnen nicht, das zu glauben. Ja, je fragwürdiger ihr Glaube, desto eifriger wollen sie jeden zu ihm bekehren. – Den Ärger über dieses Benehmen des Priesters teilte er gern und eifrig mit seinem Gönner und Freund, dem Signor Dreossi. Diesem wäre es gar nicht eingefallen, an Kocskas Benehmen etwas zu tadeln – nicht, weil er so tolerant war, sondern weil er allen Menschen gleich mit völliger Gleichgültigkeit begegnete. Er fand nichts zu loben, er fand nichts zu tadeln. Er nahm sie so, wie sie waren oder wie sie ihm zu sein schienen. Aber der oft ausgedrückte Verdruß seitens des Karikaturisten bewegte ihn zur Bereitschaft, etwas zu tun. Eines Tages sagte er: »Sie glauben also, daß der Kocska hierbleiben wird?« – »Freilich«, war die Antwort. »Und ich sage Ihnen, er wird nicht hierbleiben.« – »Woher wollen Sie das wissen?« – »Ich werde was dagegen unternehmen, und Sie werden rechtzeitig das Ergebnis erfahren.«

Kurz nach diesem oder einem andern, ähnlichen Gespräch lud Signor Dreossi zu einem Tee in sein Haus ein. So etwas war noch nicht vorgekommen. Der Filmproduzent war in seinem Studio und im ganzen Betrieb, der dazu gehörte, ein leicht zugänglicher Mann. Ja, er war, was man auf englisch *outgoing* nennt. Er kam jedem, der seinen Lebensraum auch nur streifte, offen und gern entgegen. Aber seine Wohnung war ein Privatissimum. Er wohnte in einem Haus, das am Hang eines Hügels angebaut war, oder besser gesagt, dem Hügel eingebaut. Es war ein Holzhaus, von ihm entworfen und unter seiner Aufsicht gebaut. Es war die einfachste Struktur, die noch ein Haus genannt werden kann. Es hatte nur drei Wände. Die Hinterwand war das nackte Gestein des Hügels in allen Räumen. Er hatte deren drei: ein sehr geräumiges Wohnzimmer und zwei Nebenzimmer, von denen eines in die Tiefe des Hügels einging, seiner Gestaltung folgend. Dieses Zimmer war, schien es, immer verschlossen. Denn wenn er es ausnahmsweise jemandem zeigen wollte – man weiß nicht, ob das je vorgekommen ist –, mußte er erst einen Schlüssel aus einer Schublade hervorsuchen, um die Tür aufzuschließen.

Dr. Kocska nahm die Einladung ebenso überrascht wie erfreut entgegen. Er hätte schon längst gewünscht, mit dem immer tätigen Filmkünstler ins Gespräch zu kommen, was ihm bislang nicht gelungen war. Er hätte ihn gern gefragt, was ihn auf die Idee gebracht hatte, seine Kurzfilme zum großen Teil in biblischen Legenden zu suchen und zu finden. Kaum eingetreten und vom Gastgeber freundlich empfangen, ging er gleich *in medias res*, und das Gespräch entwickelte sich ungezwungen und reibungslos. »Ich habe mich schon in meiner frühesten Jugend für Parabeln interessiert. Es entzückte mich immer zu fühlen, wie aus einer Parabel eine Idee, eine Weisheit herauskommt wie die Frucht aus einer Schale. Daher auch meine Vorliebe für die Bibel«, sagte Signor Dreossi. »Aber wie kommt es, daß Ihre Kunstwerke nicht gerade der Bibel entstammen?« – »Es gibt Filme genug, eine Unzahl, könnte man sagen, von Filmen, die Stoffe aus der Bibel verwenden. Und Sie werden bemerkt haben, daß es nicht gerade die besten sind. So verfiel ich auf den Gedanken, aus den Legenden zu schöpfen, die außerhalb der Bibel in den Jahrtausenden entstanden sind. Abgesehen davon, muß ich Sie darauf aufmerksam machen, daß meine Filme keine Kunstwerke sein wollen. Uns kommt es mehr auf Belehrung an.« – »Gibt es viele Legenden außerhalb der Bibel?« wollte Dr. Kocska wissen. »Freilich. Ich bin kein Fachmann auf diesem Gebiet. Aber es gibt Sammlungen in vielen Bänden.« – »Dichten Sie nicht auch dazu?« – »Wie Sie vielleicht bemerkt haben«, antwortete Dreossi, »hin und wieder setzen wir ein Detail hinzu.« – »Wo sind Sie geboren, darf ich Sie fragen, Signor Dreossi?« – »In Triente. Aber meine Familie stammt aus dem Süden Italiens. Ich entstamme einer sehr alten Familie, die im Lauf der Jahrhunderte mehrmals auf der Flucht war und ihre Wohnung und manchmal auch ihren Namen wechselte.« – »Aus politischen Gründen?« fragte Kocska. »O nein, mehr aus religiösen. Ich habe vielleicht noch Albigenserblut in meinen Adern.« – »Häretisches Blut?« entsetzte sich Kocska. »Man kann das wohl so sagen«, antwortete kaltblütig der Filmkünstler. »Mein Name ist jüngeren Datums, als ich weiß. – So, jetzt haben Sie genug gefragt, Herr Kocska. Darf ich jetzt Sie was fragen?« – »Bitte.« – »Wie kommt es, daß Sie, ein Priester, sich in literarischen und, wenn ich mich so ausdrücken darf, in häretischen Kreisen herumtreiben?« – »Oh«, sagte Kocska, »das ist so unter Flüchtlingen. ›Auf der Flucht‹, sagte ein Wiener Schriftsteller, ›entsteht immer ein Ararat.‹ Abgesehen davon: ich bin ein Jugendfreund von Aladar Csanda. Hinzu kommt, daß ich mich gern in häretischen Kreisen herumtreibe, wie Sie sagen. Es gibt Gefängnispriester. Die treiben sich gewiß in Verbrecherkreisen herum, wie es ihre Berufung erheischt.« – »Sind Sie ein Missionar, Doktor Kocska?« – »Nicht eigentlich. Aber ist nicht jeder Christ ein Missionar? Oder sollte es wenigstens sein? Sind Sie ein Christ?« – »Nach Ihrem Ermessen, ja. Nach meinem Ermessen nicht.« – »Was soll das heißen?« fragte Kocska. »Das können Sie sich wahrscheinlich selbst sagen. Aber wenn Sie wollen, sage ich es Ihnen. Ich bin getauft worden, also bin ich ein Christ – nach Ihrem Ermessen. Aber ich glaube nicht mehr an den ganzen Kram, bin also demzufolge kein Christ – nach meinem eigenen Ermessen.« – »Sie drücken sich sehr drastisch aus, Signor.« – »Ich habe die Absicht, mich noch drastischer auszudrücken, Doktor Kocska. Dafür habe ich Sie hierher gebeten. Aber vorerst wollen wir einen Tee trinken.«

Indes er in einer Ecke seinen Teetisch anrichtete, setzte er das Gespräch in einem etwas leichteren Ton fort. Bedächtig und sehr geschickt hantierend, sprach er laut seine Gedanken aus: »Übertriebener Eifer ist immer bedenklich. Man weiß nicht, wozu er führen kann.« – »Zum Beispiel?« fragte Dr. Kocska. »Sie haben gern Beispiele. Wie Sie wissen, teile ich Ihre Vorliebe. Beispiele sind ja mit den Parabeln leicht verwandt. Ein Freund, ein Arzt, der als amerikanischer Delegierter einem Ärztekongreß beiwohnte, erzählte mir: In einer Aussprache über die Statistik von Totgeburten fühlte er sich veranlaßt, seine Ansicht zu äußern, daß die Statistik über Totgeburten in vielen Ländern unzuverlässig sei, weil es leider vorkommt, daß in diesen Ländern totgeborene Kinder getauft werden und demzufolge als lebendgeborene in der Statistik erscheinen. Da er viele erstaunte Gesichter gegen sich gewendet wahrnahm, bereute er schon innerlich, die Äußerung just auf einem Kongreß in Rom getan zu haben, als zu seiner angenehmen Überraschung ein anderer Delegierter, der eine Mönchskutte trug, sich erhob und die Feststellung meines Freundes bestätigte: ›Es ist leider wahr‹, sagte er, ›daß in manchen Ländern solche Taufen vorkommen und die Statistiken unverläßlich machen.‹ – Gefällt Ihnen dieses Beispiel?« – »Sind solche Wahrheiten so wichtig?« fragte Kocska friedfertig. »Es gibt Menschen – darunter Christen, ja, wie wir gesehen haben, sogar Christen und Mönche –, die auch solche Wahrheiten für wichtig halten. In diesem Falle wichtig für die medizinische Forschung und für die Wahrheit selbst. Denn ohne Wahrheit gibt es keine Gerechtigkeit. Und ohne Gerechtigkeit kann keine menschliche Gemeinschaft bestehen. Da kommt es leicht zu einer unmenschlichen Gerechtigkeit, wie zum Beispiel im Falle Lenin, der gesagt hat – und man hat es aufgeschrieben –: Lieber neunundneunzig Unschuldige verdammen, als einen Schuldigen entschlüpfen lassen.« – »Das ist marxistische Gerechtigkeit«, meinte Dr. Kocska. »Da tun Sie Marx unrecht, Doktor Kocska. Nicht marxistische. Das ist leninistische, unmenschliche Gerechtigkeit. – Was die Taufen an Totgeborenen betrifft, das müßte Ihnen bekannt sein, so sind sie gegen das kanonische Gesetz, das solche Taufen verbietet. Aus guten, logischen und theologischen Gründen, Doktor Kocska. Denn die Taufe soll die Seele retten. Und eine Taufe an einem toten Kind ist ungesetzlich und absurd. Da ist ja die Seele schon entschlüpft. Will man den Kadaver erlösen? – Aber nehmen wir jetzt unsern Tee.«

Kocska wollte sich erheben, sagte aber zu seiner eigenen Überraschung: »Danke, Signor, aber ich bin kein Teetrinker. Mein Arzt sagt mir, daß Tee ebenso ungesund ist für das Herz wie Kaffee. Und abgesehen davon, bin ich nicht gewöhnt, zwischen den drei Mahlzeiten zu essen oder zu trinken.« – »Einen Cognac vielleicht?« schlug der Gastgeber vor. »Ich bin Abstinenzler.« – »Ah«, wunderte sich der Gastgeber, »ein Ungar und ein Katholik, und kein Genießer?« Und wendete sich seinem Tee zu. In seiner Distanz vom Teetisch wurde sich Kocska bewußt, daß er die improvisierte Ablehnung des Teetrinkens benützte, um seine Position dem Gastgeber gegenüber zu verbessern. Er fühlte sich weniger wehrlos.

Als wollte er es dem Gast noch leichter machen, sprach Signor Dreossi über den Teetisch hinweg: »Ich habe einige Jahre in England gelebt, gern dort gelebt, und habe mir dort das Teetrinken, das dort geradezu ein Volksritual ist, angeeignet. Ich erinnere mich mit Nostalgie an einen etwa achtjährigen Jungen, der ermüdet vom Spiel in einem Park einen erwachsenen Wunsch äußerte: ›I'm dying for a cup of tea!‹«

»Um auf die Frage der Wahrheit zurückzukommen: Sie haben natürlich ein leichtes Spiel mit mir«, kam plötzlich Kocska zu seinen Gedanken zurück. »Sie haben es leicht, recht zu behalten, weil ich in der Position eines Verteidigers bin.« – »Wen, was verteidigen Sie?« – »Ich verteidige die Kirche.« – »Gegen wen? Gegen mich?« – »Gegen Ihren Arzt, der in Rom eine kleine Wahrheit ausgesprochen hat ...« – »War das ein Angriff gegen die Kirche?« – »Freilich. Warum hat er es selbst bedauert, wie er es freiwillig zugibt?!« – »Er hat es wahrscheinlich aus Angst bedauert, vielleicht, weil er in Rom war und nicht sicher, wie es seine katholischen Kollegen aufnehmen würden.« – »Natürlich«, ereiferte sich Kocska, »er hat sich erst beruhigt, als der Mönch ihm zustimmte.« – »Und der Mönch, der ein Arzt ist, hat er auch die Kirche angegriffen?« – »Es ist ein Unterschied, ob ein Katholik etwas sagt oder ein Gegner.« – »Warum glauben Sie, daß der Arzt ein Gegner der Kirche war?« – »Weil er ein schlechtes Gewissen hatte.« – »Er hat kein schlechtes Gewissen gehabt. Er war vielleicht ein Freund der Kirche. Hat er nicht das Gesetz der Kirche verteidigt, das die Taufe an Toten verbietet?« – »Das hat der Mönch getan, Signor Dreossi. Das ist eben der Unterschied.« – »Es ist möglich, daß einen Wissenschaftler die Angst überkommt, weil er aus der Geschichte gelernt hat, daß hinter der Kirche, öfter als man denkt, ein Gendarm steht, der stechen kann, verhaften kann in der Verteidigung der Kirche. Ist eine wissenschaftliche Feststellung ein Ausdruck der Feindlichkeit gegen die Kirche? Die Kirche hat einen guten Magen, sagte man im Mittelalter. Aber in der Neuzeit hat sie einen sehr empfindlichen Magen bekommen. Und ihre Verteidiger sind schon gar zu empfindlich geworden. Aber vielleicht ist das, weil die Kirche sich in einem Zustand der Schwäche befindet und, wie Sie, überall einen Angriff wittert.« – »Vielleicht ist es so«, gab Kocska überraschenderweise zu. »Die Kirche hat noch nie so viele Feinde gehabt wie jetzt.« – »Das stimmt. Das stimmt, Doktor Kocska. Aber nicht ohne Grund.« – »Ja, darüber möchte ich gern mit Ihnen sprechen. Waren Sie bei dem Vortrag von Doktor Kubin?« – »Nein. Aber ich kenne ihn sehr gut. Seit vielen Jahren. Und ich schätze sein Wissen.« – »Ich war bei der Vorlesung oder, wie man es hier nennt: Belehrung, die eigentlich eine Statistik über die Kriegsverluste in Europa in unserer Zeit sein sollte. Es war aber auch eine Anklage gegen die Christenheit Europas, hauptsächlich gegen die Kirche.« – »Es wundert mich, denn Doktor Kubin pflegt sehr sachlich zu sein in seinen Belehrungen.« – »Es geschah auch nicht während der Belehrung, sondern nachher. Da erhob sich ein junger Mann und fragte ihn: ›Was ist eigentlich Auschwitz?‹« – »Na ja, Auschwitz ist ein wichtiger Punkt für einen Statistiker über Verluste in Europa. Wundert Sie das?« – »Das nicht. Aber er hat eine strikte Definition für den Begriff Auschwitz gegeben. Ich hab' sie mir aufgeschrieben. Er hat es zweimal wiederholt, weil der Fragesteller einen verblüfften Eindruck machte.« – »Sie haben es aufgeschrieben? Lesen Sie es mir vor.« – »Ich kann es schon auswendig sagen in traurigem Bedauern«, sagte Kocska, als wäre es ihm zuwider, die Worte auszusprechen. Mit beiden Händen auf den Knien und in vorgebeugter Haltung rezitierte Kocska folgendes: »Auschwitz ist die Antwort der Christenheit Europas auf die russische Revolution, für die sie die Juden verantwortlich hält. Was sagen Sie dazu? Sie sind, wie ich, ein Christ und ein Europäer. Was sagen Sie dazu?« – »Ich kenne diese Definition seit Jahren und bedaure nicht einmal, Ihnen zu sagen, daß ich diese Definition für richtig halte. Sie ist treffend, totstillschweigend treffend.« Kocska blieb offenbar an dem Wort »totstillschweigend« hängen und blieb eine Weile sprachlos. »Sie halten diese Definition für richtig? Die ganze Christenheit Europas soll daran schuld sein?« – »In Auschwitz sind vier Millionen Menschen umgebracht worden, fast vier von den sechs oder vielleicht sogar sieben Millionen ermordeten Juden.« – »Ja«, sagte Kocska, »ungefähr. Man sagt das. Ganz genau weiß man es nicht. Aber waren die Täter, die Mörder, die dieses Verbrechen begingen, nicht die deutschen SS-Mörder? Warum die ganze europäische Christenheit beschuldigen?« – »Die Täter waren gewiß hauptsächlich die deutschen Mordbrenner. Aber eben nur fast. Viele andere Nationen haben als eifrige Helfershelfer zu dieser größten Untat der Weltgeschichte beigetragen. Eigentlich sind nur drei Völker in Europa mit reinen Händen davongekommen: Dänemark, Holland und merkwürdigerweise Bulgarien. Dieses balkanische Volk wurde vor diesem Verbrechen bewahrt dank dem Einfluß eines der wenigen wahren Christen Europas. Ich weiß nicht, ob Sie wissen, daß es ein wahrer Heiliger war, der hernach durch Gottes Fügung erstaunlicherweise zum Papst gewählt wurde. Zum Papst Johannes XXIII.« – »Davon hab' ich nie was gehört. In den Jahren, da die Morde geschahen, war er doch noch nicht Papst!« – »Leider, leider Gottes nicht. Sonst wären die Juden in Europa gerettet worden.« – »Aber wie hat er das gemacht?« – »Der heilige Mann war damals Nuntius in der Türkei. Als die Nazis soweit waren, auch das Königreich Bulgarien mit ihren Nürnberger Gesetzen zu verschmutzen, warnte der herzensgute Mann den König und die Regierung von Bulgarien, das nicht zuzulassen. Und die heilige Stimme genügte.« – »Und sind die Juden dort alle gerettet worden?« – »Alle. Es waren nicht viele Tausende. Alle sind am Leben geblieben, und nach dem Krieg ließen sie jeden Juden, der es wünschte, nach dem auferstandenen Israel auswandern. Die meisten taten es.« – »Das hab' ich nicht gewußt«, wiederholte Kocska. »Aber sehn Sie, dann hab' ich doch recht. Wie kann man dann die ganze Christenheit beschuldigen?« – »Europa ist der einzige Kontinent, der fast zur Gänze christlich ist. Und auf diesem Kontinent ist das größte Verbrechen geschehn, in vollem Licht der Geschichte. Das größte Verbrechen der Weltgeschichte. Wie soll man es anders nennen. Die deutschen Mordbrenner haben Neuland auf dem Gebiete des Verbrechens entdeckt. Hat man je gehört, daß eineinhalb Millionen Kinder umgebracht werden? Unschuldige jüdische Kinder? Ist es je vorgekommen, daß man schwangere Frauen gemordet hat? Ja, wenn auch nicht in solchen Massen wie jüdische schwangere Frauen. Und man hat sie nicht gemordet, obwohl sie schwanger waren, sondern – und das zum erstenmal in der Geschichte – weil sie schwanger waren. Denn eine nichtschwangere Jüdin konnte noch ein halbes Jahr für die Mörder arbeiten, ehe sie zum Verbrennen fertig war. Aber eine schwangere Jüdin konnte ja, der deutsche Gott behüte, ein jüdisches Kind zur Welt bringen. Drum mußten die Schwangeren in erster Reihe und sofort ermordet werden. Das ist Mord-Neuland im christlichen Europa. Glauben Sie das nicht, Doktor Kocska?« – »Das hört sich schrecklich an«, sagte Kocska, »unerträglich schrecklich. Eben darum sollten wir davon vielleicht nicht reden.« – »Nicht reden? Haben Sie die Filme gesehn? Haben Sie den Haufen von Kinderschuhen gesehn? Haben Sie den Haufen von Kinder- und Frauenhaaren gesehn, so hoch wie eine Heutriste? Das sind die Haare von jüdischen Kindern und Frauen, die die Mörder nach Deutschland schickten und Matratzen daraus machten, und vielleicht weiche Pölsterchen für die Kindchen.« – »Das ist doch alles Greuelpropaganda«, sagte Kocska. »Wo haben Sie gelebt, daß Sie so gar nichts wissen? Fast sowenig wie die andern, die nichts wissen wollen.« – »Ich bin erst 1956, nach dem mißglückten Aufstand, aus Ungarn geflüchtet. Dort hat man uns ganz andere Sachen erzählt.« – »So, so. Sie wissen nichts und fühlen sich wohl dabei. Fahren Sie nach Israel. Dort gibt es das traurigste Museum der Welt, wo die große Schande der Welt mit allen möglichen Dokumentationen belegt ist. Sie werden dort auch, fallen Sie nicht in Ohnmacht, Seifenstücke sehn, die sie aus Menschenfleisch gekocht haben, die Mordbuben. Sie waren praktisch, diese Mordbuben. Nichts ging verloren von ihrer Blutbeute. Den Leichen haben sie das Gebiß herausgerissen und die Goldplomben gesammelt. Auch Eheringe und andern Schmuck schickten sie nach Haus an die Reichsbank, die ihren Geldbeutel vergrößerte.« – »Und Sie glauben das alles?« – »Gehn Sie zum Doktor Kubin. Er kann Ihnen noch Genaueres erzählen als ich.« – »Uns hat man erzählt, wie der Heilige Vater Visa für die Juden beschaffte, damit sie sich nach dem Ausland retten konnten.« – »Hören Sie, ich bin ein Italiener, und ich höre es nicht gern, wenn man Pacelli Heiligen Vater nennt. Er hat ein paar hundert Visa für getaufte Juden beschafft. Aber nach Schluß des Krieges hat er vielen Tausenden von führenden Mördern Vatikan-Pässe verschafft. Sie sind straflos davongekommen und leben noch heute, vermutlich von der Beute, die sie ins Ausland geschafft haben, in vielen christlichen Ländern Südamerikas, und leider auch manche in Nordamerika.«

Kocska hörte das in sichtlicher Erschütterung. Und obwohl er sich noch immer weigerte, es zu glauben, bedrängte es ihn so sehr, daß er nach einem Halt suchte: »Und für all diese Greuel soll man der ganzen europäischen Christenheit Schuld geben?« – »Mit geringen Ausnahmen waren sie überall entweder Helfershelfer, Komplizen, oder bestenfalls stumme Zeugen dieser Geschehnisse. Europa ist ein dichtbevölkerter Kontinent. Es gab in diesem Sodom und Gomorrha Gott sei Dank auch Ausnahmen. Aber leider waren sie so gering, daß sie nichts ausrichten konnten. In Israel pflanzen sie Bäume zum Gedächtnis all dieser edlen Christen, Frauen und Männer, die Juden zu retten versuchten und auch manche gerettet haben. Noch jetzt, dreißig Jahre nach den Untaten, setzt man mit dem Pflanzen dieser Bäume fort. Es ist erhebend, das zu wissen. Aber diese Bäume bilden noch immer keinen Wald. Es ist, im wahren Sinne des Wortes, ein heiliger Hain, nicht groß genug, um Europa zu entsühnen.« – »Wie konnte das alles geschehn!« bedachte sich Kocska in seiner Niedergeschlagenheit, »wie konnte das alles geschehn?« – »Kocska, Sie sind ein Doktor. Was haben Sie studiert?« – »Ich habe ein Doktorat in Geschichte. Ich habe zuerst an einer Universität studiert. Erst nach der Promotion zum Doktor entschloß ich mich, Priester zu werden.« – »Sie sind also ein Historiker. Sie kennen die Geschichte des Christentums. Sie kennen die Geschichte der katholischen Kirche.« – »Ich habe die Geschichte des ungarischen Volkes studiert. Das ist alles.« – »Geschichte ist nicht mein Fach. Aber in den letzten Jahren hab' ich mich in einem Zustand, nicht unähnlich dem, in dem Sie sich hier befinden, entschlossen, die Geschichte des Christentums, und namentlich des Papsttums, zu studieren. Mit dem Ergebnis, daß ich Ihnen jetzt in aller Kürze sagen kann: Es war unsere Kirche, die in fünfzehnhundert Jahren diese Geschehnisse systematisch vorbereitet hat. Angefangen hat es damit, daß sie den Juden Schuld gegeben hat für die Kreuzigung unseres Heilands. Sie hat einen edlen und erleuchteten galiläischen Juden zum Sohn Gottes vergötzt. Und die entsetzten Juden zu Ungläubigen erklärt dafür, daß sie den heidnischen Mythos vom Sohn Gottes nicht angenommen haben. Haben Sie sich einmal eine Kathedrale angesehn? Dort gibt es eine Figur mit verbundenen Augen. Diese Figur symbolisiert die Synagoge, als ob eine Synagoge etwa so ein Symbol wäre für die Juden wie die Kirche für das Christentum. Ich kann Ihnen hier keine lange Belehrung geben, wie es gekommen ist, daß jedes christliche Kind im zartesten Alter belehrt wird, daß die Juden, nicht die Römer, ihren Heiland gekreuzigt haben. Und weil die Juden in ihrer Blindheit beharren, sind sie ein Hindernis für das Wiederkommen des Erlösers. Ich kann Sie in einer Aussprache nicht gründlicher belehren. Aber wir erlebten das Ende einer Zeit. Wir müssen die Zeichen der Zeit erkennen und sehen, wer die Blinden waren, unfähig, die Zeichen der Zeit zu erkennen. – Es gibt eine christliche Legende, entstanden unter den Franziskanern. Diese Legende sagt, daß am Ende der Zeit es so weit kommen wird, daß der leibhaftige Antichrist auf dem Thron in Rom sitzen wird.«

Schon im Begriff, etwas darauf zu erwidern, entschloß sich Kocska, es nicht zu tun, und schwieg. Er schwieg still. »Sind Sie sicher, Sie wollen keinen Schluck Cognac nehmen?« ermunterte ihn der Gastgeber, »Sie sehen erschöpft aus.« – »Danke nein«, erwiderte Kocska, »aber ein Schluck Tee täte mir gut – wenn es Ihnen nicht zu viel Mühe macht.« – »Aber nein. Bitte!« Während der Gastgeber einen Tee aufwärmte, redete Kocska zu ihm: »Im Jahre 1950 führte man eine Studentengruppe aus Budapest nach Sowjetrußland, um uns zu zeigen, wie gut die Medizin dort organisiert ist. Wir besuchten auch Kiew, und dort zeigte man uns unter andern Sehenswürdigkeiten ein Massengrab, wo etwa 100 000 Menschen von den Deutschen ermordet wurden. Sie mußten erst das Massengrab schaufeln. Dann wurden sie mit Maschinengewehren niedergemetzelt. Hunderttausend Sowjetbürger, informierten uns die Fremdenführer. Es fällt mir erst jetzt ein, daß diese Sowjetbürger vielleicht Juden waren.« – »Sie haben recht, das zu glauben. Die Ukraine war schon in zaristischen Zeiten ein gutes Pogromgebiet für die Kosaken. Es gab dort im Krieg eine ukrainische SS-Truppe, zum Morden gedrillt von der deutschen SS. Aber die Deutschen trauten ihnen nicht immer. Es soll vorgekommen sein, daß diese ukrainischen Hilfsmörder, nachdem sie an einem Pogrom Hilfe geleistet hatten, auf der Stelle auch erschossen wurden, damit keine Zeugen am Leben blieben. In Kiew scheint es so gewesen zu sein. Denn dort rühmen sich die Ukrainer jetzt, daß in dem Massengrab unter den Opfern auch Ukrainer begraben liegen. Sie können sich wohl denken, daß in solchen Fällen es den Sowjethistorikern nicht leicht fallen wird, auf die Spuren der Wahrheit zu kommen.«

Nachdem er sich bei einer Tasse Tee erholt hatte, erkundigte sich Kocska beim Gastgeber, was sein nächster Film sein würde. »Das weiß ich noch nicht genau. Ich habe verschiedenes auf meiner Liste. Ich bin mir noch nicht im klaren, was das nächste sein wird. Aber es wird Sie gewiß interessieren: ich plane zusammen mit Ihrem Freund Csanda einen Film.« – »Wird er wieder eine von den Legenden sein?« – »Keine von den Legenden um die Bibel, von denen Sie vielleicht ein paar schon gesehen haben. Aber eine Legende ist es. Nämlich die Franziskaner-Legende, die ich Ihnen schon erwähnte. Wenn Mr. Condon uns ausnahmsweise die Mittel zur Verfügung stellt, soll es ein Farbfilm werden. Ich habe bereits einen Entwurf. Die Gestalten und die Farben habe ich schon skizziert. Die Handlung, oder ›plot‹, wie sie in Hollywood sagen, werde ich mit Csanda noch gründlich überlegen. Wollen Sie die Skizzen sehen?« – »Ich bitte darum.« Der Filmproduzent nahm den Schlüssel, der an der Wand hing, öffnete die Tür zum Zimmer in der Westwand und trat in den Dämmer des Raums ein. Ihm folgte neugierig Dr. Kocska. Sie saßen bereits auf zwei niedrigen Stühlen, als der Gastgeber das Licht anknipste. An der steinernen Wand, die aus dem Felsen ausgemeißelt war, hing, fast die ganze Wand bedeckend, ein Bild. Es war in krassen Farben gestrichen, in drei Farben: weiß, braun und schwarz. In der Mitte stand ein goldener Thron, und auf dem Thron saß eine übermannsgroße Figur, mit einem Kittel bekleidet in den drei Farben: weiß in der Mitte, linke Seite schwarz, die rechte braun. Auf dem Kopf saß ein Käppchen in denselben drei Farben. Das Gesicht der Gestalt auf dem Thron erinnerte an das Gesicht eines arabischen Königs: grausam und stolz. Sie hielt in einer Hand ein goldenes Kreuz, in der andern ein stählernes Hakenkreuz. Beide Arme in halber Höhe wie zum Segen ausgestreckt, sah man von den Händen des Segenspenders gleichzeitig das Spiegelbild in den Augen, das Kreuz im linken, das Hakenkreuz im rechten Auge. Vor diesem Anblick blieb Kocska eine Weile wie versteinert sitzen. Plötzlich rutschte er in die Knie, und mit seinen beiden Armen auf den Schenkeln des Gastgebers, kniend, flehte ihn Kocska an: »Tun Sie das nicht! Um Himmelswillen! Lassen Sie auch Csanda an diesem Plan nicht mitarbeiten.« – »Beruhigen Sie sich. Stehen Sie auf. Knien Sie nicht vor mir. Ich bin nicht der Pacelli. Was Sie da sehen, ist der Entwurf nur einer Gestalt des Films. Es wird noch dauern, bis wir einen fertigen Plan haben.«

Der Filmproduzent war in Verlegenheit. In seinem Herzen fühlte er Mitleid mit diesem naiven Dilettanten von einem Missionar. Er bedauerte bereits, den Mann zu sich eingeladen zu haben. Es war nicht sein Einfall. Man war zu ihm gekommen mit der Mitteilung, daß der einigermaßen aufdringliche Gast, der auf Sicht alles bekehren wollte, was ihm in den Weg kam, zu denjenigen Gästen gehörte, die in Edenia bleiben wollten. Man wollte ursprünglich sich an Mr. Condon wenden und ihn bitten, das zu verhindern. Aber es war hier nicht die Sitte, desgleichen zu unternehmen. Und man wandte sich an Signor Dreossi, dem klügsten Weltmann in der Gemeinschaft. »Schicken Sie ihn zu mir«, sagte er, »ich werde ihm das schon ausreden.« Jetzt stand er in ratloser Verlegenheit vor dem Gast. »Sie wissen nicht, was Sie wagen. Sie unterschätzen die Macht der Kirche. Gewiß, sie ist jetzt nicht mehr so groß, wie sie war. Aber die Reichweite ihres Arms ist noch immer unabsehbar. Hüten Sie sich! Und nehmen Sie meinen Freund Csanda nicht mit in solche Gefahr.« – »Doktor Kocska, Sie sind ein gutherziger Mann, aber ein rechter Klerikaler. Wie alle Ausländer glauben auch Sie, daß Italien, weil der Papst in Rom im Vatikan ist, ein klerikales Land ist. Sie irren sich, zusammen mit allen andern Ausländern. Der Klerikalismus ist in Italien ein Exportartikel für die Ausländer. Wir liegen nicht auf den Knien vor dem Heiligen Vater. Wissen Sie, welche Großstadt den ersten jüdischen Bürgermeister hatte? Raten Sie nicht? Nicht Dublin. Es war Rom, das diese Ehre hatte, schon zu Beginn dieses Jahrhunderts. Also, mit dem Angstmachen werden Sie bei einem Italiener wie mir nicht viel erreichen. Aber Sie haben mich mit Ihrer Unschuld einigermaßen gerührt. Und da will ich Ihnen was sagen: Ich bin kein Feind der Kirche, wie Sie zu glauben scheinen. Ich bin ein Feind der Feinde der Kirche und darum auch ein Feind von unserm Pacelli. Hätte man im Jahre 1938 nicht einen Diplomaten wie ihn, der nichts als Diplomat war, sondern einen Frommen zum Papst gewählt, wäre die Kirche der großen Gefahr gewachsen gewesen, die das neudeutsche aufstrebende Heidentum war. Eine leidende Kirche hätte viel Leid den Juden und viel Schande dem christlichen Europa erspart. Das ist die Macht der Kirche. Nicht die diplomatischen Kniffe eines verblendeten Diplomaten. Und darum will ich Ihnen etwas für Ihren Weg mitgeben. Vom Himmel ist in aller Barmherzigkeit der Vorsehung ein Mann gesandt worden eigens um die Kirche zu retten. Und in einer Stunde der Erleuchtung hat man ihn zum Papst gewählt. Diesmal hat man einen Frommen gewählt, der den Anspruch auf Heiligkeit erheben könnte, wenn er von den Anmaßenden wäre wie sein Vorgänger.« – »Jeder Papst ist ipso facto unser Heiliger Vater. Wir sagen auch: Seine Heiligkeit.« – »Ich weiß, ich weiß. Auch Rodrigo Borgia, ein italienischer Brigant, dessen Name allein schon wie eine gefährliche Drohung anmutet, war als Alexander VI. ein Papst und ist für die Kirche ein Heiliger Vater. Der Unterschied zwischen einem Heiligen Vater und einem wahren Heiligen ist so, wie der Unterschied zwischen einem Generalmusikdirektor zu einem General. Der vom Himmel Gesandte hat für sich als Papst nicht etwa den Namen Pius XIII., sondern den würdigen Namen Jochanaan auf hebräisch, Johannes auf lateinisch gewählt. Obwohl ein alter Mann, hat er es unternommen, die Kirche auf den wahren Weg zurückzuführen. Er hat ein Konzil einberufen und gründliche Reformen in der Theologie gewagt. Auch das Verhältnis der Kirche zu den Juden und zu Israel hat er zum Wohl der Kirche und der Juden ins rechte Licht gerückt. Wir sind beide keine Theologen. Aber ich sehe mit Bedauern, daß Sie von diesen gründlichen Veränderungen nicht viel wissen. Haben Sie die Schriften vom Papst Johannes XXIII. gelesen?« – »Nein«, gestand Kocska, »ich bin in meiner Heimat ein einfacher Seelsorger gewesen. Ich bin natürlich von diesem Vatikankonzil unterrichtet. Aber die Meinungen über die Neuerungen sind strittig, und ich hüte mich, dazu Stellung zu nehmen. Ich bin ein einfacher Diener der Kirche.« – »Sprechen Sie nie mit Ihrem Freund Csanda darüber?« – »Eigentlich nicht. Ich bin sein Jugendfreund. Und ich versuche gelegentlich, ihn zu bekehren. Er ist ein Freidenker, aber er weiß über vieles mehr als ich. Er hat auch viel von seinem Freund Dr. Aradi gelernt.« – »Sind Sie nicht auch mit Dr. Aradi befreundet?« – »Das kann ich nicht behaupten. Dr. Aradi ist ein großer Gelehrter, und sein Interesse an mir ist gering. Ich bin für ihn der Freund Csandas. Das ist alles. Und er ist sehr freundlich zu mir, aber Freunde sind wir nicht.« – »Wie ich Ihnen schon gesagt habe, werde ich Ihnen was für den Weg mitgeben. Es ist keine von den Schriften des Papstes Johannes XXIII. Es ist ein Gebet. Er hat uns ein Bußgebet für die Juden hinterlassen. Wissen Sie was davon?« – »Ein Gebet? Ein Bußgebet? Das ist mir unbekannt.« – »Wenn Sie erlauben, lese ich es Ihnen vor:

Wir erkennen nun, daß viele, viele Jahrhunderte der Blindheit unsere Augen bedeckt haben, so daß wir die Schönheit Deines auserwählten Volkes nicht mehr sehen und in seinem Gesicht nicht mehr die Züge unseres erstgeborenen Bruders wiedererkennen. Wir erkennen, daß das Kainszeichen auf unserer Stirne steht. Jahrhundertelang hat Abel darniedergelegen in Blut und Tränen, weil wir Deine Liebe vergaßen. Vergib uns die Verfluchung, die wir zu Unrecht aussprachen über den Namen der Juden. Vergib uns, daß wir Dich in ihrem Fleische zum zweiten Male kreuzigten. Denn wir wußten nicht, was wir taten ...«

Der Priester hörte gierig zu. Dann nahm er das Blatt dem Filmproduzenten aus der Hand und las es leise, wie ein Kind, mit den Lippen lautlos durch, vermutlich mehrere Male, denn es dauerte, bis er seine Augen erhob und sprach: »Wir hatten schon immer ein Gebet für die Juden.« – »Gewiß, gewiß. Das berühmte Gebet für die infamen Juden. Dies ist ein ganz anderes Gebet. Was sagen Sie dazu?« – »Es ist, weiß Gott, ein ganz anderes Gebet«, sagte Kocska. »Nun, wie finden Sie das?« – »Wie ich es verstehe, ist es erschreckend neu. Dieses Bußgebet sagt ja, daß nicht die Synagoge, sondern die Kirche blind war. Haben Sie eine Abschrift?« – »Ich habe nur eine. Aber man wird Ihnen in unserer Bibliothek gern eine geben.« – »Bitte, geben Sie mir ein Blatt Papier. Ich werde es hier abschreiben, wenn Sie erlauben. Ich habe nicht mehr viel Zeit hier. Ich habe mich entschlossen, nicht hierzubleiben. Ich muß packen. Ich werde mit Mr. Condon zurück nach New York gehen. Ich möchte dieses Bußgebet bei mir haben. Vielleicht werde ich es auswendig lernen. Ich will es mit Priestern, die mehr Autorität haben als ich, beraten und mir erklären lassen, warum es mir unbekannt geblieben ist. Ich nehme an, daß es vielen einfachen Priestern sowenig bekannt geworden ist wie mir.« Er schrieb das Bußgebet ab. Und das Blatt in der linken Hand haltend, als wollte er es noch einmal unterwegs lesen, nahm er sichtlich verwirrt, aber mit Dank, Abschied von Signor Dreossi.

Anhang

Zwei Fragmente und ein Gedicht

[1] Ferientage in Edenia

Keiner von uns wußte, wieviel Monate vergingen. Es ist zu vermuten, daß jeder von uns die Monate zählte. Aber als in vielen Wanderungen erfahrene Gäste respektierten wir die Regeln der Gastgeber. Eines Tages erhielten wir die Auskunft, daß die Zeit der Ferien angefangen hatte. Wie wir uns erinnerten, herrschte hier die Sitte, daß nun die Zeit anfing, da die Kinder schulfrei waren und die Eltern zum Lernen gerufen wurden. Eigentlich waren es nur die Kinder, die von Ferien redeten. Die Erwachsenen nannten die Zeit: Tage der Belehrung. Unsern Freund Dr. Kocska verdroß es nicht wenig, die Erwachsenen in geradezu weihevoller Stimmung zu sehen, als gingen sie Ferientagen entgegen. Man sah sie wie Schulkinder mit Schreibzeug in die Schulen gehn, Hefte in den Händen, und würdigen Schrittes.

Wir gingen nicht in die Schule. Mr. Condon war klug genug, uns damit zu verschonen. Er lud uns alle in sein Haus, aber nicht zu einer Mahlzeit, sondern zu einer Belehrung.

Die erste Belehrung: Der Mensch, was ist er?

Ein junger Mann kündigte an, daß zu dieser Frage eine Reihe von Vorlesungen stattfinden würden. Und nach einer kurzen Ansprache, die die Reihe der Vorlesungen aufzählte, nannte er gleich den ersten Belehrer. Das war der uns bekannte Dr. Kubin. Der kleine bärtige Mann ging schnellen Schritts zum Tisch und begann: »Der griechische Philosoph Aristoteles nennt den Menschen *zoon politikon*. Damit meint er nicht ein politisches Tier, sondern ein soziales Wesen. Aristoteles war nicht der erste Philosoph, der diese Frage stellte. Aber er war höchstwahrscheinlich der erste Professor, und Professoren lieben Definitionen. Er ließ offenbar außer acht, daß es auch soziale Tiere gibt, zum Beispiel Ameisen und Bienen. Die Zoologie nennt den Menschen *homo sapiens*. Die alten Juden und, ihnen folgend, die Christen erblicken im Menschen ein Ebenbild Gottes. Ich habe in einem Handbuch der Philosophie nachgeprüft und habe viele andere tiefsinnige Antworten auf die Frage: Was ist der Mensch, gefunden. Der große Kant unterscheidet vom Menschen als Erscheinung den intelligiblen Menschen in uns, der sich im kategorischen Imperativ geltend macht. Der Verfasser des Handbuchs der Philosophie, der diese und noch andere Definitionen zitiert, beginnt den Artikel ›Mensch (homo)‹ mit einer eigenen Beschreibung zur Einführung: ›Der Mensch‹, sagt er, ›ist der höchstentwickelte Organismus. Durch seine spezifischen und individuell entwickelten Kräfte und Energien steht er der Umwelt selbständig gegenüber. Durch seinen Geist, welcher ihn allen andern Lebewesen überlegen macht, erwirkt er das, was ihm die Natur versagt hat, durch Entdeckungen, Erfindungen, durch Herstellung von Kulturgebilden aller Art, und durch die Technik. Dabei entwickelt sich der Geist des Menschen und die Gehirnstruktur selbst wird immer mehr verfeinert.‹ Wo er das Wort Geist erwähnt, verweist der Verfasser in einer Klammer auf den Artikel ›Geist‹ in dem Handbuch, und der Leser wird nicht ohne angenehme Überraschung bemerken, daß der Artikel über Geist den über ›Mensch‹ in Ausdehnung bei weitem übertrifft. Und wenn der beflissene Student das ganze Handbuch, das ungefähr 800 Seiten in Quarto umfaßt, auch nur überblickt, wird er in berechtigter Demut dahinterkommen, daß schon ein Handbuch der Philosophie einen Kosmos darstellt. Und er wird sich wundern, daß verschiedene Philosophen den Menschen als Mikrokosmos bezeichnen. Vielleicht wird er, in einem Anfall momentanen Größenwahns, ihn einen Makrokosmos nennen.

Mit dem Erscheinen des Menschen kam in das Leben auf unserm Planeten eine neue Macht: der menschliche Geist. Der Mensch kam nicht zu einem gedeckten Tisch. Aber anders als die andern Lebewesen fing er nach einer angemessenen Periode an, seine Nöte schöpferisch zu befriedigen. Jagen lernte bald jedes Tier. Und das tat auch der Mensch zu Beginn seines Daseins. Aber sehr bald fand er seine eigene Antwort. Auf den Hunger antwortete er mit Agrikultur, auf Kälte mit dem Feuer, auf die Unbehaglichkeit mit Behausung, die zu errichten er seine Werkzeuge erfand. Und das alles vermochte er, nicht weil er geschickte Hände hatte – das haben auch die großen

Affen, und ihre Hände sind stärker als die der Menschen. Seine Macht beruhte auf dem Denken und dem Sprechen. Ohne Sprache gäbe es keine Erkenntnis der Wirklichkeit, keine Wissenschaft, keine Tradition und keine Geschichte.«

Dr. Kubin schilderte die Entwicklung des menschlichen Lebens auf der Erde in ihren geschichtlichen Etappen, bis er zu den großen Zivilisationen des Altertums kam. Zum Schluß machte er eine Anspielung auf die Gründe, warum diese großen Zivilisationen untergegangen sind. Schon zu Beginn der ursprünglichen Zivilisationen war der Mensch, seiner zwiespältigen Natur gemäß, schöpferisch und zerstörerisch zugleich. Auch die Werkzeuge, die er erfand, dienten ihm, je nach dem Gebrauch, zum Schaffen und zum Zerstören. Als Beispiel führte Dr. Kubin das Messer an. Mit dem Messer konnte der Mensch Brot schneiden, ein anderes Werkzeug schaffen – aber auch stechen und töten. Also handelte der einzelne, und auch die Sozietät. Vielleicht hat der erste Professor Aristoteles recht gehabt mit seiner Definition in zwei Worten: *zoon politikon*, und vielleicht würde er auch die Worte übersetzen: ein politisches Tier.

Darauf erhob sich der kleine Mann von seinem Sitz, glättete seinen langen Bart, und schon im Begriff, sich in den Zuhörerraum zu begeben, hielt ihn der Wegweiser zurück und forderte ihn auf, auf seinem Platz zu bleiben: »Bleiben Sie hier. Wir wollen zu dem Thema ›Was ist der Mensch?‹ uns gründlicher besprechen. Mit dem Aristoteles scheinen Sie nicht auf gutem Fuß zu stehn, Herr Dr. Kubin.« – »Nicht mit dem Philosophen. Den kenn' ich gar nicht. Ich bin kein Philosoph. Ich habe nur ein Buch von ihm gelesen, seine *Oikonomía*. Dort steht ein griechischer Satz, den ich mir für immer gemerkt habe: ›Die Werkzeuge, die zum Ackerbau gehören, sind in drei Arten einzuteilen: tote Werkzeuge, zum Beispiel ein Pflug, eine Sense, eine Egge, lebendige Werkzeuge, zum Beispiel ein Pferd, ein Ochs, und drittens beseelte Werkzeuge: Sklaven.‹ Das genügte mir. Da wußte ich, ohne ein Philosoph zu sein, wie es mit der Humanität der Griechen steht.«

Hier mischte sich Dr. Aradi ein: »Sie haben den Satz gut im Gedächtnis behalten. Es gibt humanere Sätze bei den griechischen Philosophen. Aber diesen Satz hab' ich mir auch gemerkt, und zwar aus demselben Grunde wie Sie, Dr. Kubin. An diesem Satz erkannte ich, warum die Bibel, als sie in griechischer Übersetzung den Griechen zugänglich wurde, dieses Volk so erschreckte, daß sie die ersten Judaeophoben geworden sind. Die Bibel lehrte, daß man dem Ochsen, der da drischt, nicht das Maul verbindet. Für den Griechen ist der Sklave ein beseeltes Werkzeug. Diese Phobie hat im Laufe der Jahrtausende verschiedene Formen angenommen, namentlich bei den Christen, bis sie schließlich in unserer Zeit, ihrem Geiste gemäß, zum Rassenantisemitismus ausgeartet ist.«

»Sie haben nicht zu viele Definitionen vom Menschen zitiert, Dr. Kubin«, sagte jetzt der Wegweiser. »In dem Handbuch der Philosophie sagte eigentlich das Wichtigste der Verfasser des Handbuchs. Da ist schon vom Geist und von der Sprache die Rede. Und darüber wollen wir uns hier gründlich aussprechen. Fangen Sie an, Herr Aradi.«

»Dr. Kubin hat sich an die Wissenschaft und die Entwicklung der Technik gehalten«, fing Aradi an. »Die älteste Auffassung über das Wesen des Menschen ist älter als die Wissenschaft. Sie beginnt mit der Religion. Und hier hat nicht das Wissen, sondern die Intuition das erste Licht hereingebracht. Wir haben hier in Edenia einen Film gesehn, in dem gesagt wird, wie Adam die Tiere benennt. Und wir haben gehört, daß Samael den Schöpfer verdächtigt, seinem Liebling Adam die Namen der Tiere eingesagt zu haben und ihn dadurch über die Engel erhöht hat. Satan hat hier so unrecht nicht. Adam hat etwas vom Geiste des Schöpfers mitbekommen. Satan hat ein Ergebnis gesehn, dessen Ursprung er in seiner Eifersucht nicht verstanden hat. Adams Lippen formten, was sein Geist ihm zutrug. Und mit diesem Werkzeug, mit der Sprache, begann die Beherrschung der Natur. Ja, Beherrschung! Es ist erst jetzt, in unserer vielgeschmähten Zeit, klargeworden, welche Macht dem Menschen mit der Sprache gegeben wurde. Der Himmel, der Himmel ist Gottes. Und die Erde gab er dem Menschen, heißt es in einem Psalm. Mit diesem Satz überraschte Israels Gesandter sogar den Papst Paul VI., der den Spruch im Original sich von ihm sagen ließ, und gab zu, daß der Spruch ihm nicht geläufig war.«

[2] *Notizen zur Belehrung*

[...] Der blutbeladene Kontinent Europa, wie ihn unser Dr. Novak nennt, hat ein großes Verdienst, das man ihm anrechnen muß: er hat es in der Wissenschaft sehr weit gebracht, und dieses ist es, was man ihm nie wird absprechen können. Selbst in dem blutigsten Jahrhundert, dem zwanzigsten, ist eine Wissenschaft entstanden, die Vererbungswissenschaft, die noch kein ganzes Jahrhundert alt ist, die Wissenschaft der Biologie, die nicht mehr als 50 Jahre alt ist; noch nach diesem zweiten blutigen Krieg ist die Molekularbiologie, eine neue Wissenschaft, entstanden, die kaum zwanzig Jahre alt ist.

In einem Buch, das von Molekularbiologie handelt, beginnt ein Kapitel mit dem Satz: »Mit dem Entstehen des Menschen erscheint auf der Erde eine neue Macht: der menschliche Geist.«

Die Wissenschaft hat Jahrtausende gebraucht, um die Macht des Geistes zu erkennen. Aber die Intuition ging ihr voraus, und zwar um viele Jahrtausende. Und die Kraft der Intuition, die im Licht tappte, wie es die Wissenschaft in der Finsternis tat, kam früher zur höchsten Erkenntnis durch die Religion.

Als Adam im Paradies von dem Schöpfer den Auftrag erhielt, die Tiere und die Pflanzen zu benennen, war es der klügste der Engel, der einsah, daß der Mensch damit über die Himmelsschar erhöht wurde. Samael war es, der den Schöpfer verdächtigte. Er habe Adam die Namen der Tiere und der Pflanzen eingesagt, um den Engeln zu zeigen, daß der Mensch etwas vermochte, was ihnen versagt blieb. Denn in dieser Stunde hat der Mensch die Sprache erfunden, und damit das Instrument zu aller Erkenntnis. Jahrtausende später statuierte der Psalmist: ›Der Himmel - der Himmel ist des Schöpfers. Und die Erde gab er den Söhnen Adams.‹ Ohne die Sprache gäbe es keine Erfahrung. Ohne Sprache gäbe es keine Verständigung zwischen Mensch und Mensch. Ohne die Sprache gäbe es keine Erkenntnis, keine Wirklichkeit. Ohne die Sprache gäbe es kein Individuum, wie es unter Tieren keines gibt.

Der Aberwitz gab Adam die Schuld, daß er nicht vom Baum des Lebens gegessen und dadurch den Menschen den Tod nicht erspart hat. Der Aberwitz vergißt aber, daß der Mensch ohne Wissen von

Gutem und Bösem nicht die Freiheit der Wahl hätte, und daß ihm wahrscheinlich die Ewigkeit zur Langeweile geworden wäre. Es heißt ja in einer andern Legende, daß der Schöpfer sich sagte: ›Die Engel können nur das Gute tun. Die Tiere können nur das Böse tun. Ich muß ein Lebewesen schaffen, das zwischen Gut und Böse unterscheiden kann.‹ Daß der Schöpfer der Welt allwissend ist, steht fest. Aber die Legende erzählt uns, um nur ein Beispiel zu geben, daß Er zweimal Frauen für Adam erschuf, die aber Adam ablehnte. Der Schöpfer – wenn man so etwas sagen darf – machte zweimal denselben Fehler. Er erschuf diese ersten Weiber aus demselben Stoff, aus dem er Adam geschaffen hatte, und Adam durfte zusehn. Dabei lernte der Schöpfer einzusehn, daß er Adam einschläfern mußte, damit er nicht wisse, aus welchem Stoffe das Weib gemacht werden sollte, und daß Adam nicht zusähe, wie es geschah. Und darum, so erklärt uns die Legende, geschieht es auch noch heutzutage, daß der Mann, der zusammen mit einem Kind anderen Geschlechts aufwächst, sie nur lieben kann wie eine Schwester, und nicht wie ein Weib.

[3] Sang der Jugend

Zu trösten das Volk
Zu trocknen die Thränen
Entsandte der Schöpfer
Den Seher und Künder
Jeschajah, der also sprach:
Der Tod ist ein Fleck
An der Schöpfung
Und ist dem Schöpfer zuleide.
Verschlingen wird der finstere Schlund
Des Tohuwabohu den Würger den Zwinger
Den Tod.
Dem Tod zum Spott
Tod dem Tod
Der Tod ist ein flop
Der Tod ist ein Fleck
Jeschajah fleckt ihn weg
Im Namen des Schöpfers
Fleckt er ihn weg.
Unsere Seele klebt nicht am Staube
Das Leben, das Leben ist unser Glaube
Uns schreckt nicht der Tiger, uns tröstet die Taube:
Der Geist des guten Jeschajah.
Nicht die Toten loben Gott
Mit dem Leben loben wir Jah
Und den guten Hebräer Jeschajah
Hallelu – Jah und Jeschajah.
Hallelu Jeschajah und Jah.

Nachwort des Herausgebers

1

»Ich habe mein Leben lang an nichts so oft gedacht als an den Tod, und ich habe damit in meiner frühesten Jugend begonnen.«[1] Was Soma Morgenstern nach dem Zweiten Weltkrieg, als er für sich keine Zukunft mehr sah, in tiefer Lebensnot zurückblickend notierte, entsprang gewiß zunächst persönlichen Erlebnissen, doch bald auch der geschichtlichen Erfahrung seiner Zeit.[2] Das Todesmotiv durchzieht unübersehbar sein literarisches wie sein autobiographisches Werk. Die Romantrilogie ist an entscheidenden Punkten davon bestimmt, aufs eindringlichste in der Bluttat an dem kleinen Lipa Aptowitzer. Seine frühen Erinnerungen läßt Morgenstern auf dem Friedhof Trembowlas beginnen, am Grab des im Pogrom ermordeten Ur-Ur-Urgroßvaters und am Grab des durch einen Unfall zu Tode gekommenen Großvaters Salomo Morgenstern, der seinen Enkel und Namenserben nicht mehr kennenlernte. Ein Kindheitskapitel auch beschreibt den Tod des ersten Freundes. In der Gymnasiastenzeit dann der plötzliche Unfalltod seines Vaters. Wenig später der Erste Weltkrieg, aus dem sein Bruder Samuel nicht zurückkehrte. Den Erinnerungen an den Freund Alban Berg stellt Morgenstern seinen Nachruf für den früh Gestorbenen voran. Und der Schatten eines quälenden Verfalls liegt auf den Erinnerungen an Joseph Roth. Mit dem Tod beginnt und endet der Romanbericht *Flucht in Frankreich*, der von der Todesangst vor den deutschen Judenjägern handelt. Es war die Zeit der Todeslager. Unter ihren Opfern auch Morgensterns Mutter, seine Schwester Hella, sein Bruder Moses und viele weitere Verwandte, viele Freunde. »Verlorene Briefe, verlorene

1 Aus einer vermutlich um 1950 entstandenen Aufzeichnung Morgensterns in einem seiner Notizhefte. Siebenundzwanzig undatierte Notizhefte und drei Tagebuchhefte der Jahre 1949 und 1950, sämtlich noch unveröffentlicht, sind Teil des literarischen Nachlasses von Soma Morgenstern im Deutschen Exilarchiv 1933-1945 der Deutschen Bibliothek, Frankfurt am Main (EB 96/242), im folgenden: Nachlaß.

2 Zu Leben und Werk Morgensterns siehe den Abriß des Herausgebers in: Soma Morgenstern, *Joseph Roths Flucht und Ende. Erinnerungen*, Lüneburg 1994, S. 301 ff.

Freunde, verlorene Welt. Bruder verloren in Dachau, Schwester verloren in Birkenau, Mutter verloren in Theresienstadt. Sechs Millionen verloren.«[1] Morgensterns Antwort auf die jüdische Katastrophe ist das Buch *Die Blutsäule*, sein Nekrolog auf die geschundenen Juden Europas.

»Wir Juden haben alle für das Leben viel übrig«, hatte er einst in Wien Alban Berg erklärt.[2] Aber das Jahrhundert war dem Leben nicht wohl gesinnt und zwang ihm sein düsteres Generalthema auf. Davon zeugt auch Morgensterns Œuvre, und im besonderen sein später Roman *Der Tod ist ein Flop*, der ihn, neben der Autobiographie, wohl seit den frühen sechziger Jahren bis zu seinem Tode 1976 beschäftigt hat. Der Geist dieses Buches protestiert mit idiosynkratischer Unversöhnlichkeit gegen eine Zivilisation, die in der Konsequenz ihrer Selbstverblendung Leerlauf, Aggression und Tod zum ewigen Resultat ihres Betriebes macht. Es ist der unversöhnliche Blick dessen, der nicht »dazugehört«, der Blick von außen. In Morgensterns Roman hat dieses Außen die Gestalt einer Südsee-Insel mit dem beziehungsreichen Namen Edenia. Soweit aus seinen nur ganz lückenhaft erhaltenen Aufzeichnungen zu ersehen, sollte das Buch ursprünglich wohl mit dem Aufbruch nach Edenia schließen; ein kurzes Fragment jedenfalls ist überschrieben: »Letztes Kapitel. Auf nach Edenia! Tod dem Tod!«[3] In der spätesten Fassung ist dagegen die Insel deutlich ins Zentrum der Handlung gerückt, und wenn auch bloß die letzten drei Kapitel dort spielen, ist alles Vorhergehende doch nur Vorspiel. Morgensterns Roman steht damit in der langen Tradition der Inselutopien. Denn Edenia ist Gegenwelt; inmitten einer auf die Selbstzerstörung zutreibenden Menschheit ist sie das wundersame Refugium eines zu sich kommenden Lebens.

Diese Insel von mittlerer Größe, auf die der offenbar ebenso weise wie kluge Verleger Sidney Condon seinen Autor Aladar Csanda und dessen vier Freunde führt, bietet ein Bild des Friedens. »Die Landschaft ist eine voll milder Schönheit, mit ungewöhnlich reich begrasten Tälern und Hügeln. Im Norden hohes Gebirge, dem zwei Flüsse entspringen, einer hurtig gegen Süden, einer in breiter, ruhi-

1 Soma Morgenstern, *Alban Berg und seine Idole. Erinnerungen und Briefe*, Lüneburg 1995, S. 18. Der Bruder Moses endete nicht in Dachau, sondern in Buchenwald, wie auch der Schwager Chaim Schwarz.

2 A.a.O., S. 95.

3 Fragment in einem Notizheft des Nachlasses.

ger Strömung gegen Osten. Im Südosten, dem bevölkertsten Teil der Insel, sind im Lauf der Jahre drei kleine Städte entstanden; besser gesagt, eingebaut, noch besser gesagt, eingepflanzt worden.« Es ist kaum zu übersehen, die Insel Edenia mit ihren in die Schönheit der Natur eingebetteten menschlichen Wohnstätten entspricht Morgensterns Traum von der »Dorflandschaft«[1], nach der er sich zeitlebens sehnte. Denn nicht die großen Städte, in denen er sein späteres Leben zubrachte, waren es, nicht Berlin, Paris oder New York, wo er sich wirklich zu Hause fühlte. Am ehesten sagte ihm Wien zu, das vorfaschistische, versteht sich, und dort besonders das am Rande gelegene Alt-Hietzing. Was er wohl ersehnte, war in der ländlichen Stille seiner ostgalizischen Kindheit ein Leben in kleineren Orten, in jener »Dorflandschaft« also, nicht jedoch mit Dorfmenschen, sondern mit Städtern, genauer: im Kreise seiner Freunde. (Wie es überhaupt scheint, daß Morgenstern in der freundschaftlichen Verbundenheit von Menschen unterschiedlichster Art und Natur, gleich Csandas ungarischem Freundeskreis, das Urbild gelungener Gesellschaft sah.) Ein Leben in Orten demnach, wie sie der Roman beschreibt, eine Mischung aus Dorf und Stadt ohne kleinstädtischen Mief, mit Parks und schattigen Alleen, mit Häusern von humaner Proportion, Blumen- und Gemüsegärten, mit bestem Theater und Orchester, und vor allem mit vielen Cafés (in Edenia sind es die Teehäuser) – kurz, eine Art künstlerisch-intellektueller Sommerfrische. Von der Gesellschaft der Edenier, wie sie, frei von materiellen Sorgen und jedweder Herrschaft abgeneigt, in solidarischer Ungezwungenheit leben, ist der hochgebildete Aradi denn auch angetan: »Befürchtet habe ich auf dem Wege nach Edenia, daß ich hier eine Gemeinschaft von Sonderlingen vorfinde: Vegetarier, Nudisten, Diätnarren, sentimentale, bukolisch gesinnte Großstädter, verspätete Tolstojaner, geistfeindliche Knut Hamsun-Leser, verwirrte Messianisten, fanatische Atheisten, kurzum, mehr oder weniger pathologische Menschenretter. Wie angenehm bin ich schon auf den ersten Blick überrascht worden. [...] Die Einwohner hier sind eine gelungene Auslese von Männern und Frauen, die den Ernst, die Bildung, den Geschmack und die Sitten der edlen Menschen der Aufklärung im achtzehnten Jahrhundert besitzen.« Die hier genannten Frauen allerdings, seltsam genug, treten im Roman kaum in Erscheinung.

1 Morgenstern im Tagebuch, Heft 13, Eintrag vom August 1949 (Nachlaß).

Gegenwelt ist Edenia aber nicht so sehr als ein realitätsfernes Idyll in selbstgenügsamer Abgeschiedenheit, sondern vor allem als Beobachtungs- und Aufklärungsstation, von der aus die Edenier die globalen Zustände verfolgen und »sich den Kopf zerbrechen über die Gefahren, die ein weiteres Bestehen der Zivilisation auf unserm Planeten bedrohen«, nämlich Überbevölkerung, Nuklearkriege, Naturzerstörung, Industrialisierung der Nahrungsproduktion. Über den fatalen Weltzustand, seine Ursachen und die Prämissen seiner Überwindung wollen die Edenier theoretisch wie praktisch aufklären. Sie haben ein eigenes Filmstudio und eine Radiostation. Es unterstreicht die Intention des Autors Morgenstern auf kritische Realitätsnähe, wenn er für eine Radiosendung Edenias über eine Leberkrebserkrankung in den USA Passagen aus einem Pressebericht vom Frühjahr 1974 wörtlich in den Roman aufnimmt.[1] Ähnliches gilt für einen der Vorträge. Ganz wie im Buch Dr. Kubin, der »bittere Statistiker«, wandte sich Morgenstern an einen Fachmann, um zuverlässige Daten über die Opferzahlen des zwanzigsten Jahrhunderts zu bekommen. Es war der gleichaltrige, ebenfalls aus Ostgalizien stammende Sozialmediziner und Krebsforscher Sigismund Peller in Tel-Aviv, mit dem Morgenstern seit langem befreundet war. Die wesentlichen Teile von Pellers Antwortbrief hat Morgenstern mit leicht modifizierter Diktion in seinen Roman eingearbeitet.[2] Nicht Resultat eines sentimentalen Rückzugs aus der harten Realität der Moderne ist Edenia, sondern im Gegenteil literarisches Modell ihrer kritischen Reflexion.

2

Man geht in Edenia von der Überlegung aus, daß der fatale Zustand der ›westlichen‹ Zivilisation sich letztlich ihrem Todeskult verdanke, welcher der christlichen Verherrlichung des Todes entsprang. »Funerals are becoming more and more a part of the American way

1 Es handelt sich um den Artikel von Jane E. Brody, *Discovery of Rare Cancer Spurs Concern About Environment*, The New York Times, 23. März 1974.

2 Sigismund Pellers Brief vom 20. März 1974 (Poststempel) ist im Nachlaß erhalten, desgleichen eine Abschrift von der Hand Lotte Andors, einer Freundin und langjährigen Mitarbeiterin Morgensterns, sowie ein Blatt mit einer modifizierten maschinenschriftlichen Fassung des Briefes, also eine Vorstufe zu der entsprechenden Romanpassage.

of life.« Diese Zitatnotiz findet sich in einem der Arbeits- und Notizhefte Morgensterns, die seine Beschäftigung mit der Todesproblematik in seinen späten Jahren widerspiegeln. Im Lauf der Jahrhunderte wurde der Todeskult, nach der Überzeugung der Edenier, zu einem tief eingewurzelten Todeswahn, der permanente soziale Zwänge erzeugt, welche in Naturzerstörung, Aggression und Krieg das Leben der Menschen mit der Macht eines Triebes bestimmen und auf die Selbstvernichtung der Gattung zutreiben. Als ein massiver Ausdruck dieses Todeswahns erscheint im Roman die Judenfeindschaft, die im Genozid von Auschwitz nicht endete, sondern kulminierte. Die drei letzten Kapitel des Romans legen dar, welche Bedeutung dabei dem Christentum zukommt. In einem seiner Hefte notierte Morgenstern dazu: »Das Christentum hat den Tod verherrlicht und das Leben geschändet. In Europa, dem Kontinent der fast hundertprozentig christianisiert ist – hat man in jedem Jahrhundert gemordet. Christen haben ganze Christenvölker ausgerottet – und es [ist] nicht das Verdienst der europäischen Christen daß es nicht gelungen ist, das jüdische Volk und das Judentum völlig zu vertilgen.«[1] Wie anhaltend der Vatikan sich einer Anerkennung dieses Sachverhaltes widersetzt hat, zeigt etwa ein Blick auf die Geschichte des bedeutendsten Dokuments der katholischen Liturgie für das christlich-jüdische Verhältnis, der Karfreitagsfürbitte »Für die Juden« aus dem Missale Romanum. Ihre Neufassung bereitete sich seit 1948 vor, hat aber erst von 1955 an allmählich, über mehrere Textversionen, ihre Formulierung von 1970 gefunden. Erst jetzt löste sie ihre vielhundertjährige Vorgängerin aus dem Jahre 1570 ab, die da gelautet hatte: »Lasset uns auch beten für die treulosen Juden, daß Gott, unser Herr, wegnehme den Schleier von ihren Herzen, auf daß auch sie erkennen unsern Herrn Jesus Christus. Allmächtiger, ewiger Gott, der du sogar die treulosen Juden von deiner Erbarmung nicht ausschliessest, erhöre unser Flehen, das wir ob jenes Volkes Verblendung dir darbringen: auf daß es das Licht deiner Wahrheit, welche Christus ist, erkenne und seinen Finsternissen entrissen werde. Durch denselben.«[2] Den entscheidenden Anstoß zur endlichen Tilgung dieses vierhundertjährigen diffamierenden Gebetes gab der fromme Papst

1 Vermutlich um 1945 entstandene Aufzeichnung.

2 Nach *Die Kirchen und das Judentum. Dokumente von 1945 bis 1985*, hg. von Rolf Rendtorff und Hans Hermann Henrix, München 1987, S. 57, vgl. auch S. 29.

Johannes XXIII., der die christliche Mitschuld am Judeozid in einem Reuegebet einbekannt hat – der Roman zitiert es am Schluß, nachdem die unheilvolle Allianz der Kirche mit Antisemitismus und Antisozialismus in dem Satz zusammengefaßt wurde: »Auschwitz ist die Antwort der Christenheit Europas auf die russische Revolution, für die sie die Juden verantwortlich hält.«

Die Kolonie der Edenier wurde gegen die Mythologisierung des Todes errichtet. Doch im Gegensatz etwa zu Wilhelm Heinses »Todesleugnern«[1], die, eine Art radikaldemokratischer Hedonisten, auf ihren »glückseligen Inseln« den Tod als ein nur »scheinbares Aufhören« gar nicht in Betracht ziehen und Kriege als Antrieb zur höchsten menschlichen Vollkommenheit begrüßen, gilt den Edeniern der Tod als etwas schlechthin Unannehmbares, als das Skandalon der Schöpfung. »Krieg = Technik der Natur, deren Weg zum Tod«, lautet eine Arbeitsnotiz Morgensterns, der in einem Interview zu verstehen gab: »Life doesn't make sense if you have to die.«[2] So haben die Edenier auch das Diktat des mechanischen Zeitbegriffs abgeschafft: Tage, Monate, Jahre werden nicht gezählt, Geburtstage nicht gefeiert; denn dies Zählen formalisiert das Leben durchs Schema seines Vergehens, also des bevorstehenden Endes. Zunehmend wird im Verlauf des Romans der Todeskult einer kritischen Betrachtung unterzogen. Sie läßt sich von der althebräischen Tradition leiten, und Csandas jüdischer Freund, der gelehrte Aradi, wird ihr Exponent. In seinem ersten Vortrag führt Aradi aus: »Die Hebräer hatten wohl den Glauben, daß nach dem Tode der Geist vom Körper scheidet, aber einen Todeskult hatten sie nie. Selbst nach vierhundertjährigem Aufenthalt in Ägypten, wo der Kult des Todes die raffiniertesten und gröbsten Formen angenommen hat, blieb der Glaube der Hebräer unberührt.« Die Scheol, das Reich der Toten, war ihnen nichts als Schweigen, Land der Vergessenheit, ein gottloser Bezirk. So kann Aradi sagen: »Wer den Tod akzeptiert, beleidigt das Leben und verhöhnt den Schöpfer«, und mit Bezug etwa auf Psalm 115: »›Nicht die Toten loben den Schöpfer‹, sagen wir in unsern Gebeten.« Und das im Roman zentrale Wort des Propheten Jesaja: »Denn

1 Vgl. Wilhelm Heinse, *Ardinghello und die glückseligen Inseln*, Kritische Studienausgabe, hg. von Max L. Baeumer, Stuttgart 1992, S. 366 ff.

2 Überliefert von Israel Shenker, *Morgenstern*, in: Present Tense (New York), Jg. 1 (1973/74), Nr. 3 (Spring 1974), S. 6.

Er wird den Tod verschlingen ewiglich«, kommentiert Aradi mit dem Satz des Rabbi HaCohen Kook: »Der Tod ist ein Fleck an der Schöpfung.«[1] Hierin auch hat die Abneigung des Verlegers Condon gegen Csandas Totenbuch, dem dieser den Titel »Opfergang« geben möchte, ihren tiefsten Grund. Condon, Enkel des Gründers von Edenia, ist entschlossen, seinem Autor dieses Totenbuch auszureden. Man bestreitet nicht, daß der Tod ein wichtiges Thema ist; kultische Weihe jedoch darf ihm nicht zuteil werden. In diesem Sinne ist der Tod ein Flop. Einzig das letzte Kapitel, ein wahrlich gespenstischer Traum vom Folterlager, wird bewahrt: der Alptraum als historisches Zeugnis von Auschwitz. Darin die Augenwand – vermutlich auf Berichten einer Überlebenden der Zwillings-»Experimente« des Dr. Mengele basierend[2] –: von der Wand herab blicken den Träumenden die Augen der zu Tode Gefolterten an, der wahren Zeugen.

3

Daß den Menschen aber die Überwindung des Todes bestimmt ist, dies soll eine Folge von Zeichenfilmen nach Talmud- und Midrasch-Legenden über das erste Menschenpaar vor Augen stellen, die im Studio von Edenia entstanden sind. Deutlicher als der Roman selbst es tut, sprechen das einige späte Notizen Morgensterns in zwei seiner Arbeitshefte aus, weshalb sie hierhergesetzt seien. »Adam und Eva: ein Kinderspiel, gefilmt, laufend im Stil Giottos in den Fresken auf dem Friedhof in Genua. (Gesehen im Jahre 1924 in Genua.[3]) Das Kinderspiel in dem Sinne: ein grausames Spiel mit zwei unschuldigen, weil *noch*: unwissenden Kindern. Ziel: Der Schöpfer will, daß der Mensch von den Gesetzen der Natur sich völlig befreit, sonst:

1 Abraham Isaak HaCohen Kook (1865-1935), aus Lettland stammend, war von 1919 an Oberrabbiner der aschkenasischen Gemeinde Jerusalems. Sein hier zitierter Kommentarsatz wird im Roman einige Seiten zuvor irrtümlich als Zitat aus dem Buch Jesaja bezeichnet.

2 Vera Kriegel ist die Überlebende, die auch den folgenden Bericht gab: »Wir kamen nacheinander in ein Zimmer. Dort gaben sie uns Tropfen in die Augen. In dem Raum war eine Wand voll mit Menschenaugen. Diese Augen haben mich in verschiedenen Farben angeschaut. Es war wie eine Kollektion von Schmetterlingen. Ich war geschockt und verließ zitternd das Zimmer.« (»Für Mitleid ist da kein Platz«. Die Geschichte der Vera Kriegel, in: Alwin Meyer, *Die Kinder von Auschwitz*, Göttingen 1992, S. 116); in einem Gespräch sagte Vera Kriegel über diesen Augenblick: »Ich glaubte, ich wäre tot und bereits in der Hölle« (zitiert bei Gerald L. Posner u. John Ware, *Mengele. Die Jagd auf den Todesengel*, Berlin/Weimar 1993, S. 55).

3 Morgenstern hatte Genua auf einer Italienreise im Juli 1925 besucht.

wozu die Freiheit des Willens a priori? Um zwei Kinder ›hereinzulegen‹? Das soll die höchste Weisheit des Schöpfers sein?!« – »Adam zum Schöpfer, der ihn fragt, ob er vom Baum des Wissens gegessen hat: ›Ich hab gegessen und ich werde weiter essen‹ (Midrasch) Mein Kommentar: Adam erfaßte Gottes Absicht – die Neugier hat Adam bewogen, vom Baum des Wissens zu essen. Er verstand sogleich, was das Wissen wert ist – die Willensfreiheit. Und Gott versteht die anscheinend freche Antwort. Es ist Gottes Wille, daß der Mensch immer mehr Wissen ansammelt – bis er selbst ein Mittel gegen den Tod erfindet und dann erst recht die Willensfreiheit erwirbt.« – »*A d a m* : ist schuldig *nicht* vom Baum des Lebens gegessen zu haben. [...] Eva ißt vom Baum des Wissens, weil der Baum des Lebens nur eine Frucht hat und weil sie mit Adam *teilen* will. [...] Gott weiß ja, daß beide »sündigen« werden gegen das Verbot. Also ist diese Geschichte: die Legende von der Bestimmung des Menschen: er der Mensch soll die Unsterblichkeit sich selbst verdienen, nicht vom Himmel *geschenkt* erhalten. Vernichtung des Todes mithilfe vom Baum des Wissens – wie die Entstehung des Todes eine Frucht vom Baum des Wissens war.«

Nur ein paar stichwortartige späte Aufzeichnungen lassen erahnen, worauf Morgenstern mit seinem späten Roman abzielte, in dem er wie nirgends sonst dem Universalismus seines Glaubens Ausdruck verlieh. Diese Aufzeichnungen markieren die spekulative Dimension, in der sich hier sein Denken bewegte, ein Denken, das wider den antimetaphysischen Mainstream des Zeitalters stets auf seinen religiösen Grundlagen beharrt hat. »Die menschliche Vernunft«, notierte Morgenstern, »denkt die schon vorgedachten Gedanken Gottes nach.« Indem er sich weigerte, den Tod zu akzeptieren und eschatologisch schönzureden, ihn im Gegenteil als einen Makel der Schöpfung bgriff, veränderte sich sein Apokalypsebegriff. Noch durchaus traditionell klingt die Formulierung: »Am Ende der Tage der apokalyptische Weg zum Anfang der Unsterblichkeit«. Was aber »Unsterblichkeit« hier tatsächlich meint, erläutert an anderer Stelle eine korrespondierende Notiz: »Der apokalyptische Weg zum Fortleben«, mit der angeschlossenen Ergänzung: »Durch die Wissenschaft zur Verlängerung des Lebens«. Fortschreitende wissenschaftliche Erkenntnis also – apokalyptisch fortschreitende, das heißt die intellektuellen Konventionen vernichtende Erkenntnis – soll das

Todesproblem schließlich lösen oder doch entschärfen. »Biosphäre – *Thanatossphäre* Wenn das Geheimnis des Lebens erforscht – folgt auch die Milderung des Todes«, so Morgensterns Überzeugung, festgehalten auf einem im Nachlaß erhaltenen Einzelblatt mit Notizen zum Roman. Nicht jedoch war dabei an eine Wissenschaft des bislang vorherrschenden Typs gedacht: »Die Idee der ›Einfrierung‹ um wieder zum Leben aufgewärmt zu werden – ist eine stupide Groteske.« Nein, woran offenbar Morgenstern seine Hoffnung knüpfte, wäre das Denken einer nach-positivistischen Ära, auf die eine weitere Bemerkung jenes Einzelblattes gemünzt zu sein scheint: »Entstehung einer neuen Wissenschaft. Zukunftsvision. Natur-Philosophie«. Es wäre in den Augen Morgensterns namentlich eine Biologie, die zur »Höherwertung eines Menschenlebens« beitrüge, indem sie durch nie für möglich gehaltene Lebensverlängerung der Todesdrohung den Stachel nähme. Und an dieser Stelle wagte er sogar die Prognose, die erste Hälfte des 21. Jahrhunderts werde »das Halbjahrhundert der neuen Biologie« sein, die zweite Hälfte bringe die »Versöhnung von Religion und Wissenschaft«. Doch es war Morgenstern, der dies schrieb, und so folgt auf solche Apotheose einer besseren Zukunft sogleich der Blick (einer Romanfigur) auf die gegenwärtige Misere: »Pessimistische Frage des Postministers – die *Nationen* (Pest kann alles zerstören)«. Falls aber diese Pest nicht das letzte Wort behielte, könnte in der Versöhnung von Immanenz und Transzendenz, von Rationalität und Glauben, welche beides verwandelte, die Gattung zu sich selbst finden. Es wäre dies der wahre Fortschritt; er würde das apokalyptische Ende der alten, der mörderischen Zeit bedeuten und die Fundamente einer neuen legen. Dies dürfte Morgenstern im Sinn gelegen haben, als er notierte: »Die Bibel ist eine Rechtfertigung Gottes. Man muß, man *wird* eine neue Bibel erschaffen, die eine Rechtfertigung des Menschen sein wird. Dies neue ›gute Buch‹ wird nicht sein *gegen* Gott sondern *für* den Menschen.«

4

Abschließend sei angemerkt, was im zuvor Gesagten bereits durchklingt, daß nämlich Morgensterns letzter Roman seine vom Autor intendierte Gestalt ganz offenbar nicht mehr gefunden hat. Darauf deutet nicht nur der äußere Zustand des Typoskripts, das weder eine Titelseite noch eine bis zum Schluß durchgehende Seitenzählung besitzt.[1] Vor allem der innere Aufbau des Romans legt diese Vermutung nahe. So tritt die Hauptfigur Aladar Csanda in den Edenia-Kapiteln plötzlich kaum mehr in Erscheinung. Auch endet das Ganze, so wie es uns vorliegt, einigermaßen unvermittelt. Mag dieser Romanschluß mit seiner unmißverständlichen Überschrift »Das letzte Kapitel« den Absichten des Autors auch entsprechen, als Abschluß des Ganzen scheint er doch die Annahme zu bestätigen, daß die Folge der Edenia-Kapitel, wäre der Roman vollendet worden, sicherlich um wesentliche Stücke erweitert worden wäre, möglicherweise anschließend ans vorletzte Kapitel. Von den wenigen, durchweg fragmentarischen Entwürfen, die sich im Nachlaß fanden, werden dem Haupttext drei Texte im Anhang beigegeben. Sie können jedoch in keiner Hinsicht für das einstehen, was Morgenstern noch plante, wie seine oben zitierten Notizen zum Problemkreis des Buches es bezeugen. Der Roman blieb Fragment. Morgensterns Protest gegen den Tod und gegen seine Verklärung brach der Tod ab.

1 Siehe unten die »Editorischen Anmerkungen«.

Editorische Anmerkungen

Morgensterns letzter Roman, *Der Tod ist ein Flop*, in deutscher Sprache geschrieben, wird hier zum erstenmal veröffentlicht. Textgrundlage des vorliegenden Bandes der Soma Morgenstern-Edition ist ein undatiertes, titelloses Typoskriptkonvolut von acht Kapiteln (T), das vom Deutschen Exilarchiv 1933-1945 der Deutschen Bibliothek in Frankfurt am Main im Nachlaß Soma Morgenstern bewahrt wird. T umfaßt 186 einseitig beschriebene, durchgehend mit handschriftlichen Korrekturen versehene Blätter. Das Konvolut ist in den ersten drei Kapiteln maschinenschriftlich durchpaginiert (S. 1-64), im vierten Kapitel ist die laufende Paginierung, zusätzlich zur gesonderten Seitenzählung des Kapitels, handschriftlich fortgesetzt (S. 65-95); alles Weitere ist lediglich kapitelweise paginiert, wobei die Zählung des Schlußkapitels die des vorletzten Kapitels fortsetzt. Ein Titelblatt ist nicht vorhanden, lediglich fand sich auf zugehörigen Typoskriptkuverts der handschriftliche Vermerk »Flop«, dazu auf einem Einzelblatt eine handschriftliche Liste der ersten fünf Kapitel mit der durchgehenden Seitenzählung, zum fünften Kapitel die Seitenangabe 96-121. Die Uneinheitlichkeit der Paginierung in T und der Umstand, daß ein Titelblatt nicht vorhanden ist, lassen, wiewohl die vorliegenden Kapitel fortlaufend numeriert sind, darauf schließen, daß dieses Konvolut nicht einen vom Autor als endgültig angesehenen Textkorpus bietet, jedenfalls was den Umfang betrifft, eine Vermutung, die durch inhaltliche Erwägungen gestützt wird (siehe dazu das »Nachwort des Herausgebers«). Der Titel des Romans ist jedoch durch vielfache Hinweise Morgensterns gesichert.

Der Anfangsteil des ersten Kapitels wurde als Beitrag zu einer Festschrift für den Verleger Joseph C. Witsch bereits von Morgenstern selbst veröffentlicht: Die offene Tür, in: *Gratulatio für Joseph Casar Witsch zum 60. Geburtstag am 17. Juli 1966*, Köln 1966, S. 223-228. Der entsprechende Abschnitt in T enthält Korrekturen, die Morgenstern nach der Veröffentlichung vorgenommen hat, weshalb sie für die vorliegende Buchausgabe berücksichtigt wurden.

In den ersten beiden Kapiteln weist T in den Dialogpassagen Zeilenabsetzung auf; auch die genannte Veröffentlichung von 1966 zeigt dieses Textbild. Vom dritten Kapitel an gibt T die Dialoge jedoch in fortlaufender Form. Sie wurde daher vom Hg. für die vorliegende Ausgabe auch auf die beiden Eingangskapitel angewendet.

Zur Klärung einiger Unstimmigkeiten in T konnten ein im Nachlaß erhaltenes, 48 Blatt umfassendes Manuskript von Morgensterns Hand zum vierten Kapitel (M1) und eine Typoskript-Vorstufe zum ersten Teil des siebenten Kapitels (T1; handschriftlich durchpaginiert: »Koczka 1« bis »K 22«) herangezogen werden. Die Fußnoten zu einigen fremdsprachigen Stellen in Morgensterns Text stammen vom Herausgeber.

Im Anhang werden drei Textentwürfe zum Roman veröffentlicht, ebenfalls aus dem Nachlaß. Der Text »Ferientage in Edenia« folgt einem fünfseitigen Typoskript desselben Titels (TA1). Der Text »Notizen zur Belehrung« basiert auf einem dreiseitigen Typoskript (TA2); dessen erster, in der vorliegenden Ausgabe weggelassener Absatz wurde vom Autor in TA1 eingearbeitet. Der dritte Text, das Gedicht »Sang der Jugend«, entstammt einem der Notizhefte Morgensterns.

Orthographie und Interpunktion der Druckvorlagen wurden behutsam modernisiert. Die Namen ungarischer Romangestalten stehen in der vorliegenden Ausgabe in ihrer ungarischen Schreibung, allerdings ohne die Akzente; demgemäß wurde die Schreibung folgender Personennamen korrigiert: Kocska (statt Koczka), Laci (statt Laczi), Jencsö (statt Jenczö), Rozsika (statt Roszika). Eindeutige Schreibfehler in den Druckvorlagen wurden stillschweigend getilgt. Weitergehende Eingriffe seien hier im einzelnen dokumentiert:

Seite 10 – Korr.: vielleicht nicht minder berühmten *(in T gestrichen:* vielleicht*)*

Seite 10 – Korr.: mehrmals angekündigt *(in T irrtümlich gestrichen:* mehrmals*)*

Seite 10 – Korr.: Die Zeitungen sollten *(statt T:* Diese sollten*)*

Seite 11 – Korr.: Schon weiß er *(statt T:* Schon wußte er*)*

Seite 13 – Fortsetzung des ersten Kapitels (statt T: Erstes Kapitel (Fortgesetzt)*); entsprechend einer Korrektur von der Hand Morgensterns in T, S. 57, hat der Hg. alle diese Zwischentitel der geänderten Form angepaßt*

Seite 16 – Korr.: dich an alles erinnern *(statt T:* dich an alles entsinnen*)*

Seite 16 – Korr.: ihres Zusammenhangs *(statt T:* an ihren Zusammenhang*)*

Seite 18 – Korr.: nicht völlig (statt T: nicht völlig als Doktor Corvin*)*

Seite 19 – Korr.: eine Woche *(in T vom Autor, und zwar nur in diesem einen Fall, handschriftlich ersetzt durch:* einen Monat, *eine irrtümliche Korrektur, wie sich später, S. 91, zeigt)*

Seite 20 – Korr.: Anschein *(statt T:* gesagt: Schein*)*

Seite 22 – Korr.: hinausgetanzt bin *(statt T:* hinausgetanzt habe*)*

Seite 25 – Korr.: war er bloß *(statt T:* war er sich bloß*)*

Seite 25 – Korr.: es ist geborgen *(statt T:* es war geborgen*)*

Seite 26 – Korr.: bald der eine *(statt T:* bald einer*)*

Seite 27 – hörte er den einen*: Konj.:* den

Seite 28 – und ihn schnell aus dem Raume entführten*: Konj.:* ihn

Seite 29 – waren es alle Augenpaare*: Konj.:* es

Seite 29 – Korr.: dessen wohl inne *(statt T:* sich dessen wohl inne*)*

Seite 30 – stießen ihn, mehr*: Konj.:* ihn

Seite 31 – Korr.: mit seinen Musikfestspielen *(statt T:* mit seinen Musikspielfesten*)*

Seite 33 – Korr.: auf der Stirn *(statt T:* an der Stirn*)*

Seite 34 – Korr.: Sam mit Namen, ein statuarischer Russe *(statt T:* Bill mit Namen, ein statuesker Russe*), Namenskorrektur hier und im folgenden entsprechend der korrespondierenden Passage S. 49*

Seite 34 – Korr.: saß und sich betrank *(statt T:* sitzt und sich betrinkt*)*

Seite 35 – Korr.: von aller anderen *(statt T:* von allen anderen*)*

Seite 35 – Korr.: wie ein Mann fällt *(statt T:* wie es fällt ein Mann*), entsprechend der Parallelstelle S. 89*

Seite 37 – Korr.: Coge intrare! sagen sie *(statt T:* Coge intrare! sagen sie uns) – »Zwinge einzutreten!«, die historische Anweisung der Kirche an den Geistlichen, jüdische Männer, Frauen und Kinder der Zwangstaufe zu unterziehen

Seite 40 – Korr.: Du sprichst hier immer *(statt T:* Du sprichst immer hier*)*

Seite 40 – Korr.: diesem nicht nur bedeutendsten, auch schönsten *(statt T:* diesem nicht nur dem bedeutendsten, auch dem schönsten*)*

Seite 41 – Korr.: Sofern man mit *(statt T:* Insofern man mit*)*

Seite 50 – Korr.: ist deine Sammlung schon? *(statt T:* ist schon deine Sammlung?*)*

Seite 52 – Korr.: wie ein Mensch fällt *(statt T:* wie es fällt ein Mensch*), entsprechend der Parallelstelle S. 89*

Seite 56 – von den Engländern gelernt*: Konj.:* den

Seite 56 – und an die Wohltaten*: Konj.:* an

Seite 57 – Korr.: wie das liebe Vieh *(statt T:* wie das liebe Viech*)*

Seite 58 – Korr.: So haben mich *(statt T:* So hat mich*)*

Seite 59 – zur Ehre der Wahrheit*: Konj.:* zur

Seite 61 – von den großen Erfolgen*: Konj.:* von

Seite 61 – Korr.: In dem Stück hatte sie *(statt T:* In dem Stück hat sie*)*

Seite 63 – Korr.: daß er ihr ein Stückchen Schokolade zusteckte *(in T nachträglich ersetzt durch:* steckte er ihr ein Stückchen Schokolade zu*)*

Seite 64 – Korr.: Briefe gewechselt hatten *(statt T:* Briefe gewechselt haben*)*

Seite 64 – Korr.: jetzt auch schon *(statt T:* jetzt schon auch*)*

Seite 66 – Korr.: bemerkte die Tochter *(statt der handschriftlichen Korrektur in T:* bemerkte Nagyvaradi*). Die Änderung von fremder Hand wurde vom Hg. nicht übernommen, da sie offensichtlich, wie der Kontext zeigt, auf einem Versehen beruht; bei dieser und der folgenden Korrektur wurde ein im Nachlaß erhaltenes Manuskript des vierten Kapitels (M1) zu Rate gezogen.*

Seite 67 – Korr.: sagte Nagyvaradi, »das hat mich *(statt T:* sagte er. »Das hat mich*)*

Seite 70 – Korr.: verziert als dieses *(statt T:* verziert wie dieses*)*

Seite 72 – Korr.: in denen man den Eindruck *(statt T:* in der man den Eindruck*)*

Seite 72 – Korr.: Mir ist einmal genug *(statt T:* Mir ist eine genug*), nach dem bereits genannten Manuskript des vierten Kapitels (M1)*

Seite 77 – in die rechte Bahn lenken würde*: Konj.:* würde

Seite 77 – Lebenslügen zu zählen … zu beginnen*: dreifache Konj.:* zu

Seite 77 – zu konzentrieren vermochte*: Konj.:* zu

Seite 80 – Kapiteltitel Der Tod ist ein Flop!*: in T lediglich der Vermerk in Klammern:* Flop

Seite 80 – Korr.: als erster zur Stelle *(statt T:* der erste zur Stelle*)*

Seite 87 – Korr.: streckten ihren Freunden *(statt T:* streckten ihrem Freund*)*

Seite 98 – Korr.: Wort miteinander *(statt T:* Wort miteinander aus*)*

Seite 101 – Korr.: es völlig vergessen *(statt T:* völlig daran vergessen*)*

Seite 101 – Korr.: nicht so ähnlich sieht *(statt T:* nicht so ähnlich aussieht*)*

Seite 103 – Korr.: Es ist ein kleines Schiff *(statt T:* Es war ein kleines Schiff*)*

Seite 104 – Korr.: plastikgrün und eben *(statt T:* plastisch und eben*)*

Seite 104 – Korr.: mit Plastikgras *(statt T:* mit plastischem Gras*)*

Seite 106 – Korr.: oder unterläßt es *(statt T:* oder unterläßt er es*)*

Seite 106 – Korr.: viele Teehäuser (statt T: viele Kaffeehäuser), entsprechend einer Bemerkung des Karikaturisten auf S. 120

Seite 106 – Korr.: Sowjetkreml *(statt T:* Sowjetkremlin*)*

Seite 106 – Korr.: erstens nicht *(statt T:* darum nicht, erstens*)*

Seite 106 – die USA nachzuahmen*: Konj.:* die

Seite 109 – Korr.: viel Geld ausgäben *(statt T:* viel Geld ausgeben*)*

Seite 109 – Korr.: verschwendeten *(statt T:* verschwenden*)*

Seite 112 u. ö. – Korr.: Farbfilm *(statt T:* Farbenfilm*)*

Seite 112 – Korr.: den es zu vermissen *(statt T:* das es zu vermissen*)*

Seite 113 – keine Bücher mehr zu sammeln*: Konj.:* Bücher

Seite 114 – wie Mißgunst*: Konj.:* wie

Seite 115 – Korr.: aller großen Themen *(statt T:* aller großen Szenen*)*

Seite 116 – Korr.: hat mich gelobt *(statt T:* hat mich belobt*)*

Seite 117 – Korr.: atomaren Kriegs *(statt T:* atomischen Kriegs*)*

Seite 118 – Korr.: mit tödlichem Ausgang *(statt T:* mit fatalem Ausgang*)*

Seite 118 – wurde festgestellt*: Konj.:* wurde

Seite 118 – Korr.: angesichts dieser *(statt T:* unter diesen*)*

Seite 119 – Korr.: zu dem Schluß *(statt T:* zu dem Entschluß*)*

Seite 119 – Korr.: in wohlriechender Luft *(statt T:* in fragranter Luft*)*

Seite 121 – Korr.: Korbstühle vorzieht *(statt T:* Korbstühle vorziehn*)*

Seite 122 – Korr.: die seine Natur war *(statt T:* die seine Natur ist*)*

Seite 123 – beleidigt das Leben ... kunstreich zusammengestellt*: Diese in T fehlende Passage wurde vom Hg. aus der im Nachlaß erhaltenen Vorstufe T1 übernommen.*

Seite 123 – Korr.: der Satz *(statt T:* ein Satz, den ich mir wohl gemerkt habe*). Das siebente Kapitel sollte ursprünglich zur Gänze aus Tagebuchaufzeichnungen einiger Romangestalten nebst den zugehörigen Zwischentiteln bestehen, wie das oben genannte Typoskript T1 erkennen läßt. In T erscheinen jedoch die ersten drei dieser Tagebuchpassagen als erzählender Text, ohne die ehemaligen Zwischentitel und weitgehend in entsprechender Umarbeitung. Die obige Korrektur ist durch den vom Autor irrtümlich nicht getilgten Satzteil in Ichform bedingt.*

Seite 123 – Korr.: Körper scheidet, aber *(statt T:* Körper scheidet. Aber*)*

Seite 124 – ausgesetzt zu werden*: Konj.:* zu

Seite 128 – Korr.: gegessen, und ich werde *(statt T:* gegessen. Und ich werde*)*

Seite 128-130 – Und wieder wissen ... alles berichten?«*: Diese vom Autor, wie die Seitenzählung in T an dieser Stelle zeigt, nachträglich ausgeschiedene Passage wurde vom Hg. aus der schon genannten Vorstufe T1 wieder eingefügt, da der in T zerstörte Textzusammenhang anders nicht zu restituieren war.*

Seite 130 – auf der Seite des Schwächeren zu sein*: Konj.:* Seite des

Seite 131 – Aus dem Tagebuch von Dr. Kocska*: In diesem einen Fall hat der Hg. den vom Autor ausgeschiedenen Zwischentitel entsprechend T1 wieder eingesetzt, da der Absatz* Zum Schluß des Vortrags ... einen Makel? *in T die Ichform behalten hat.*

Seite 131 – Korr.: Aradi erwähnte auch *(statt T:* Er erwähnte auch*)*

Seite 131 – Korr.: kam Aradi natürlich *(statt T:* kam er natürlich*)*

Seite 137 – Korr.: Die Legende erzählt auch *(statt T:* Sie erzählt auch*)*

Seite 137 – Korr.: von seinen Wiesen aßen *(statt T:* von den Wiesen aßen*)*

Seite 138 – Korr.: Wettbewerb *(statt T:* Wetterwerb*)*

Seite 139 – Korr.: an Opfern erreicht haben *(statt T:* an Opfern erreicht hat*)*

Seite 139 – Korr.: Da er seinen Gedanken fachmäßig zu begründen gedachte *(statt T:* Da er diesen seinen Gedanken fachmäßig zu begründen dachte*)*

Seite 140 – Korr.: durch Mord, durch Hunger, durch Krankheiten *(statt T:* an Mord, an Hunger, an Krankheiten*)*

Seite 140 – Korr.: in der Einleitung *(statt T:* im Vorwort*), nach Albert Camus, L'Homme révolté, Paris: »Introduction«*

Seite 141 – Korr.: die brüderliche *(statt T:* ihre brüderliche*)*

Seite 143 – Korr.: verderbliche Folgen für *(statt T:* verderbliche Folgen auf*)*

Seite 144 – Korr.: gar nicht eingefallen *(statt T:* gar nicht aufgefallen*)*

Seite 145 – Korr.: war, schien es *(statt T:* war, scheint es*)*

Seite 147 – Korr.: lebendgeborene *(statt T:* lebendig-geborene*)*

Seite 147 – Korr.: auf einem Kongreß *(statt T:* in einem Kongreß*)*

Seite 147 – Korr.: darunter Christen *(statt T:* darunter welche Christen*)*

Seite 149 – Korr.: sie mir aufgeschrieben *(statt T:* ihn mir aufgeschrieben*)*

Seite 150 – Korr.: auf diesem Kontinent *(statt T:* in diesem Kontinent*)*

Seite 151 – daß Sie so gar nichts wissen*: Konj.:* gar

Seite 151 – Korr.: für die Juden beschaffte *(statt T:* für die Juden verschaffte*)*

Seite 151 – Korr.: getaufte Juden beschafft *(statt T:* getaufte Juden verschafft*)*

Seite 152 – Korr.: oder bestenfalls *(statt T:* und bestenfalls*)*

Seite 152 – Korr.: dreißig Jahre nach den *(statt T:* nach dreißig Jahren der*)*

Seite 152 – Korr.: zu Ungläubigen erklärt *(statt T:* für die Ungläubigen erklärt*)*

Seite 153 – Korr.: am Leben blieben *(statt T:* am Leben bleiben*)*

Seite 154 – Korr.: den Dämmer des Raums *(statt T:* das Dämmer des Raums*)*

Seite 154 – Korr.: Sie hielt in einer Hand *(statt T:* Er hielt in einer Hand*)*

Seite 154 – Korr.: von den Händen des Segenspenders gleichzeitig das Spiegelbild *(statt T:* in den Händen des Segenspenders gleichzeitig im Spiegelbild*)*

Seite 155 – Korr.: einen Diplomaten wie ihn *(statt T:* einen Diplomaten wie er*)*

Seite 157 – Wir erkennen nun ... was wir taten ...*: Die für dieses Reuegebet Johannes XXIII. vorgesehene Stelle ist im Schlußkapitel von T freigelassen. Der Text des Gebetes fand sich im Nachlaß als Typoskript auf einem einzelnen Blatt außerhalb T in der hier wiedergegebenen Übersetzung ohne Quellenangabe.*

Seite 157 – Korr.: daß wir Dich in ihrem Fleische *(statt in der oben genannten Übersetzung:* daß wir Dich in ihrem Fluche*; offenbar ein Schreibfehler, vgl. die Übersetzung in: Die Kirchen und das Judentum. Dokumente von 1945 bis 1985, hg. von Rolf Rendtorff u. Hans Hermann Henrix, München 1987, S. 601)*

Seite 157 – Korr.: bekannt geworden ist *(statt T:* bekannt beblieben ist*)*

Seite 165 – war es der klügste der Engel*: Konj.:* es

Seite 165 – Korr.: Jahrtausende später statuierte der Psalmist *(statt TA2:* Wenn Jahrtausende später der Psalmist statuierte), *entsprechend einem vagen Korrekturhinweis*

Danksagung

Verlag und Herausgeber danken Prof. Dan Michael Morgenstern, USA, für die großzügige Übertragung der Publikationsrechte an den Werken Soma Morgensterns und für freundschaftliche Hilfe und Rat bei der Hebung und Erschließung des literarischen Nachlasses seines Vaters.

Seit dem Jahre 1996 befindet sich der Nachlaß im Deutschen Exilarchiv 1933-1945 der Deutschen Bibliothek in Frankfurt am Main, mit deren Einverständnis die Edition fortgesetzt wird. Frau Dr. Brita Eckert und Frau Marie-Luise Hahn vom Exilarchiv gilt der Dank des Herausgebers für freundliche Auskünfte und Überlassung von Manuskriptkopien.